SV

Jurek Becker
Bronsteins Kinder

Roman

Suhrkamp Verlag

Erste Auflage 1986
© Suhrkamp Verlag Frankfurt am Main 1986
Alle Rechte vorbehalten
Druck: Ebner Ulm
Printed in Germany

für Christine

Vor einem Jahr kam mein Vater auf die denkbar schwerste Weise zu Schaden, er starb. Das Ereignis fand am vierten August 73 statt, oder sagen wir ruhig das Unglück, an einem Sonnabend. Ich habe es kommen sehen.

Ich wohne seitdem bei Hugo und Rahel Lepschitz, dazu bei ihrer Tochter Martha. Sie wissen nichts vom Hergang der Geschichte, die in meines Vaters Tod ihren Höhepunkt fand, für sie ist er einfach an Herzinfarkt gestorben. Hugo Lepschitz hat damals gesagt, der Sohn seines besten Freundes sei ihm nicht weniger lieb als ein eigener, und sie haben mich zu sich genommen. Dabei hatten die beiden sich kaum zehnmal im Leben gesehen, und wenn sie auch nur das geringste füreinander übrig hatten, dann versteckten sie es wie einen Schatz.

Man hätte alles damals mit mir machen können, mich zu sich nehmen, mich fortschicken, mich ins Bett stecken, nur fragen durfte man mich nichts. Als ich einigermaßen wieder zu mir kam, war meine und meines Vaters Wohnung aufgelöst, ich lag auf dem Sofa der Familie Lepschitz, wurde von Martha gestreichelt, und der Fernseher lief.

Seit Tagen hört das Wetter nicht auf, ein Mai ist das! Ich spüre, wie das Leben zu mir zurückkehrt; es kribbelt in meinem Kopf, die grauen Zellen räkeln sich, nicht lange, und ich werde wieder denken können. Das Trauerjahr geht zu Ende. Wenn man mich vor den goldenen Thron riefe und nach dem einen großen Wunsch fragte, brauchte ich nicht lange zu überlegen: Gebt mir das steinerne Herz.

Was die anderen mit ihren Gefühlen leisten, würde ich sagen, das möchte ich mit dem Verstand erledigen. In Zukunft kann mir sterben wer will, noch so ein Jahr wird mir nicht mehr passieren.

Hinter meinem Umzug kann nur Martha gesteckt haben. Als sie mich von Vaters Beerdigung mit den paar kleinen Juden nach Hause brachte und in der leeren Stube sitzen sah, wird ihr vor Mitleid das Herz zersprungen sein. Wir liebten uns damals entsetzlich. Bestimmt hatte sie die besten Absichten, auch wenn heute alles verloren ist. Wenn sie heute ins Zimmer kommt, fange ich sofort zu überlegen an, ob es draußen nicht etwas zu tun gäbe. Seit ich hier wohne, ist unsere Herzlichkeit verfallen, und man muß sehr gute Augen haben, um noch einen Rest davon zu erkennen.

Ich habe nicht den Mut, mich nach einer neuen Freundin umzusehen. Ich stelle mir vor, was geschehen würde, wenn ich eines Tages mit einer Jutta oder Gertrud hier auftauchte. Wie Rahel Lepschitz ihr Gesicht zwischen die Hände nehmen und wie Hugo Lepschitz den Kopf über so viel Undankbarkeit schütteln und wie Martha mit starren Augen versuchen würde, so zu tun, als handelte es sich um das Alltäglichste von der Welt.

Bei Lichte besehen stehe ich also vor der Wahl, mir entweder eine bestimmte Art von Zeitvertreib aus dem Kopf zu schlagen oder hier auszuziehen. Oder die Sache mit Martha renkte sich wieder ein, aber das halte ich für ausgeschlossen. Damals hat es mir nichts ausgemacht, daß sie anderthalb Jahre älter war als ich und daß manche sich wunderten, wie eine so reife und erwachsene Person sich mit einem Kindskopf wie mir abgeben konnte. Heute kommt sie mir vor wie eine Greisin.

Vor einem Jahr hätte ich meinen Kopf verwettet, daß wir drei Kinder haben würden und daß ein riesiges Glück vor uns lag. Vor einem Jahr habe ich gezittert, wenn ich sie nur um die Ecke kommen sah.

Für jede Verrichtung, die man mir überläßt, bin ich dankbar; in der ersten Zeit durfte ich nicht einmal Kohlen aus dem Keller holen, so als wäre Nichtstun die beste Therapie für einen Patienten wie mich. Wenn ich mich in die Wanne legen wollte, mußte Hugo Lepschitz mit seinen Angestelltenärmchen die Kohlen für den Badeofen nach oben schleppen. Aus Mitleid habe ich kaum mehr gebadet. Inzwischen hat sich das Blatt zu meinen Gunsten gewendet, ich darf sogar das Abendbrot zubereiten und den Tisch decken.

Ich decke den Tisch. Sie sehen fern wie jeden Abend, sie kennen keine schönere Beschäftigung, als nach Ähnlichkeiten zwischen Gesichtern auf dem Bildschirm und solchen, die sie persönlich kennen, zu suchen. Man kann nur staunen, wie groß ihr Bekanntenkreis ist, denn an jedem Abend landen sie Treffer. Einmal soll jemand wie mein Vater ausgesehen haben, aber ich wollte das Buch, das ich gerade las, nicht unterbrechen.

Sie setzen sich so an den Tisch, daß der Fernseher in ihrem Blickfeld bleibt. Lepschitz fragt seine Frau, wo Martha steckt, sie weiß es nicht. Er beißt so heftig in ein Stück Matze, daß im Umkreis von einem halben Meter ein Krümelregen niedergeht. Irgendwo in der Stadt gibt es ein Geschäft, in dem man ungarische Matze kaufen kann; Vater ist nur ein- oder zweimal im Jahr hingegangen, doch Lepschitz will jeden Abend diese bröckligen Fladen auf dem Tisch haben. Ich fand den Laden schon immer merkwürdig: keine Apfelsinen, kein Rindfleisch, keine Tomaten, aber Matze für Hugo Lepschitz.

»Was ich dich fragen wollte«, sagt Lepschitz kauend.
Noch nie war mir so unbehaglich in dieser Wohnung, dabei
ist nichts geschehen. Es ist nur Zeit vergangen, viel zuviel
Zeit, es knistert mir im Kopf. Ich hasse die beiden nicht
etwa, Gott behüte, ich liebe sie nur nicht allzu sehr und
möchte fort und weiß nicht wie.
»Du ißt ja nichts«, sagt Rahel Lepschitz.
Die Fernsehsendung handelt von Bandscheibenschäden:
ein rothaariger Mann erklärt, wie durch Stärkung der Rük-
kenmuskulatur die Schmerzen gelindert werden können.
Und eine junge Frau im Gymnastikanzug führt die entsprechenden Übungen vor, für Rahel Lepschitz nichts als
Schwindel. Ihr Mann fragt: »Wo siehst du Schwindel?«
»Solche Übungen«, sagt sie, »kann nur ein Mensch ausfüh-
ren, der keine Rückenschmerzen hat. Genausogut können
sie einem Beinamputierten empfehlen, täglich zehn Kilometer zu laufen.«
Wer so lebt, wie ich es tue, wie eine Stubenfliege, auf welche
Weise will der eine neue Freundin kennenlernen? Ich unter-
nehme nichts, mir kann nichts schiefgehen, und nichts
kann eine überraschend gute Wendung nehmen, du lieber
Himmel, ich bin noch keine Zwanzig. Mein Vater, der
selbst nicht der Lebendigste war, hätte das niemals zugelas-
sen; er hätte darauf bestanden, daß ich in Bewegung bleibe,
daß ich zumindest einmal am Tag die Wohnung verlasse, er
war ein Antreiber. Wie alt darf einer sein, um noch Voll-
waise genannt zu werden? Wenn jemand sechzig ist und
keine Eltern mehr hat, wird sich niemand groß wundern,
aber wo ist die Grenze?
»Was ich dich fragen wollte«, sagt Lepschitz. »Seit Wochen
läßt sich erkennen, daß zwischen dir und Martha etwas
nicht in Ordnung ist. Kann man helfen?«

»Ich bitte dich«, sagt seine Frau.

»Man kann nicht helfen«, sage ich.

Die Frage verrät, daß Martha ihnen keine Auskunft gibt, das kommt nicht unerwartet. Damals werden sie gedacht haben, sie nähmen die große Liebe ihrer Tochter bei sich auf, Marthas Ein und Alles; plötzlich hängt ihnen ein Untermieter am Hals, ein Trauerkloß von einem Untermieter, der nicht genügend Feingefühl besitzt, sich nach erloschener Liebe zu verdrücken. Die Fernsehturnerin sieht einer Frau aus dem Hinterhaus ähnlich, ich wundere mich, daß sie es nicht bemerken.

»Du mußt verstehen«, sagt Rahel Lepschitz, »daß wir uns Gedanken machen.«

»Aber ja.«

Täglich erwarte ich einen Brief von der Universität. Wahrscheinlich werde ich angenommen, ich habe wenig Zweifel: mein Abiturzeugnis ist gut, und Hinterbliebener zweier Opfer des Naziregimes bin ich auch, was soll da schiefgehen. Ich habe mich für das Fach Philosophie beworben.

Wenn es nach Vaters Willen ginge, hätte ich Medizin zu studieren, er wünschte sich immer einen Internisten zum Sohn. Aber es geht nicht nach seinem Willen, ich werde Philosophie studieren, ohne zu wissen, worum es sich dabei handelt.

»Hab bitte Vertrauen zu uns. Mit wem willst du sonst sprechen?«

Ich sage: »Das ist wahr.«

»Und weiter?«

»Wir fühlen uns nicht mehr voneinander angezogen«, sage ich.

Als ich zehn Tage hier wohnte, habe ich mich hingesetzt

und ausgerechnet, wieviel mein Aufenthalt sie jeden Monat kosten würde, es war die größte geistige Anstrengung während des vergangenen Jahres. Seitdem überweise ich an jedem Monatsersten eine gewisse Summe. Zuerst wollten sie keinen Pfennig akzeptieren. Doch ich konnte keine Rücksicht darauf nehmen, nicht nur weil ich fünfmal mehr Geld auf dem Konto habe als sie; ich habe damals argumentiert, daß jedes Verhältnis, in dem die Opfer immer nur von einer Seite getragen werden, nicht von Dauer sein könne. Martha, die zufällig dabeisaß und uns zuhörte, murmelte etwas von *altklug*. Lepschitz handelte mich um dreißig Mark nach unten, dann waren sie einverstanden.

»Warum antwortest du uns nicht?«

Wie ein Rettungsengel schwebt Martha ins Zimmer. Sie schwebt hinter meinem Rücken vorbei, tippt mir flüchtig auf die Schulter, küßt Mutter, küßt Vater und landet sicher auf einem Stuhl. Tausend Tropfen stecken in ihrem Haar, das braun und glatt ist und über alle Maßen lang. Es ist mir klar, daß ich, sobald von ihrem Aussehen die Rede ist, noch immer wie ein Verliebter klinge. Sie entschuldigt sich für das späte Kommen und erzählt, wer sie aufgehalten hat.

Ich sage: »Wir haben eben über dich gesprochen.«

Das ist nicht nett, natürlich nicht, ich sage es mehr aus Bosheit als um einer Klärung willen.

»Es war nicht weiter wichtig«, flüstert ihre Mutter.

»Ich habe gesagt, daß wir uns nicht mehr voneinander angezogen fühlen«, sage ich leichthin.

Der Vater sendet Unmutswellen aus, aber ich bin nicht einzuschüchtern. In einem russischen Buch habe ich gelesen, daß Leute, die kaum noch etwas mit sich anzufangen wissen, zu Gehässigkeit neigen.

»Das werden sie ohne deine Erklärung auch schon bemerkt haben«, sagt Martha.

»Eben nicht.«

»Aber wie konnte das geschehen?« fragt die Mutter, weil die Gelegenheit nun einmal da ist.

Martha und ich sehen uns nach dieser Frage lange an, und man kann es glauben oder nicht: wir lächeln. »Sieh dir die beiden an«, höre ich Hugo Lepschitz vorschnell sagen. Wo kommt auf einmal der Rest an Zuneigung her, dieser Bodensatz in einem Topf, den ich für leer gehalten habe? Das Lächeln zeigt mir, daß wir niemals Feinde werden können, und Martha muß haargenau dasselbe denken, den Augen nach.

»Sieh sie dir an«, sagt Lepschitz.

In meinem Zimmer ist es eng wie im Neuner-Bus. Jedes Ding steht an seinem Platz und doch im Weg, ich habe zuviel mitgebracht. Ich mußte mich von soviel trennen, daß ich nicht fähig war zu prüfen, was ich wirklich brauche. Mit Plattenschrank, Kommode, Sessel, Truhe, Schreibtisch, Bücherleiter, Schaukelstuhl habe ich mir nichts als Enge eingehandelt. Seit Monaten lache ich über die Bücherleiter, doch damals war sie nichts anderes als ein dunkelbraunes Ding, das mein Vater spottbillig in einem Antiquitätenladen gekauft hat, und zwar mit mir zusammen. Ähnliche Erklärungen gibt es für beinahe alles andere auch. Höchstens der Schreibtisch könnte mir eines Tages von Nutzen sein.

Ich lege mich aufs Bett, wie ich es zehnmal täglich tue. Ich lasse den Plattenspieler laufen, um ihre Geräusche nicht zu hören. Manchmal ahne ich, daß meine damalige Hilflosigkeit nicht allein mit Trauer zu erklären ist; die Situation überforderte mich, und die Tatsache, daß Vaters Tod mich etwa die Hälfte meines Verstandes kostete, ändert nichts daran, daß auch beide Hälften zusammen nicht ausgereicht hätten. Aber es kommt mir nicht so ungewöhnlich vor, daß einer, dessen Vater seit ein paar Tagen und dessen Mutter seit Ewigkeiten tot ist, dessen Schwester im Irrenhaus sitzt und der die Schule gerade hinter sich hat, daß dieser eine nicht immer das Richtige tut. Doch ein paar Fehler weniger hätten auch gereicht, das ist schon wahr, vor allem einer war zuviel: das Haus hätte ich nicht verkaufen dürfen. Daß ich die Wohnung aufgegeben habe – schön, sie haben es mir eingeredet; sich aber von dem Haus zu trennen war unverzeihlich.

Ich bekam tagelang zu hören: *Was willst du dich mit dieser Hütte vor der Stadt belasten. Sie liegt zu einsam, um dort zu wohnen, mit deinen achtzehn Jahren. Verkauf sie, Junge, dann hast du erstens Geld und zweitens ein Problem vom Hals.* Das klang doch sehr vernünftig.

Wenn ich es heute noch hätte, das Häuschen, sähe die Welt für Martha und mich anders aus. Ich will nicht behaupten, wir wären noch ein Herz und eine Seele, aber das Ende aller Bemühungen wäre noch nicht gekommen, da bin ich sicher. Es gibt keinen Ort auf Erden, der für uns wichtiger war. In dem Waldhaus haben wir uns zum erstenmal berührt, ich meine angefaßt, und nur dort haben sich Ängstlichkeit und Scham verloren. Wenn wir uns vornahmen, ins Häuschen zu fahren, dann hieß das immer: wir fahren uns umarmen. Man stellt sich mein Hochgefühl nicht vor, wenn ich unterwegs in das Haus war.

Jetzt verbringt dort ein Schriftsteller seine Wochenenden. Einige Wochen nach meinem Umzug hörte Martha mit ih-

rem Germanistikstudium auf und ging zur Schauspielschule, das war die nächste Katastrophe. Mit rasender Ge-
schwindigkeit verlor sie eine schöne Eigenschaft nach der
anderen. Sie benutzte fremde Wörter, sie warf mit fremden
Blicken um sich, sie las andere Bücher, sie nahm Lidschat-
ten aus dem Westen. Und von einem auf den anderen Tag
trug sie keine Röcke mehr, sondern ausschließlich Hosen.
Wenn das Haus noch dagewesen wäre, hätte man vielleicht
etwas tun können.

Von alldem, was mit meinem Vater und, nach seinem Tod,
auch mit mir geschah, habe ich nur verschwommene Vor-
stellungen. Ich vermute, daß man sich von Ereignissen, die
aus dem Gedächtnis entfernt werden sollen, zunächst ein
möglichst genaues Bild machen muß; und dies gilt wohl
erst recht für Erinnerungen, die man bewahren will. Ich
aber habe alles nur über mich ergehen lassen: die Erinnerungen kamen und gingen, wie sie wollten, und ich saß
da.

Martha kommt in mein Zimmer und fragt, ob ich nicht ein
Glas Wein mit ihnen trinken möchte. Ich sage: »Der
Mensch ist doch kein Flußbett.«

»Was?«

»Der Mensch ist kein Flußbett«, wiederhole ich.

»Seit wann weißt du das?«

»Seit eben.«

Sie nickt und geht wieder hinaus, als hätte sie die ge-
wünschte Auskunft erhalten.

Ohne Vaters Wissen fuhr ich in das kleine Haus. Ich hatte um den Schlüssel gebeten, doch er gab ihn mir nicht, er sagte, in diesen Tagen dürfe man wohl von mir verlangen, daß ich mich auf den Hintern setze und lerne. Dabei lag das Abitur so gut wie hinter mir, zwei Prüfungen standen noch aus; ich war sicher, daß er Martha nicht leiden konnte, obwohl das unbegreiflich war.

Als mir der Schlüssel zum erstenmal verweigert worden war, hatte ich ihn heimlich genommen, war damit zum Schlosser gegangen und hatte einen Nachschlüssel anfertigen lassen. Seitdem entschied allein ich, wann ich in das Haus fuhr und wann nicht, auch wenn ich jedesmal um Erlaubnis bat.

Martha und ich hatten uns zu Meistern im Spurenverwischen entwickelt: nie war Vater auch nur der geringste Verdacht gekommen. Dabei nahmen wir uns nicht in acht, während wir in dem Haus waren; bevor wir es aber verließen, kam jedes Ding an seinen Platz zurück, jedes Haar wurde aufgehoben, im Radio wurde der alte Sender wieder eingestellt. Die Mühe war übertrieben, weil Vater selten hinausfuhr und zudem gutgläubig war, doch Martha bestand darauf. Hin und wieder ließ er Bekannte für einige Tage in dem Häuschen wohnen. Einmal lagen wir im Bett, als jemand sich an der Tür zu schaffen machte. Noch nie habe ich Martha so erleichtert gesehen wie in dem Augenblick, als sich herausstellte, daß es ein Einbrecher war. Ich bin aus dem Fenster gestiegen und habe mich von hinten, mit einem Knüppel in der Hand, an ihn herangeschlichen; er floh entsetzt und hatte dreimal soviel Angst wie ich.

Hinter mir in der S-Bahn hörte jemand Nachrichten: der Zustand Walter Ulbrichts war unverändert ernst, und die verfluchten Franzosen hatten im Südpazifik wieder einmal ihre Wasserstoffbombe gezündet. Jemand sagte leise, daß die Russen es auch nicht besser machen. Es war ein Sonntag.

Ausnahmsweise fuhren wir nicht zusammen. Martha hatte einer Freundin, die vor der Stadt wohnte, versprochen, ein Buch vorbeizubringen, deshalb wollten wir uns beim Häuschen treffen. Ich war früh dran, vor Ungeduld oder in der Hoffnung, sie könnte eher da sein als erwartet. Weil uns die Liebe hungrig machte, hatte ich ein Päckchen mit belegten Broten bei mir. Man mußte mit der Bahn bis Erkner fahren, dann weiter nach Neu-Zittau mit dem Bus, und dann blieb immer noch ein Weg von zwanzig Minuten durch Wald.

Vater hatte das Haus gekauft, als ich ein Baby war und Mutter noch lebte. Er muß damals in Geld geschwommen sein. Das Haus selbst war wohl nicht so teuer, doch die Renovierung wird ein Vermögen gekostet haben: Regenrinnen aus reinem Kupfer kamen ans Dach, weil Zinkblech nicht aufzutreiben war, drei der vier Zimmer wurden mit Buchenholz ausgekleidet, und jedes bekam eine elektrische Fußbodenheizung. Als Martha zum erstenmal das Haus betrat, war sie so beeindruckt, daß sie mich vergaß.

Er hat mir nie erzählt, wie er zu seinem Reichtum kam, zum längst aufgebrauchten; doch aus Bemerkungen, aus Unvorsichtigkeiten, die ihm über Jahre hin unterliefen, konnte ich mir ein Bild machen. Bald nach dem Krieg muß er Schieber gewesen sein; nicht etwa einer von diesen Ker-

len mit hochgeschlagenem Mantelkragen, die auf Schwarz-
märkten und in finsteren Hausfluren ihr Zeug verkauf-
ten, o nein. Er muß an Geschäften zwischen der Ost- und
der Westzone beteiligt gewesen sein. Er muß Waren, die
westliche Händler nicht in den Osten liefern durften,
gekauft und über die Grenze geschafft haben, zum Beispiel Stahl. Ein paarmal habe ich ihn sagen hören: *Es ging
nicht immer so ordentlich wie heute zu, mein Lieber.* Und
einmal, als ich ihn bat, in meine Schule zu kommen und
im Geschichtsunterricht als lebender Zeuge über die Nach-
kriegszeit zu berichten, hat er den Küchenschrank angesehen und geseufzt: *Jetzt hat er sein letztes bißchen Verstand
verloren.*

Eine Besonderheit dieses Waldes bestand darin, daß er oft
nach Pilzen duftete, nach Bergen von Morcheln und
Pfifferlingen, obwohl kaum einer zu finden war. Andauernd begegnete man Leuten mit leeren Körben, Küchen-
messern und enttäuschten Gesichtern, vor allem an Wochenenden.

Schon aus einiger Entfernung sah ich, daß der Tag verdorben war: vor dem Eingang des Häuschens stand, widerwärtig gelb, das Auto von Gordon Kwart, einem Freund
meines Vaters. Ich verstand nicht, warum Vater mir seinen
Besuch verschwieg und statt dessen meine Prüfung vor-
geschoben hatte. Ich durfte mich nicht blicken lassen, denn
selbstverständlich würde Kwart meinem Vater von mir berichten. Und von dort bis zur Frage, wozu ich mich
ohne Schlüssel beim Haus herumtrieb, war nur ein Katzensprung. Also konnte ich getrost Martha entgegenge-
hen, auf Vater fluchen und überlegen, was aus dem ange-
brochenen Sonntag werden sollte. Die Brote warf ich in
den Wald.

Der Rückweg war noch keine zehn Schritte lang, als ich umzukehren beschloß. Ich trat an die Hauswand heran und horchte. Erstens konnte Martha schon da sein und, ahnungslos wie sie war, im Häuschen auf mich warten. Zweitens war es möglich, daß Kwart nur kurz gekommen war und gleich wieder verschwand.

Unter meinem Lieblingsfenster, durch das die Kiefernstämme aussehen wie eine festgefügte Bretterwand, preßte ich das Ohr an die Mauer und gab mir Mühe, die Waldgeräusche auszufiltern. Sekunden später hörte ich einen kleinen Schrei, der hatte nichts Fürchterliches an sich. Ich lächelte gewiß, ich dachte: dieser Kwart. Denn der Schrei schien mir einer von der Sorte zu sein, wie sie in Liebschaften vorkommt, und Kwart war kaum jünger als mein Vater, ich schätze ihn auf Ende fünfzig.

Dann schrie es zum zweitenmal, ein wenig lauter, das hatte nichts mehr mit Zärtlichkeiten zu tun, eher mit Schmerz. Jetzt erschrak ich zu Tode über das Unbekannte, das plötzlich in unserem Häuschen vor sich ging. Eine aufgeregte Stimme, die ich nicht erkannte, rief etwas. Ich nahm den Schlüssel aus der Tasche, öffnete die Tür und stand im dunklen Flur. Die Bewegung kam aus dem großen Raum, dessen Tür aber geschlossen war. Es gab Gründe genug, sie nicht aufzureißen und zu rufen: Was ist hier los? Ich stellte mich in die Ecke hinter den Kleiderschrank, das einzige Möbel im Flur, und erschrak zum zweitenmal: es roch nach Urin.

Da war ich schon entschlossen, mit Vater über diese Ungeheuerlichkeit zu sprechen, auch wenn ich damit meinen Vertrauensbruch eingestand. Und wenn ich wirklich dazu bereit bin, dachte ich Augenblicke später, dann könnte ich Kwart auch sofort zur Rede stellen. Verschmutzte unser schönes Haus, dieser liederliche Mensch, daß man es Wochen würde lüften müssen, um ohne Ekel darin zu atmen!

Dann hörte ich Vater sagen: »Können wir endlich weitermachen?«

Das war das schlimmste: mein Vater hinter der Tür. Die Antwort war ein leises, langgezogenes Wimmern, das klang, als suchte jemand einen komplizierten Ton.

Ein Mann, dessen Stimme mir fremd war, sagte: »Laß ihm etwas Zeit.«

Mein Vater sagte laut und vorwurfsvoll: »Er hat genug Zeit gehabt.«

Sie mußten mindestens zu viert im Zimmer sein: mein Vater, der bisher stumme Kwart, die fremde Stimme und schließlich dieser Eine, mit dem sie sprachen. Es konnte doch nicht Gordon Kwart gewesen sein, der so gewimmert hatte.

Mein Vater sagte: »Zum letzten Mal: reden Sie jetzt weiter?«

»Was wollen Sie denn hören?« fragte jemand furchtsam.

Die erste unbekannte Stimme: »Wie viele gehörten dazu?«

Die Antwort: »Acht oder neun. Das habe ich doch schon gesagt.«

»Sie werden es so oft sagen, wie Sie gefragt werden.«

»Also acht?« fragte mein Vater. »Oder neun?«

»Acht«, war die Antwort nach einer Pause.

»Wer hat die Leute ausgesucht?«

»Das weiß ich nicht.«

Ich hörte ein Geräusch, das eindeutig ein Schlag war, ein dumpfer Hieb auf Rücken oder Brust, man erkannte es auch am nachfolgenden Stöhnen. Mein Gott, wer schlug da wen, noch nie im Leben hatte mein Vater mich angerührt. Und wer war das Opfer? Ein paar Greise hatten offenbar den Verstand verloren und gebärdeten sich wie die Helden eines Alptraums. Die hielten einen gewaltsam fest, verhörten ihn und waren mit den Antworten nicht zufrieden, soviel war klar.

Aus dem Badezimmer kam Gordon Kwart, nein, aus der Küche; mein Kleiderschrank verbarg mich nun zur falschen Richtung hin, Kwart sah mich auf den ersten Blick und machte empörte Augen.

Er fragte: »Was tust du hier?«

»Was ich hier tue?« sagte ich so dreist wie möglich. »Das ist auch mein Haus.«

Aber er ließ sich nicht auf Spitzfindigkeiten ein und rief: »Arno!«

Die Hoffnung, in dem Zimmer könnte ein Mann sein, dessen Stimme der meines Vaters verblüffend ähnlich klang, war nun dahin. Es wäre sinnlos gewesen, Kwart über den Haufen zu rennen und zu fliehen, ich hätte ihn schon umbringen müssen.

Mein Vater öffnete die Zimmertür. Er blickte zu Kwart, ich stand noch immer in Deckung und war für Vater kaum sichtbar. Er sah erschöpft und mürrisch aus. Das Stückchen Zimmer, das ich erspähte, war leer. Der Geruch kam von dorther.

Kwart deutete mit dem Kinn auf mich und sagte: »Wir haben Besuch.«

Vater trat schnell heran. Ich verwünschte meine Neugier, als ich sah, wie mein Anblick ihn erschreckte. Sein Hemd war stark verschwitzt, Flecken von den Achseln abwärts bis zur Hüfte. Kwart stand unschlüssig da, als wüßte er nicht, ob er Vater und Sohn nicht besser allein lassen sollte.

Mein Vater griff mich beim Kragen. Er tat es so heftig, daß ein Knopf zu Boden fiel und eine Naht hörbar riß. Wir standen uns lange gegenüber, ich einen Kopf größer. Er biß die Zähne wie im Krampf aufeinander. Schließlich stieß er mich gegen die Wand und ließ los. Er vergrub die Hände tief in den Hosentaschen, wie um sich vor einer unbedachten Tat zu schützen. Endlich verschwand Gordon Kwart, vielleicht wollte er auch nur die Zimmertür vor meinen Blicken schließen.

Ich hatte keinen Zweifel, daß Vater vor allem anderen danach fragen würde, auf welche Weise ich ins Haus gekommen war; und ich beschloß, bei der Wahrheit zu bleiben, ich war viel zu verwirrt, um eine gute Geschichte zu erfinden. Auch ich steckte die Hand in die Hosentasche, ich wollte als Antwort auf seine erste Frage den Schlüssel hervorholen. Doch er fragte: »Wie lange stehst du schon hier?«

»Lange genug«, sagte ich und ließ den Schlüssel in meiner Tasche los.

»Was heißt das?«

Ich fragte: »Wer hat geschrien?«

Da geschah etwas vollkommen Verrücktes, er umarmte mich. Was hatte ich getan, das mich so liebenswert machte, ich spürte seinen aufgeregten Herzschlag. Ich hörte ihn traurig flüstern: »Ach Hans, Hans…«, das sollte heißen: Welcher Teufel hat dich bloß hergeführt. Als er mich losließ, hatte er wieder das wütende Gesicht.

Er fragte: »Warum sitzt du nicht zu Hause und lernst?«

»Weil ich alles weiß«, sagte ich.

Vater schnitt eine seltsame Grimasse, er saugte die Lippen tief in den Mund und kniff die Augen zu; er nickte lange vor sich hin und wirkte so ratlos, wie ich ihn nie gesehen hatte. Der Entschluß, mich am Arm zu nehmen und in das Zimmer zu führen, muß ihm schwergefallen sein.

Als die Tür geöffnet war, sagte er: »Das ist mein Sohn.« Die Erklärung galt zwei fremden Männern, die mich anstarrten. Der eine stand neben Kwart am Fenster, er war mindestens siebzig Jahre alt, dick, groß und kahlköpfig, bis auf einen schmalen Kranz schneeweißer Haare. Eine Brille klemmte auf seiner Stirn. Den anderen schätzte ich um ein paar Jahre jünger. Er war es, der so schlecht roch, sein ehemals weißes Hemd starrte von Speiseresten. Er saß in unbequemer Haltung auf einem Eisenbett: sie hatten seine Füße mit einem Ledergürtel zusammengebunden, der um einen der eisernen Pfosten geschlungen war. Die Hände konnte er zwar frei bewegen, doch gewiß nur vorübergehend; am Bettgestell hingen Handschellen, in denen ein Schlüssel steckte. Das Eisenbett gehörte nicht zum Zimmer, ich hatte es nie zuvor gesehen.

Der Fremde am Fenster fragte Vater: »Wozu mußtest du ihn herholen?«

»Ich habe ihn nicht geholt«, sagte mein Vater.

»Wieso ist er dann hier?«

»Frag ihn selbst.«

Ein Nachttopf stand unter dem Bett. Und auf der Hose des Gefangenen, zwischen seinen Beinen, sah ich Nässe, ich konnte gegen den Blick nichts tun. Auf der Matratze waren dunkle Flecken, wahrscheinlich Blut. Ich dachte daran, daß ich Vater zuletzt vor ein paar Stunden gesehen hatte, zu Hause, und daß mir nichts an ihm aufgefallen war.

»Man wartet auf deine Erklärung«, sagte Vater. Der Mann auf dem Bett war sich nicht schlüssig, ob ich Freund oder Feind war; doch schien der Umstand, daß mein Erscheinen die drei beunruhigte, ihn ein wenig hoffnungsfroh zu stimmen, das war mein Eindruck. Wir konnten nicht aufhören, einander anzusehen. Auf einmal wußte ich, daß ich den Schlüssel in meiner Tasche nicht verraten durfte.

Kwart sagte zu Vater: »Mir hat er auch nicht geantwortet.«

Sie mußten den Mann so eingeschüchtert haben, daß er es nicht wagte, die Fessel von seinen Füßen zu lösen, obwohl er die Hände doch frei hatte. Er sagte zu mir: »Diese Männer haben mich entführt, und jetzt foltern sie mich.«

Kwart fragte vom Fenster her: »Wer foltert?«

Nach einem Augenblick der Stille trat mein Vater ans Bett, schlug mit dem Handrücken ein paarmal dem Gefangenen gegen die Brust und fragte streng, wie zum letzten Mal: »Ob wir dich foltern?«

»Nein.«

Vater blickte kurz zu mir, sah mein entsetztes Gesicht und wendete sich wieder dem Mann zu. »Jetzt sagst du ihm, warum du hier bist.«

Der Mann antwortete widerstrebend: »Weil ich...«

In diesem Moment wußte ich, worum es ging. Vaters Finger stieß zu jeder Silbe derb an sein Brustbein, während er ihm vorsagte: »Weil ich ein...«

»... Aufseher gewesen bin«, ergänzte der Mann.

»Und zwar wo?«

»In Neuengamme.«

»Und jetzt erklär ihm, was Neuengamme bedeutet.«

Ich sagte: »Ich weiß es.«

»Moment mal«, sagte der mir unbekannte Mann am Fenster zu Vater, »soll das heißen, daß wir jetzt zu viert sind?«

»Er ist nun mal hier«, sagte mein Vater ärgerlich.

Das Ungeheuerliche hatte sich im Gesicht des Aufsehers wunderbar getarnt: hinter Stirnfalten, grauen Augen ohne

Brauen, Augenringen, Bartstoppeln, die sich schon zu kräuseln begannen, und hinter einem kleinen blassen Mund, der selbst beim Sprechen kaum aufging, war es unauffindbar.

»Daß er hier ist, sehe ich auch«, sagte der am Fenster. »Aber wie geht es weiter?«

»Hast du einen Vorschlag?« fragte ihn Vater.

Nur auf Fotos und in strengen Filmen war ich solchen Leuten bisher begegnet, nun saß er leibhaftig auf dem Bett und machte einen enttäuschend schwachen Eindruck. Er sagte: »Die Herren wollen nicht wahrhaben, daß damals ein anderes Recht gegolten hat.«

Mein Vater zeigte bedrohlich mit dem Finger auf ihn und sagte: »Nimm nie wieder in meiner Gegenwart das Wort Recht in den Mund.«

Ich war nicht sicher, ob er die Rolle des Verhandlungsführers spielte oder ob sich das jetzt, durch meine Gegenwart, so ergeben hatte.

»Wie ist er hereingekommen?« fragte der Fremde meinen Vater. »Ich denke, du hast den einzigen Schlüssel?«

»Du gehst mir auf die Nerven«, sagte Vater. »Andauernd willst du von ihm etwas wissen und fragst mich.«

Ich sagte: »Ich bin vorbeispaziert, und die Tür war angelehnt.«

»Die Tür war angelehnt?«

Beide blickten vernichtend zu Kwart, der sofort den Kopf schüttelte. »Ausgeschlossen«, sagte er, »ich habe sie zugemacht. Weiß ich nicht, wie man eine Tür zumacht?«

»Und wie ist er reingekommen? Durch den Schornstein?«

»Was weiß ich.«

In all dieser Unordnung war der Gedanke an Martha das einzig Helle und Tröstliche. Vielleicht stand sie schon in der Nähe des Hauses und wartete ungeduldig auf mein Zeichen. Ich mußte zu ihr, die Frage war nur, ob man mir Schwierigkeiten machte. Dieser Fremde und Kwart und Vater steckten in einer Unternehmung, die scharfe Vorsicht verlangte; aber sie konnten unmöglich gegen mich, den Sohn von Arno, Gewalt anwenden.

»Sag die Wahrheit, Junge«, sagte Kwart, »wie bist du ins Haus gekommen?«

»Sie haben es gehört.«

»Aber die Tür war nicht angelehnt.«

Kwart sah mich enttäuscht an. Auf einmal drehte er sich zu Vater um und sagte: »Ich möchte sehen, was in seinen Taschen ist.«

»Was soll in seinen Taschen sein?«

»Das will ich eben sehen.«

Der Gefangene saß vor Spannung aufrecht wie ein Bettpfosten. Vater schien von Kwarts Vorschlag nicht überzeugt zu sein. Er fragte mich: »Hast du etwas in deinen Taschen, was uns interessieren könnte?«

»Nein.«

»Einen Schlüssel vielleicht?«

»Nein.«

»Ich glaube ihm«, sagte Vater zu Kwart. »Wenn seine Antwort dir nicht genügt, mußt du dich selbst mit ihm einigen.«

Ich überlegte, welche von zwei Möglichkeiten die bessere war: zuerst zu sagen, daß ich nun gehen wollte, und dann zu gehen, oder einfach zu gehen. Die erste kam mir eine Spur versöhnlicher vor, also sagte ich: »Ich muß jetzt gehen.«

Ohne ihr Einverständnis abzuwarten, ging ich zur Tür, natürlich sah ich niemanden an. Vom Fenster her sprang der

Fremde herbei und stellte sich mir in den Weg. Er sagte zu
Vater: »Er kann nicht einfach gehen, bevor wir etwas entschieden haben.«

Aber ich ging um ihn herum, aus dem Zimmer und aus dem
Haus hinaus. Hinter mir wurde gesprochen, doch war ich
so beschäftigt mit dem Hinausgehen, daß ich den Sinn der
Worte nicht verstand.

Die Luft draußen war das beste. Ich sah hinter einigen Bü-
schen nach und rief ein paarmal leise Marthas Namen.
Wahrscheinlich wurde ich durchs Fenster beobachtet. Als
kein Zweifel mehr bestand, daß Martha noch nicht da war,
machte ich mich auf den Weg zur Bushaltestelle, so konnte
ich sie nicht verfehlen. Ich hatte geglaubt, nach dreißig Jahren könnten sie wie normale Menschen leben, und plötzlich dieses Zimmer; als hätten sie drei Jahrzehnte lang nur
auf eine solche Gelegenheit gewartet. Als hätten sie, wenn
sie sich scheinbar normal verhielten, nur eine Maske getragen.

Ich nahm mir vor, Martha in den Wald zu locken und dort
das mit ihr zu tun, was im Haus unmöglich war, denn es
gab keine bessere Ablenkung. Ich war sicher, daß sie sich
nicht sträuben würde, wenn ich es nur fertigbrachte, den
Vorschlag zu machen. Ich prüfte den Waldboden, er war
trocken wie Zunder. Die Vorstellung erregte mich, noch
nie hatten wir uns unter freiem Himmel hingelegt. Wenn
wir in einem Wald waren, dann immer nur in diesem, und
immer stand das leere Häuschen in der Nähe. Ich erinnerte
mich an eine gute Stelle, auf Wernsdorf zu, an der man vor
Blicken geschützt war wie hinter sieben Mauern. Martha
machte gern Witze über meine Schüchternheit, in den un-
passendsten Augenblicken. Der Himmel sah aus, als ob die
Sonne noch jahrelang scheinen würde.

Eines aber mußte schon jetzt entschieden werden: ob ich
ihr von dem Zimmer erzählte oder nicht. Zuerst sagte ich
mir *Unbedingt*, dann *Auf keinen Fall*, meine Überzeugung
änderte sich von Schritt zu Schritt. Das war nicht das Resultat von Nachdenken, denn ich dachte überhaupt nicht
nach. Als mir klar wurde, daß wir uns unmöglich nach einer solchen Nachricht lieben konnten, entschied ich, das
Geheimnis für mich zu behalten, zumindest an diesem Tag.
Sie würde sonst meine Hände festhalten und es unbegreiflich finden, woran ich in einem Augenblick wie diesem
dachte. Und wenn ich erst hinterher damit herausrückte,
würde sie mich für einen um so größeren Rohling halten.
Sie mußte mich trösten, ohne zu wissen, warum ich Trost
brauchte.

An der Bushaltestelle setzte ich mich ins Gras und behielt
einen Hund im Auge, der neben der Wartehalle stand und
zu mir hersah. Vater war in meinen Augen immer ein besonnener Mensch gewesen, ein Logikfanatiker; die ganze
Kindheit über hatte er mich mit dem Satz verfolgt, ein kühler Verstand sei nützlicher als ein heißes Herz. Wenn ich als
kleiner Junge einen hysterischen Anfall bekam, was vor allem dann geschah, wenn mir etwas mehrmals hintereinander nicht gelang, sperrte er mich ins dunkle Badezimmer
und sagte, ich solle rufen, wenn ich wieder zu Verstand gekommen sei.

Mit dem nächsten Bus kam Martha. Natürlich freute es sie,
daß ich wartete, doch überrascht war sie nicht. Sie umfaßte
meine Hüfte, schob den Daumen in eine meiner Gürtel-
schlaufen und ging los. Bei jedem zweiten Schritt rieb sich
ihre Brust an meiner, deshalb schwieg ich eine Weile. Sie erzählte, warum sie nicht früher hatte kommen können. Ich
schwieg bis zur Gabelung, an der wir den Weg zum Häus-

chen verlassen mußten. Dort blieb ich stehen und sagte: »Im Haus sind Leute.«

»Leute?«

»Vater und noch jemand.«

»Du warst schon dort?«

»Richtig.«

Sie sah mich abwartend an, als hätte ich noch nicht alles gesagt. Und ich spürte, daß meine Augen nicht so unbefangen blickten, wie ich es wollte. Ich nahm sie an der Hand, und wir gingen weiter, nun in die andere Richtung.

Sie fragte: »Warum hat er das nicht vorher erzählt?«

»Weil er nicht wußte, daß ich rausfahren würde«, sagte ich.

»Das ist das Risiko der Heimlichtuer.«

Es ärgerte mich, daß sie so gelassen war; sie konnte nicht ahnen, wohin ich sie führte, und war trotzdem nicht enttäuscht. Ich hätte viel darum gegeben, wenn der Vorschlag, uns eine gute Stelle im Wald zu suchen, von ihr gekommen wäre. Auch wenn es hinterher auf dasselbe hinausläuft, macht es doch einen gewaltigen Unterschied, von wem solch ein Vorschlag kommt. Nur eine Andeutung, flehte ich sie in Gedanken an, dann wollte ich mich sofort darauf stürzen und alles übrige selbst sagen.

»Hat dich dein Vater gesehen?« fragte Martha.

»Gott bewahre.«

Wir gingen an einigen kleinen Häusern vorbei, die dem unseren glichen. Ein Mädchen hatte ein Gummiseil an einem Gartenzaun festgebunden, sich mit dem zweiten Seilende auf die andere Wegseite gestellt und so ein kaum sichtbares Hindernis errichtet; mit todernstem Gesicht wartete es, daß wir über das Seil hinwegstiegen, und wir taten ihm den Gefallen. Aus dem Fenster eines anderen Hauses drang der Geruch von Suppenwürze.

»Etwas nicht in Ordnung?« fragte Martha.

»Alles bestens«, sagte ich, »wovon redest du?«

»Dein Hemd ist kaputt.«

»Muß unterwegs passiert sein.«

»Ich glaube, du verschweigst mir etwas.«

»Dann weißt du mehr als ich.«

»Zum Beispiel, wohin wir gehen«, sagte Martha, doch in einem anderen Ton, so als hätte sie das Thema gewechselt.

»Spazieren natürlich«, sagte ich. »Oder glaubst du, ich habe in diesem Wald ein zweites Haus?«

Sie blieb stehen und hielt mich an beiden Armen fest. Ich mußte ihrem Blick standhalten, bis ich einen Kuß bekam. Danach fragte sie, was ich davon hielte, in die Stadt zurückzufahren und ins Kino zu gehen, wir hatten seit Wochen keinen Film gesehen. Ich war einverstanden, wahrscheinlich war es am klügsten.

Für den Morgen war die vorletzte in einer ekelhaften Reihe von Prüfungen angesetzt, die Schwimmprüfung; ich konnte in der Nacht nicht schlafen. Um eine Zwei im Fach Sport zu bekommen, brauchte ich eine Eins im Unterfach Schwimmen, und dafür mußte ich die hundert Meter unter eins:vierzig schaffen. Ich versuchte mir einzureden, daß man auch mit einer Drei in Sport ein zufriedenes Leben führen könne; je länger ich wachlag, um so überzeugter war ich davon.

Als ich um zwei das Licht anmachte und auf die Uhr sah, war Vater noch nicht da. In den letzten Nächten war er immer sehr spät nach Hause gekommen, doch da hatte ich geglaubt, er käme vom Billardspielen. Vater war ein leidenschaftlicher Billardspieler.

Was hatten sie mit dem Mann vor? Wollten sie eine bestimmte Sache, von der ich nichts wußte, aufklären? Wollten sie ihn so lange verhören, bis er ein Geständnis ablegte, das dem Staatsanwalt übergeben werden konnte? Wollten sie ihm Angst einjagen, ihn quälen oder, der Himmel weiß wie lange, gefangenhalten? Oder war einem von ihnen die Idee gekommen, dachte es mir ständig dazwischen, ihn umzubringen? Gordon Kwart bestimmt nicht. Er war ein gutmütiger, langweiliger Mensch, zehnter oder zwanzigster Geiger im Rundfunk-Symphonieorchester, der sich vor allem Unvorhergesehenen fürchtete und Ruhe für Glück hielt. Über den fremden Dritten wußte ich nichts, außer daß er voller Argwohn war. Vater traute ich Gewalttätigkeit nicht zu. Aber einige Stunden zuvor hatte ich mitangesehen, wie er den Gefangenen haßerfüllt und grob behandelt hatte.

Am Nachmittag hatte ich zwar behauptet zu wissen, was Neuengamme bedeutet, doch nun, in der Nacht, merkte ich, daß es kaum mehr als ein böses Wort für mich war. Ich stand auf, holte das Lexikon und las den kurzen Artikel. Die wenigen Zahlen darin lernte ich auswendig, wie ein Material, das mir in den nächsten Tagen ständig zur Verfügung stehen sollte, vor allem die Zahl *82 000*. An Schlaf war immer noch nicht zu denken, so las ich noch die Artikel über ein paar andere Konzentrationslager. Damit war ich beschäftigt, bis ich Vater kommen hörte. Ich löschte das Licht, auf Zehenspitzen ging er den Flur entlang und verschwand im Badezimmer. Selbstverständlich mußten sie Aufseher hassen, selbstverständlich mußte es sie krankmachen, wenn so einer behauptete, damals habe ein anderes Recht gegolten, er habe immer nur nach dem Recht gehandelt.

Aber es gab heute ja tatsächlich andere Gesetze, andere Gerichte und eine andere Polizei. Denen konnte man vorwerfen, was man wollte, nur eines nicht: daß sie mit ehemaligen Aufsehern zu nachsichtig wären. Warum erstatteten sie nicht Anzeige und verließen sich auf das, worauf doch Verlaß war? Wozu sprachen sie überhaupt mit dem?

Allerdings hatte ich keine Ahnung, was zwischen dem Aufseher und ihnen vorgefallen war. Vielleicht hatte er sie gereizt, vielleicht hatte er sich auf eine Weise benommen, wie sie es auch nach dreißig Jahren nicht hinnehmen konnten. Vielleicht sind sie verführt worden, weil die Gelegenheit so einmalig günstig gewesen ist. Vielleicht hatte einer ihn wiedererkannt.

Aber sie nahmen sich ein Recht heraus, das niemandem zusteht, selbst ihnen nicht. Und wenn er hundertmal mein Vater war: ich konnte doch nicht für richtig halten, daß ehemalige Opfer sich ihre ehemaligen Peiniger griffen. Sie hatten es sich selbst zuzuschreiben, daß ich in dem stinkenden Zimmer nur mit dem Aufseher Mitleid hatte, nicht mit ihnen.

Allerdings war es wahrscheinlich, daß die Ansichten der anderen sie nicht kümmerten; daß sie fanden, es handele sich allein um eine Sache zwischen dem Aufseher und ihnen. Und wenn man sie entdeckte, na schön, dann müßten sie die Strafe eben auf sich nehmen. Womöglich spekulierten sie darauf, daß diese Strafe im Ernstfall schon nicht sehr hoch ausfallen würde.

Aber war zwischen Tat und Gegentat nicht so viel Zeit vergangen, daß ein Affekt als mildernder Umstand nicht mehr in Frage kam? Darf einer, der mit dreißig Jahren geschlagen wird, mit sechzig zurückschlagen?

Allerdings kann sich keiner aussuchen, wann er den Verstand verliert. Weil ich Vater noch nie außer sich vor Zorn erlebt hatte, hatte ich den Schluß gezogen, er könne nicht außer sich geraten. Nun war es passiert. Vielleicht waren die drei vom Ausmaß ihrer Wut selbst überrascht worden: vielleicht hatten sie ihr Bedürfnis nach Rache längst für erloschen gehalten, bis sie diesen Mann trafen, an einem Unglückstag.

Ich hörte ihn aus dem Bad kommen und den Flur entlangschlurfen, bis vor meine Tür. Vorsichtig kam er herein, ich stellte mich schlafend. Da er die Deckenlampe nicht anmachte, hielt ich die Augen einen Schlitz weit geöffnet und sah ihn gegen das schwache Flurlicht; doch ich schloß sie, als er näher kam. Vor meinem Bett blieb er stehen, früher hatte er das an jedem Abend getan. Als wollte er prüfen, wie gut ich mich beherrschen konnte, stand er lange so da. Es fiel mir nicht schwer, das Gesicht vollkommen still zu halten; ich atmete tief wie ein Schlafender und stellte dabei fest, daß er den üblen Geruch nicht mit nach Hause gebracht hatte.

Als er wieder draußen war und in sein Zimmer ging, glaubte ich, daß er sich gerne zu mir gesetzt hätte. Solange sie mit dem Aufseher beschäftigt waren, hatte alles seine Ordnung, nahm die Sache ihren Lauf; doch danach waren sie mit sich allein und mußten wieder denken.

Die Hoffnung auf eine Zeit unter eins: vierzig gab ich aber nicht auf: es ist besser, Erfolg zu haben. Ich war nicht weit davon entfernt, die erste Schlaftablette meines Lebens zu schlucken; nur weil ich fürchtete, das schläfrigmachende Zeug noch nicht los zu sein, wenn ich in ein paar Stunden ins Schwimmbad mußte, verzichtete ich darauf. Woher hatten sie die Handschellen? Ich bin sicher, daß es im ganzen Land kein Geschäft für Handschellen gibt.

Die Dauerhaltung des Gefangenen war wohl die, daß seine Füße mit Schnur an dem einen Bettende festgebunden waren, während die Hände in Handschellen steckten, am Kopfende befestigt. Solange sie anwesend waren, banden sie ihn zur Hälfte los: wahlweise Hände oder Füße? Sie fütterten ihn und schoben ihm den Nachttopf unter, nicht oft genug. War einer von ihnen ständig im Haus? Lösten sie sich bei der Bewachung ab, oder gingen sie nur gemeinsam hin und verließen sich in der übrigen Zeit auf die Fesseln? Hatten sie sich vorgestellt, was geschehen würde, wenn sie eines Tages zum Häuschen kamen und der Gefangene verschwunden war?

Er hustete in seinem Zimmer, das hieß, er rauchte, obwohl

er dem Arzt und mir versprochen hatte aufzuhören. Morgen würden wir uns hinsetzen und in Ruhe über alles sprechen, nach der Schwimmprüfung. Wir mußten sprechen, wir konnten nicht so tun, als hätte sich etwas zugetragen, worüber kein Wort zu verlieren war.

Aber würde er sich verteidigen? Er redete nicht gern von sich und seinen Angelegenheiten, immer tat er, als wäre ich der einzige von uns, dessen Angelegenheiten uns beide angingen. Es war möglich, daß er antwortete, ich sollte meine Nase nicht in Dinge stecken, von denen ich nichts verstünde.

Allerdings wußte ich noch nicht, was ich ihm sagen sollte. Was mir bisher im Kopf herumging, lief auf den Satz hinaus: Hört auf damit. Das würde kaum genügen. Wenn ich nur an sein Gerechtigkeitsempfinden appellierte, dann würde er mir freundlich auf die Schulter klopfen, wie einem Trottel, der sich zwar reizende Mühe gibt, doch unfähig ist zu ermessen, worum es geht. Ich mußte etwas fertigbringen, was mir noch nie geglückt war: ihn überzeugen.

Lepschitz arbeitet, Martha ist in der Schauspielschule, ihre Mutter kauft ein, und ich bringe den Müll nach unten. Seit einer Woche tue ich es immer dann, wenn ich den Briefträger das Haus verlassen sehe. Ich erwarte Bescheid von der Universität; auch wenn ich eine Ablehnung für unwahrscheinlich halte, würde mich die Zulassung beruhigen. Drei Briefe nehme ich aus dem Kasten, für jeden einen, außer für mich. Ich lege sie zurück und renne mit dem Eimer durch den Regen zur Mülltonne, die so voll ist, daß ich einen kleinen Berg aufschütten muß.

Auf dem Rückweg die Briefe. Als ich sie auf den Küchentisch werfe, kommt mir die Schrift auf dem obersten Umschlag bekannt vor. Ich nehme ihn wieder in die Hand und habe recht: meine Schwester Elle. Was hat Elle Martha zu schreiben? Warum schreibt sie nicht lieber mir, sie weiß doch, wie ihre Briefe mich entzücken. Oder habe ich ihr das nie gesagt? Seit mindestens zwei Wochen habe ich sie nicht mehr besucht. Besucht Martha Elle hinter meinem Rücken?

Ich nehme den Brief in mein Zimmer. Ein paarmal war ich zusammen mit Martha in dem Heim, meist bei schönem Wetter. Ich erinnere mich gut an Marthas Erstaunen nach unserem ersten Besuch, zu dem ich sie lange überreden mußte: sie sagte, Elle sei doch ein hochintelligenter Mensch, als hätte ich das Gegenteil behauptet. Sie sagte, sie fände es unbegreiflich und skandalös, daß ein so heller Mensch (das war ihr Ausdruck) in diesem Heim verschim-

meln müsse. Ihre Worte klangen wie ein Vorwurf an Vater
und mich, nicht genug für Elles Befreiung getan zu haben.
Ich weiß jedoch, daß Vater sich dafür zerrissen hat. Manchmal glaube ich sogar, daß die Bemühungen um Elle seine
ganze Vaterliebe aufgebraucht haben und daß nur deshalb
nichts für mich übriggeblieben ist. Vermutlich hat er seine
dunklen Nachkriegsgeschäfte wegen Elle angefangen, er
brauchte Beziehungen und Geld, um sie zu all den Ärzten
zu schleppen, die ihm als Spezialisten angepriesen worden
waren. Doch für Elles Fall gab es keine Spezialisten: ohne
erkennbaren Grund stürzte sie sich immer wieder auf wild-
fremde Leute, schlug sie, zerkratzte ihnen das Gesicht und
griff mit den Fingern in ihre Augen.

Man analysierte die äußeren Merkmale der überfallenen
Personen, um sie und Elle voreinander bewahren zu können, fand aber keine Gemeinsamkeiten. Sie fiel über Männer wie Frauen her, über Leute mit blonden, braunen und
schwarzen Haaren, über Kleine und Große. Manchmal
vergingen Wochen zwischen zwei Anfällen, manchmal nur
Stunden. Man stellte fest, daß allein Kinder nicht zu ihren
Opfern zählten, doch konnten unsere Eltern schlecht mit
ihr in eine Gegend ziehen, in der nur Kinder lebten. Sie
selbst verweigerte jede Auskunft. Alle vermuten, daß Er-
lebnisse während des Krieges der Grund für ihr Verhalten
sind, doch deckte bis heute niemand diesen Zusammenhang auf. Ich war zwölf Jahre alt, als ich sie zum erstenmal
besuchen durfte, und sie schon einunddreißig. Einen Tag
vorher hatte Vater mir verraten, daß ich eine Schwester
habe. Wir gefielen uns von Anfang an.

Den Brief zu lesen würde bedeuten, ihn Martha zu stehlen:
ich kann ihr nicht einen geöffneten Brief hinlegen. Ich
schwöre, daß ich ihn öffnen, lesen und dann verschwinden

lassen würde, wenn es ein Problem nicht gäbe: Martha besucht Elle, Elle erkundigt sich nach dem Brief. Martha: Was für ein Brief? Elle erzählt von dem Brief, es klingt ein wenig verworren, sie springt oft von einem zum anderen. Bald würde Martha glauben, es habe nie einen Brief gegeben, sie würde denken: Naja, ein bißchen seltsam ist sie schon. Und die hellsichtige Elle würde ahnen, welche Rolle ihr Bruder spielt.

Ich bringe den Brief in die Küche zurück, gehe zu Rahel Lepschitz und frage, wann Martha nach Hause kommt.

Am Nachmittag klopfe ich an Marthas Zimmertür und werde eingelassen. Martha sitzt am Tisch, barfuß und im Unterrock, und liest ein blaues Buch von Engels oder Marx. Auf dem Fußboden sehe ich Elles Brief, die winzigste Schrift, die man sich vorstellen kann. Martha sagt: »Ach, du bist es.«

Ich wünschte, sie wäre vollständiger angezogen. Ich deute auf den Brief und sage: »Ich habe vorhin die Post geholt.«

»Und?«

»Du hast sie besucht?«

»Hast du etwas dagegen?«

»Überhaupt nicht.«

Sie steht auf und zieht sich den gelben Pullover an, es ist tatsächlich etwas kühl im Raum. Manchmal habe ich den Eindruck, als verderbe es ihr die Laune, daß ich ihr einmal gefallen habe. Als sie beim Anziehen einen Arm mit dem Pulloverärmel nach oben reckt, sehe ich, daß die Achselhöhle rasiert ist. Womöglich gibt es auf Schauspielschulen eine solche Vorschrift.

»Was willst du denn nun?« fragt sie, kaum daß ihr Kopf aus der Halsöffnung auftaucht.

»Ich habe eine Bitte.«

»Ja?«

»Der Brief da...«

»Ja?«

»Darf ich ihn lesen?«

»Warum?«

Auf diese Frage bin ich nicht gefaßt. Ich blicke auf ihre nackten Füße, die ich einmal Zeh für Zeh geliebt habe, und sage: »Ich kenne keinen, der so schöne Briefe schreibt wie sie.«

»Schon möglich«, sagt Martha in einem Ton, als stehe meine Erklärung noch aus. Ich hasse mich, weil ich zu feige bin, den Brief zu nehmen und damit hinauszugehen.

Sie sagt: »Ich kann ihn dir vorlesen.«

Sie hebt den Brief auf und zweifelt nicht daran, daß ich mit ihrem Vorschlag einverstanden bin. An ein Geheimnis zwischen ihr und Elle kann ich nicht glauben. In unserem vorigen Leben ist es ein paarmal vorgekommen, daß ich ihr Elles Briefe vorgelesen habe, das stimmt schon. Doch hätte ich nie etwas dagegen gehabt, wenn sie es vorgezogen hätte, selbst zu lesen. Außerdem ist Elle nicht ihre Schwester.

Mir fallen nur Grobheiten ein, also gehe ich aus dem Zimmer, ehe die Vorstellung beginnt.

Die Schwimmprüfung. Ich wachte vor dem Weckerklingeln auf und fühlte mich ausgeruht wie nach einem Winterschlaf. An anderen Morgen hatte ich nach dem Aufwachen meist mit Traumresten zu tun, diesmal nicht. Das Lexikon, das von der Nacht noch dalag, stellte ich ins Regal zurück.

Ich war erst einmal die hundert Meter nach Zeit geschwommen, vor ein paar Wochen zur Probe. Martha hatte am Beckenrand gesessen, auf ihren Sekundenzeiger geschaut und behauptet, ich hätte nur eins:dreiundvierzig geschafft; doch muß man berücksichtigen, daß ich unterwegs eine Horde Kinder zu umschwimmen hatte.

In der Küche machte ich mir Frühstück wie jeden Morgen, dann ließ ich es stehen, weil man mit leerem Magen wahrscheinlich schneller schwimmt. Vaters Jacke hing am Fenstergriff und schluckte das halbe Licht.

Als ich beim Schwimmbad ankam, war noch eine halbe Stunde Zeit. Die dicke Pförtnerin zeigte mit dem Finger auf mich und fragte: »Abitur?« Ich nickte, da hatte sie Mitleid und winkte mich durch das Drehkreuz. Alle Umkleideschränke waren noch frei, ihre Türen standen in gleichem Winkel offen. Ich entschied mich für die Einundsiebzig, weil ich Martha im Jahr einundsiebzig kennengelernt hatte. Vor Prüfungen fallen mir immer magische Zahlen ein, mit denen man auf das Resultat einwirken kann.

Ich ging in die Halle und kletterte auf den Turm; da noch

niemand im Becken war, lag das Wasser unbewegt und spie-
gelglatt auf dem Grund. Ich sprang hinunter, sah jede der
grünen Bodenkacheln einzeln und dachte entsetzt: Kein
Wasser drin! Ich flog und flog, man stellt sich nicht vor, wie
lange ich brauchte, um die fünf Meter hinabzufallen. Der
Gedanke an meine verfluchte Voreiligkeit wäre der letzte
meines Lebens gewesen, wenn nicht endlich das Wasser gekommen wäre. So froh war ich über meine Errettung, daß
ich schon da an einen Glückstag zu glauben anfing.
Auch diesmal gelang mein Trick mit den magischen Zahlen,
ich schwamm eins : achtunddreißig, obwohl ich keine star-
ken Gegner hatte. Bei jedem Armzug dachte ich : Wenn du
es schaffst, geht die Geschichte im Waldhaus gut zu Ende.
Der Sportlehrer Sowade zwinkerte mir zu und rief : » Na,
wer sagt's denn ! «
Erschöpft ging ich in den Duschraum. Ich ließ mir heißes
Wasser auf Kopf und Schultern prasseln, in scharfen dünnen Strahlen, die in die Haut eindrangen; um den angenehmen Schmerz zu erhalten, steigerte ich langsam die Tempe-
ratur bis zur Grenze des Erträglichen. Ich wollte mir einen
Plan für den Tag machen : Mit Vater sprechen? Zum Häuschen fahren und beobachten, was weiter geschah? Mich auf
die letzte Prüfung vorbereiten? Mit Martha den Tag ver-
bringen? Nichts davon lockte, nicht einmal Martha. Einen
Ratgeber hätte ich gebraucht, einen, der keine langen Erklärungen nötig hatte, der mehr wußte als ich, der klarer
denken konnte und nicht gleich in Panik geriet, wenn die
Lage verworren war. Doch obwohl der Tag so gut begonnen hatte, fiel mir niemand ein.
Eine Unmenge von Abiturienten drängte in den Duschraum, sie stellten sich unter die Nachbarduschen und zo-
gen die Hosen aus. Noch gestern hätte ich genauso ge-

spritzt und gekrächzt wie sie, heute kamen sie mir wie Kinder vor, die unerträglich an meinen Nerven zerrten; sie waren von einer anderen Schule.

Einer von ihnen, ein kleiner, kräftiger Kerl, berührte mich an der Schulter und zeigte zu einem Schild hoch, das an der Wand hing: dort stand, die Badekleidung sei beim Duschen abzulegen. Das Gesicht war voller Pickel und paßte zu seiner aufdringlichen Art. Ich wusch mir die Stelle sauber, an der er mich angefaßt hatte und wendete mich ab von ihm. Aber er gab sich nicht zufrieden, er sagte: »Kannst du nicht lesen?« Ich verstehe bis heute nicht, warum der Wichtigtuer mich so aufregte. Plötzlich hatte ich das Empfinden, daß er ein Schuldiger war: einer von denen, die gern peinigen und nur dann Ruhe geben, wenn sie an einen Stärkeren geraten. Ich weiß noch, daß ich überlegte, ob ich ihn unten oder oben treffen sollte. Er sagte herausfordernd: »Du, ich rede mit dir.«

Ich fuhr herum und schlug ihn gegen den Kopf. Ich muß die Hand dabei zur Faust geschlossen haben, denn tagelang taten mir die Knöchel weh. Er schrie auf, daß sich alle nach uns umdrehten. Noch während er zurücktaumelte und fiel, verflog meine Wut.

Die anderen stürzten sich auf mich; es entstand ein regelrechter Kampf um das Vorrecht, mich greifen zu dürfen. Schließlich hielten vier Abiturienten meine beiden Arme fest, die übrigen standen mit ihren nackten Hintern und Schwänzen sprungbereit um uns herum, wie eine Meute scharfer Hunde an der Leine. Ich wehrte mich nicht; abgesehen davon, daß es keinen Sinn gehabt hätte, hielt ich es auch nicht für erforderlich. Einer fragte, was geschehen sei, das konnte ihm niemand erklären.

Der picklige Bursche erhob sich langsam, mit der Hand

seine Nase haltend. Auf den Fliesen lagen dunkelrote Tropfen, erschreckend aber sah seine Brust aus: Blut vermischte
sich dort mit Wasser zu einem Delta. Er starrte mich re-
spektvoll und böse an. Ohne den aufseherhaften Blick
gefiel er mir besser. Er sagte: »Der ist ja verrückt.« Dann
besah er sich seine Handfläche, trat unter eine der vielen
Duschen, die ohne Pause sprühten, und wusch sich das
Blut ab.
Einer der Kerle drehte mir grob den Arm um. Ich sagte zu
ihm, er solle damit aufhören, und der Druck ließ tatsächlich nach. Mein Pickliger kam näher; er war nun reinge-
spült, doch war ihm ein Schnurrbart aus Blut geblieben,
den er durch ständiges Hochziehen am Wachsen hinderte.
Jemand fragte: »Was ist denn nun passiert?«
Ich sagte: »Ich fürchte, wenn ihr mich noch lange festhal-
tet, wird der noch mutig.«
Der Picklige sagte: »Dazu müssen sie dich nicht festhalten.«
Mein Sportlehrer Sowade und ein fremder Mann kamen eilig in den Duschraum, da ließen mich die Abiturienten los.
Jemand drehte die Duschen zu, während der Picklige den
Lehrern zu erzählen anfing, was sich seiner Meinung nach
zugetragen hatte. Ich verstand nur die ersten Worte, denn
ich verließ den dampfenden Raum und ging in die Halle
zurück. Warum ich nicht zu den Kabinen ging und mich
anzog, weiß ich nicht. Ich hörte noch, wie Sowade streng
meinen Namen rief, dann war ich draußen.
In der Halle ging es auffallend still zu; die Schwimmer kon-
zentrierten sich auf ihre Prüfung und standen oder saßen
ernst herum; jeder schien Kraft sparen zu wollen, indem er
sich nicht unnütz bewegte, so war das Becken leer. Ich
sprang hinein und überlegte, warum ich den Jungen ge-

schlagen hatte. Wodurch war ich in einen Zustand geraten, in dem es einem gewöhnlichen Kläffer gelang, mich um die Beherrschung zu bringen? Der Gedanke, es könnte sich um ein Symptom desselben Leidens handeln, das bei meiner Schwester schon weit fortgeschritten war, beunruhigte mich ziemlich. Zwar hatte ich bisher noch nie jemandem ins Gesicht geschlagen, nicht einmal dann, wenn ich angegriffen worden war, aber das konnte auch heißen, daß die Inkubationszeit der Krankheit viele Jahre betrug.

Ich war nicht in das große Bassin gesprungen, sondern ins Nichtschwimmerbecken, das ebenfalls leer war. Sowade hatte keine Mühe, mich darin zu finden, er stand am Bekkenrand und winkte mich heran. Ich tat so, als hätte ich ihn nicht bemerkt, obwohl das unmöglich war; ich schwamm einen sanften Bogen und tauchte zum entgegengesetzten Rand. Doch da war er auch und hockte über mir. Zwei Stoppuhren, die er um den Hals gehängt hatte, baumelten ihm zwischen den Beinen, dicht vor meinen Augen. Er fragte: »Was ist los mit dir?«

Es hätte zu nichts geführt, darauf zu antworten, zumal ich selbst ja nur wenig wußte. Vor einigen Jahren war ich, während einer Turnstunde, vom Reck gestürzt; Sowade hatte mich aufgefangen und sich den kleinen Finger dabei gebrochen, mir selbst war nichts passiert. Ich verstand schon: er mußte einer solchen Sache nachgehen, der andere Lehrer würde es auch tun. Ich zuckte die Schultern und machte ein ernstes Gesicht, damit er nicht glaubte, daß ich die Sache leichtnahm.

»Hast du ihm allen Ernstes ohne Grund die Nase eingeschlagen?« fragte er.

»Ist sie gebrochen?« fragte ich.

»Wohl nicht. Aber das ist nicht dein Verdienst.«

Ich sagte: »Es gab schon einen Grund.«

»Er hat erzählt, er hätte dich auf ein Schild aufmerksam gemacht, das sei alles gewesen.«

»Das stimmt nicht. Er hat es dreimal getan.«

»Was du nicht sagst!«

»Sie hätten seine Augen dabei sehen sollen.«

»Seine Augen?«

Sowade stützte die Hände auf die Knie, wie kurz vor dem Aufrichten, stieß Luft durch die Nase aus und tat entrüstet. Er sagte: »Ich glaube, du hast einen Dachschaden. Wer gibt dir das Recht zuzuschlagen, wenn dir irgendwelche Blicke nicht passen?«

So weit war ich mit meinen Überlegungen auch schon gekommen, und ich sah keinen Sinn darin, künstlich Widerspruch vorzubringen. Also sagte ich: »Niemand.«

»Man muß nicht unbedingt eine große Nummer daraus machen«, sagte Sowade und stand auf: »Er heißt Norbert Waltke, merk dir den Namen. Du gehst zurück in die Dusche und entschuldigst dich bei ihm. Er wird das annehmen, und der Vorfall ist vergessen.«

»Muß ich beim Entschuldigen die Hose ausziehen?«

»Ich kann an dieser Sache nichts Komisches finden«, sagte Sowade und ging davon.

Ich stieg aus dem Wasser und machte mich auf den Weg zum Duschraum. Sowade war auf der Startbrücke angekommen, sprach mit schwimmbereiten Schülern und blickte dabei zu mir. Wahrscheinlich, dachte ich, sehen wir uns jetzt zum letztenmal im Leben. In meinem Mund sammelten sich Kröten.

Wenn ich der Geschlagene gewesen wäre, hätten mir Entschuldigungen gestohlen bleiben können. Sowade verfolgte mich mit einem Polizistenblick; er hielt es für erwiesen, daß meine Untat mit ein paar verlogenen Worten gesühnt werden konnte. Hätte ich den ekelhaften Kerl ans Herz drücken sollen?

Im Duschraum standen inzwischen auch Schüler aus meiner Klasse. Jemand stellte mir eine Frage, der ich entnehmen konnte, daß sich der Vorfall noch nicht herumgesprochen hatte. Während ich durch den Dunst auf ihn zuging, drehte Norbert Waltke mir den Rücken zu, als wollte er sich nicht so leicht finden lassen. Mit dem Duschen war er längst fertig und stand wohl nur noch da, um mir zu vergeben.

Ich stellte mich unter die Nebendusche, experimentierte mit den Wasserhähnen und ließ lange Sekunden verstreichen, bevor ich fragte: »Hast du einen Moment Zeit?«

»Wofür?« fragte er in schlecht geheuchelter Ahnungslosigkeit. Seine linke Gesichtshälfte war gerötet, die angeschwollene Nase bildete eine Grenze zwischen den beiden Farben. Ich empfand keine Genugtuung bei diesem Anblick, im Gegenteil, er war mir peinlich.

»Die Geschichte eben«, sagte ich, »ich meine, mein Verhalten dabei. Das war nicht in Ordnung.«

»Finde ich auch«, sagte er.

»Tut mir leid«, sagte ich. »Und ich hoffe, du entschuldigst die Sache.«

Von der gegenüberliegenden Duschenreihe rief einer seiner Freunde, ein besonders breiter Junge, ihm zu: »Alles in Ordnung, Norbert?«

»Ja, ja«, rief er zurück und winkte ab. Dann besah er mich, wie um herauszufinden, ob ich seine Nachsicht verdiente. Auch diese Prüfung bestand ich, er sagte: »Ist längst vergessen. Aber beim nächsten Mal solltest du vorsichtiger sein.«

Weil mich das Großmäulige an seinen Worten schon wieder störte, sagte ich: »Warten wir das nächste Mal ab.«

Ich drehte die Dusche zu, schüttelte mich wie ein Hund und ging, unter allgemeiner Aufmerksamkeit, in Richtung des Umkleideraums. Der Picklige folgte mir, nicht in böser Absicht, so schien es, er hatte denselben Weg. Unterwegs löste ich das Band an meiner Badehose, während Norbert Waltke die seine in der Hand hielt und sie im Gehen auswrang.

Vor der einundsiebziger Tür blieb ich stehen und ertastete den Schlüssel, den ich in einer Ritze zwischen den Schränken versteckt hatte. Norbert Waltke ging an mir vorbei, ich dachte, ich wäre ihn endgültig los, aber nein. Wenige Schritte entfernt blieb er stehen, wendete sich mir zu und sagte: »Wenn ich gewußt hätte, was los ist, hätte ich dich natürlich in Ruhe gelassen.«

»Was meinst du damit?« fragte ich.

»Ich hätte dann nicht auf das Schild gezeigt.«

»Was meinst du mit: Wenn ich gewußt hätte...?«

Er lächelte wie einer, der sich nicht aufs Kreuz legen läßt. Er sagte: »Laß mal gut sein«, dann ging er weiter. Ich sah auf seinen Rücken, der noch schlimmer als das Gesicht befallen war, bis er in einen Seitengang verschwand.

Beim Abtrocknen verstand ich den Sinn seiner Worte. Ich hörte förmlich, womit mein Lehrer Sowade ihn besänftigt hatte: *Das Schild, du hast schon recht, es gilt für alle, keine Frage, also auch für ihn. Aber die Angelegenheit hat noch einen zweiten Aspekt, von dem du nichts wissen konntest, und zwar: Hans ist Jude. Es kann da leicht Empfindlichkeiten geben, von denen unsereins nichts ahnt. Ich hoffe, du verstehst.* So ähnlich mußte es gewesen sein, denn alle anderen Erklärungen paßten nicht. Zwölf Jahre war ich heil durch die

Schule gekommen, das heißt, immer war ich so behandelt worden, daß ich keinen Verdacht zu schöpfen brauchte, und in der letzten Schwimmstunde nun das. Ich wollte im ersten Ärger zurück in die Halle stürzen, was aber hätte ich Sowade sagen sollen?

Eine Theorie meines Vaters, die ich bei verschiedenen Gelegenheiten gehört hatte, lautete: Es gebe überhaupt keine Juden. Juden seien eine Erfindung, ob eine gute oder eine schlechte, darüber lasse sich streiten, jedenfalls eine erfolgreiche. Die Erfinder hätten ihr Gerücht mit so viel Überzeugungskraft und Hartnäckigkeit verbreitet, daß selbst die Betroffenen und Leidtragenden, die angeblichen Juden, darauf hereingefallen seien und von sich behaupteten, Juden zu sein. Das wiederum mache die Erfindung um so glaubwürdiger und verleihe ihr eine gewisse Wirklichkeit. Immer schwerer werde es, die lügnerische Sache bis zu ihrem Anfang zurückzuverfolgen, sie sei von einem Brei aus Geschichte umgeben, durch den man mit Argumenten nicht mehr hindurchdringe. Am verwirrendsten aber sei es, daß so viele Menschen sich in ihre Rolle als Juden nicht nur gefügt hätten, sondern von ihr geradezu besessen seien und sich bis zum letzten Atemzug dagegen wehren würden, wollte man sie ihnen wegnehmen.

Während ich mich anzog, nahm mein Ärger ab; er gehörte zu einer Sphäre, von der ich mich nun trennte. Beim Kämmen sah ich in allen vier Reihen des Umkleideraums nach, doch Norbert Waltke war schon gegangen. Wenn ich mich beeilte, war er vielleicht noch auf der Straße zu sehen, und dann? Mir fiel ein, was ich Sowade zum Abschied hätte sagen können: *Ich möchte nicht von der Schule verschwinden, ohne einen Irrtum aufzuklären, von dem ich erst heute erfahren habe: ich bin, entgegen Ihrer Vermutung, nicht beschnit-*

ten. Ich hatte keine höheren Motive, dem Kerl eine runterzu-
hauen, nur niedere. Hoffentlich hat das Mißverständnis Sie
nicht bewogen, ein paar Sekunden zu früh auf die Stoppuhr
zu drücken.

Schon beim Hinuntergehen wurde das Häuschen wieder
wichtig, mit Gordon Kwart, mit dem mißtrauischen Fremden am Fenster, mit dem Mann in seinen Fesseln auf dem
Bett, mit meinem armen Vater. Ich trat auf die Straße hinaus
und konnte mich für keine Richtung entscheiden. Ich hatte
vergessen, warum ich Martha, meiner einzigen Vertrauten,
die Katastrophe verschweigen wollte, ich wußte nur noch,
daß es nötig war. Mit der Geschichte von Norbert Waltke
und Sowade sollte sie entschädigt werden.

Heute verpasse ich den Postboten: Heute kommt der hell-grüne Brief von der Universität. Rahel Lepschitz über-reicht ihn mir wie eine Reliquie, sie flüstert: »Es möge darin stehen, was du dir am meisten wünschst.« Dann läßt sie mich allein, um nicht in einem solchen Augenblick zu stören.

Meine Lust aufs Studium ist nicht so unermeßlich, wie sie wohl meint. Ich kann mir viele Berufe vorstellen, die zu er-tragen wären, Tischler, Krankenpfleger, Bauer, Gärtner, Uhrmacher, ich weiß ja ohnehin nicht, womit man es als ge-lernter Philosoph zu tun bekommt.

Der Brief enthält das Erwartete: man freut sich, mir mittei-len zu können, daß ich zum Studium angenommen bin, dazu ein halbes Blatt *Praktische Hinweise.* Es wird sich zei-gen, ob der Philosophie damit gedient ist, noch möchte ich es nicht ausschließen; im Augenblick ist mir damit gedient. Nur muß sich jemand finden, der mir ein Zimmer gibt, ich möchte meine Karriere als Student auf keinen Fall in dieser Wohnung beginnen. Gemessen an der Größe des Problems sind vier Monate eine knappe Zeit, man hört von Leuten, die länger hinter einem Zimmer her sind, man hört von ki-lometerlangen Wartelisten. Ich setze mich hin und schreibe Werner Klee von meinem Glück, wir sind beinah befreun-det. Er ist Soldat, er schmachtet in einer Kaserne bei Prenz-lau und braucht gute Nachricht.

Beim Abendbrot laufen Fernsehnachrichten ohne Ton, das kann zwei Ursachen haben: die eine wäre, daß man den Inhalt des grünen Briefes von mir erfahren möchte, die andere, daß die bekannte Rede zum Jahrestag der Befreiung gehalten wird, in irgendeinem Festsaal. Hugo und Rahel Lepschitz blicken immer dann zum Bildschirm, wenn die Zuhörer, die unglaublich aufmerksam aussehen, gezeigt werden. Ich höre Lepschitz sagen: »Der blonde Mensch in der dritten Reihe...«

»Wo?« fragt seine Rahel.

»Wie viele dritten Reihen gibt es?«

»Was ist mit ihm?«

Doch Lepschitz schweigt verdrossen und ißt: das Bild hat gewechselt, es hätte keinen Sinn mehr zu sagen, wem der blonde Mensch ähnlich sieht. Zu Hause hatten wir keinen Fernsehapparat, weder in der Wohnung noch im Häuschen. Ich war dafür, einen zu kaufen, aber Vater hatte das Geld. Als ich ihm vorhielt, jeden Tag rede man in meiner Klasse über Dinge, von denen ich keine Ahnung hätte, sagte er: »Was ist das schon für eine Ahnung.«

Während er den lautlosen Redner im Auge behält, sagt Lepschitz: »Ich könnte dir erklären, warum er schweigt.«

»Warum?« fragt Rahel.

Mich trifft ein Blick, ob ich verstanden habe, daß über mich gesprochen wird.

»Er sagt nichts, weil sie ihn abgelehnt haben.«

Sekundenlang wird mir Gelegenheit geboten, die Vermutung zurückzuweisen, ich lasse sie ungenutzt verstreichen. Je länger ich sie vermuten lasse, um so größer wird die Erleichterung sein.

»Ich könnte dir auch erklären, warum sie ihn abgelehnt haben«, sagt Lepschitz dann.

»Warum?«

»Weil er zu stolz war, in sein Antragsformular zu schreiben, daß er Sohn eines Opfers des Faschismus ist.«

Genau das habe ich in die entsprechende Rubrik des Antragsformulars geschrieben, schon damals hatte ich kein gutes Gefühl. Ich frage: »Was hat das mit Stolz zu tun?«

»Wenn dir das Wort Dummheit lieber ist, dann bitte«, sagt Lepschitz.

»Aber ihr irrt euch. Ich bin nicht der Sohn eines Opfers des Faschismus.«

Gleichzeitig fragen beide: »Was bist du sonst?« und: »Hast du den Verstand verloren?«

»Als ich geboren wurde, war er längst kein Opfer mehr.«

»Das ist man ein Leben lang, mein Lieber«, sagt Lepschitz, »das wird man niemals los.«

Und Rahel Lepschitz sagt: »Man kann sich nicht aussuchen, wessen Sohn man ist.«

»Aber man kann sich aussuchen, was für ein Sohn man ist.«

»Auch da habe ich Zweifel«, sagt sie, und Lepschitz schüttelt den Kopf über so viel Unverstand.

Ich lasse mich nicht auf einen Streit ein, der ohne mein Lügen nicht entstanden wäre, ich schweige noch ein Weilchen. Vielleicht bin ich tatsächlich nur aus diesem einen Grund angenommen worden: es kümmert mich nicht. Es würde mich kümmern, wenn mir das Studium wichtig wäre und wenn ich fürchten müßte, nur mildernde Umstände hätten mir zum Glück verholfen.

Vater hat es verabscheut, als Opfer zu gelten. Wir haben uns nie über das Thema unterhalten, doch gibt es Äußerungen von ihm, die keinen anderen Schluß erlauben. Zum Beispiel erinnere ich mich an einen Streit zwischen Gordon Kwart und ihm, bei dem er Kwart vorwarf, ein Schnorrer

zu sein: Kwart hatte ihm die Neuigkeit überbracht, daß an-
erkannte Opfer des Faschismus keine Rundfunkgebühren
zu zahlen brauchten, worauf mein Vater in eine Wut geriet,
die uns beide wunderte. Ich war damals elf oder zwölf und
leicht zu beeindrucken; ich weiß noch, wie meine Sympathie im Verlauf des Streits von Kwart auf meinen Vater überging. Er warf Kwart vor, kein Gefühl für Peinlichkeit zu be-
sitzen. Eine Maßnahme, rief er, die bei Lichte besehen
nichts anderes als eine Demütigung sei, lasse dieser
Dummkopf sich als Wohltat andrehen. »Sie machen einen
Schnorrer aus dir, und du bedankst dich noch!« Als Gordon Kwart es dennoch richtig fand, die Vergünstigung in
Anspruch zu nehmen, verzankten sie sich für Wochen.

»Ich begreife nicht, warum ihr euch so aufregt«, sage ich,
»sie haben mich natürlich angenommen.«

»Sie haben dich angenommen?«

»Habt ihr daran gezweifelt?«

Sekundenlang bin ich der einzige am Tisch, der kaut. In Rahels Augen funkelt eine Träne, sie übertreibt, das Glück
sieht anders aus. Für Hugo Lepschitz aber ist der Fall noch
nicht ausgestanden.

»Erklär mir bitte, warum du uns so lange zappeln läßt«,
sagt er; es klingt, als wiederhole er den Satz zum zehnten-
mal.

Versöhnlich legt Rahel die Hand auf seinen Arm und sagt:
»Versteh doch, er wollte unsere Spannung auskosten. Sei
jetzt nicht streng mit ihm, wo alles so gut geendigt hat.«

»Ich sehe das anders«, sagt Lepschitz.

»Was siehst du wie?«

»Er will uns zu verstehen geben, daß seine Angelegenheiten uns einen Dreck angehen.«

»Ich bitte dich!«

»Mehr noch«, sagt Lepschitz: »Er will uns zeigen, daß unser Interesse ihm lästig ist. Wir sollen uns nicht einbilden, wir hätten Anspruch auf sein Vertrauen.«

»Um Himmels willen, Hugo, was redest du!«

Lepschitz ist nun jemand, der sich nach viel zu langem Schweigen Luft gemacht hat. Auch Rahel scheint zu spüren, daß an der Sache etwas dran ist, sie wäre glücklich, wenn ich den Vorwurf widerlegen könnte. Sie nickt mir zu, wie um mich aufzufordern, das Mißverständnis schnellstens aus der Welt zu schaffen. Ich will ihr den Gefallen tun, obwohl Lepschitz recht hat; es braucht nicht viel Scharfsinn, um solche Schlüsse zu ziehen, er muß nur glauben, was er täglich sieht. Ich aber muß schleunigst das Gegenteil versichern, ich bin es beiden schuldig, die mich ja nicht aus bösem Willen bei sich aufgenommen haben.

Also sage ich dreist zu Lepschitz: »Es stimmt nicht, was du behauptest.«

»Wo ist der Fehler?«

Ich sage: »Ich habe den Brief nur deshalb nicht erwähnt, weil ich ihn nicht so wichtig finde.«

»Du findest ihn nicht wichtig?«

»Na, siehst du!« ruft Rahel erleichtert, als hätte ich den Verdacht in Atome zertrümmert. Doch Lepschitz ist nicht so leicht zu überzeugen, er schüttelt den Kopf, in winzigen Bewegungen und schnell, so daß es eher nach einem Zittern aussieht. Ein Stück Matze, auf das er Butter streicht, zerbricht.

Ich sage: »Es wundert euch vielleicht, daß einer sich nicht freut, wenn er zum Studium angenommen wird?«

»Ja, das wundert uns«, sagt Lepschitz. »Wozu hast du dich erst beworben?«

»Es wäre kein Unglück gewesen, wenn sie mich abgelehnt hätten.«

»Glänzende Erklärung.«

»Laß ihn schon in Ruhe«, sagt Rahel. »Und du tu mir einen Gefallen: ich möchte den Brief lesen.«

Ich gehe in mein Zimmer, um ihn zu holen. Das ganze Verbrechen von Hugo und Rahel Lepschitz besteht darin, daß sie sind, wie sie sind. Wie lange will ich ihnen noch vorwerfen, daß sie vor einem Jahr geglaubt haben, ich wäre, mit meiner hübschen Erbschaft, der Richtige für ihre Tochter? Das haben wir alle geglaubt. Ich gehe zurück und reiche Rahel den Brief.

Während sie liest, sagt Lepschitz: »Beantworte mir eine Frage: wenn es dir gleichgültig war, was aus dem Antrag wird, warum bist du dann jeden Tag dem Briefträger entgegengegangen?«

Ich muß hier weg, kein Zweifel, ich brauche so schnell wie möglich ein Zimmer. Ich werde unter seinem Blick wohl rot, so fest und forschend kenne ich ihn gar nicht. Zu meiner eigenen Verwunderung sage ich: »Nicht jeden Tag. Ich gehe manchmal zum Kasten, weil ich einen wirklich wichtigen Brief erwarte.«

»Von wem?«

Rahel ist mit dem Lesen fertig, sie hat nicht zugehört. Arglos legt sie den Brief Hugo vor und wartet, daß er sich auch ein wenig freut. Aber er denkt nicht daran, er schiebt den Wisch zur Seite und richtet seine Augen auf den Festtagsredner ohne Ton; von einem Moment zum nächsten vertieft er sich in den Anblick, als sei es ihm möglich, dem Mann die Worte von den Lippen abzulesen. Rahel macht mir beruhigende Handzeichen, sie glaubt, daß die Verstimmung sich wieder geben wird. Dann faltet sie den Brief zusammen und legt ihn neben meinen Teller.

Ich esse und esse. Seit einiger Zeit beherrsche ich die

Kunst, an nichts zu denken; einzig ein leises Surren ist dann in meinem Kopf, es legt sich, stelle ich mir vor, wie eine Schutzschicht übers Hirn, um jede Arbeit von ihm fernzuhalten. Auf Worte in gewöhnlicher Lautstärke reagiere ich dann nicht, man kann mich eher durch einen Stoß erreichen. Ich esse und übe mich in meiner Kunst.

Ein kleiner Schrei von Rahel durchdringt den Panzer: sie hält sich eine Hand vor den Mund, was ist passiert? Lepschitz hat einen anderen Sender eingestellt, und dort ist eben Willy Brandt zurückgetreten, da schreit sie.

Ich streife meine Schutzschicht ab und höre, wie Rahel und Hugo zanken: wie sie beklagt, daß unsere Leute einen so besonnenen Mann nicht haben schonen können, wie er der Meinung ist, spioniert werde überall, und nur gewisse Damen mit ihrem Hausfrauenhorizont vergingen dabei vor Mitleid. Sie widerspricht natürlich, ich weiß nicht wie, ich nehme meinen grünen Brief und mache mich so gut wie unbemerkt davon.

Unentschlossen stand ich vor dem Schwimmbad. Auf einmal fürchtete ich mich davor, nach Hause zu gehen, wo Vater in der Küche saß, heißen Tee von der Untertasse schlürfte und das *Neue Deutschland* las. Genauso aber graute mir davor, mich vor ihm zu verstecken oder gar harmlos zu tun und wie sonst mit ihm zu reden. Ich war es, der in die Offensive gehen mußte, doch wie nur? Wenn ich nichts Besseres vorzubringen hatte, als daß es Unrecht war, was sie im Häuschen trieben, dann gute Nacht.

Ich fuhr hinaus zu meiner Schwester Elle, das war die Lösung, ins Heim. Sie war die einzige Person, mit der ich offen über das gestrige Ereignis sprechen konnte; es war sonderbar, wie spät ich an sie dachte. An guten Tagen redete sie so klug, daß man sich fragte, warum nicht alle anderen in der Anstalt sitzen, warum ausgerechnet sie. Es hatte keinen Sinn, sie zu belügen oder ihr etwas zu verschweigen: entweder durchschaute sie einen mit unbegreiflicher Sicherheit, oder man kam sich wie ein Lump vor. Wenn es etwas zu verschweigen oder zu lügen gab, durfte man sie also gar nicht erst besuchen. An anderen Tagen aber war sie unansprechbar; sie nickte dann viel und lächelte, wie eine Mutter, die dem plappernden Kind zuzuhören scheint, während ihr Kopf voller Sorgen ist.

Der Pförtner mit dem riesigen Kropf grüßte mich militärisch, wir kannten uns seit einer Ewigkeit. Vater hatte ihn einmal laut zur Rede gestellt, als Elle uns weit vor dem Heim entgegenkam: Wozu man ihn denn in die Pförtnerloge gesetzt habe, wenn alle ungehindert das Tor passieren könnten! Seither nutzte er jede Gelegenheit zu zeigen, daß er nichts gegen mich hatte, im Unterschied zu meinem Vater. Ich muß dazu noch sagen, daß Vater bei jedem Fremden, der älter als fünfzig war, zu Ungerechtigkeit und Grobheit neigte.

Die Station ist ein graues einstöckiges Haus, das einen provisorischen Eindruck macht; es ist, solange ich es kenne, von Ziegelhaufen und Zementhügeln umgeben, als warteten Bauleute auf seine Räumung, um es fertigstellen zu können. Innen hingegen wirkt es vollständig eingerichtet, nur ärmlich. Der Park aber, in dem es steht, ist reich und wild.

Ich ging zum Zimmer der aufsichthabenden Schwester, an deren Tür *Aufsichthabende Schwester* steht, wir begrüßten uns mit Namen. Ich brauchte nicht zu erklären, wozu ich hier war, wie üblich ging ich in den Besucherraum und wartete darauf, daß man mir Elle brachte. Wir durften auch im Park spazierengehen.

Doch diesmal kam sie, anstatt mit Elle, mit einem Arzt, den ich noch nie gesehen hatte. Er fragte: »Sie sind der Bruder?«, und als ich nickte, gab er mir die Hand. Etwas war nicht in Ordnung, soviel war klar. Am anderen Ende des Raumes saßen zwei Patienten beim Halma, der eine lachte übertrieben lange, vielleicht vor Freude über eine Dummheit seines Gegners. Kreischen und schrilles Lachen waren hier keine ungewöhnlichen Geräusche, ich hatte mir inzwischen abgewöhnt, Erschrecken zu zeigen. Er sagte, ich könne heute nicht mit Elle sprechen. Ich bat ihn ins Blaue hinein, es zu erlauben, ich brauchte dringend ihren Rat, es sei etwas Außerordentliches geschehen. Er sagte: »Dann erst recht nicht.«

Es schmeichelte mir, daß er mich wie einen erwachsenen Menschen behandelte und sich Zeit für mich nahm; ich hatte das Gefühl, es wäre, was die Erlaubnis anging, das letzte Wort noch nicht gesprochen. Bei meinen früheren Besuchen hatte ich bemerkt, daß sich hinter den Entscheidungen der Ärzte nicht selten Ratlosigkeit verbarg; sie waren es nun einmal, die hier anzuordnen hatten, ob sie sich ihrer Sache sicher waren oder nicht.

Er sagte, sie hätten Elle ein Beruhigungsmittel geben müssen, sie sei dementsprechend müde und kaum imstande, ein Gespräch zu führen. Ich fragte: »Was bedeutet – geben müssen?«

Da klappte er das Hemd auf und legte seinen Hals bis zur Schulter frei; ich sah eine dunkelrote Schramme, die an seinem Kehlkopf begann und sich in der Gegend des Schlüsselbeins verlor. Es war nicht nötig, Fragen zu stellen, er erklärte auch nichts; ein paar Sekunden lang gewährte er mir den Anblick. Ich war bestürzt, aber auch neugierig, denn noch nie hatte ich jemandem gegenübergestanden, den Elle angegriffen hatte: so also sah ein Gesicht aus, das sie nicht ertragen konnte. Für mich hatte es nichts Beängstigendes an sich, es war ein Dutzendgesicht, blaß und unverdächtig. Ich erkundigte mich, wie oft Elle ihm schon vorher begegnet sei.

Einen Moment sah er mich verständnislos an, dann lächelte er und sagte: »Nein, nein, Sie reimen sich da etwas Falsches zusammen.«

Elle hatte sich gestern, beim Spazierengehen im Park, auf eine ältere Frau gestürzt, auf die Besucherin eines anderen Patienten. Sie hatte ihr ein Büschel Haare ausgerissen und sie dann, als die Frau hingefallen war, mit Füßen getreten. Er, der Arzt, war hinzugeeilt und hatte sich bei dem

Versuch, die tobende Elle festzuhalten, die Verletzung geholt.

Weil mir nichts einfiel, um seinen Sinn zu ändern, entschuldigte ich mich für meine Schwester. Er sagte: »Was können
denn Sie dafür«, und nach einer Pause: »Was kann überhaupt jemand dafür.« Er gefiel mir besser als alle Ärzte,
denen ich bisher begegnet war, und ich sagte: »Ach, lassen
Sie mich doch zu ihr.«

»Natürlich können Sie zu ihr«, antwortete er, als hätten
wir bisher aneinander vorbeigeredet. »Doch mit sensatio-
nellen Neuigkeiten sollte man sie verschonen. Müde ist sie
wirklich. Sie hat so viel von dem Zeug schlucken müssen,
daß Sie und ich auch davon müde wären.«

Unterwegs zu ihrem Zimmer erzählte er, er habe erst seit
zwei Wochen mit dieser Station zu tun, und Elle sei ihm
schon ans Herz gewachsen. Es klang, als wollte er mir seine
Nachgiebigkeit erklären, aber das war nicht nötig, wie
konnte man Elle nicht mögen.

Sie sah aus wie nach einer Arbeit, die über ihre Kräfte gegangen war. Als ich eintrat, waren ihre Augen genau auf die
Tür gerichtet. Sie legte beide Hände auf die Stuhllehnen,
wie um mit dem Aufstehen zu beginnen, brach die Bewegung aber ab. Ich hielt sie lange umarmt und streichelte ihr Haar; ich kann mir nicht vorstellen, daß irgendjemand zuvor schon so viel Mitleid mit jemandem hatte
wie ich mit ihr. Von Vater wußte ich, daß er manchmal
nur hinausfuhr, um sie eine kleine Weile umarmt zu
halten.

Ich zog mir den zweiten Stuhl heran und setzte mich, das
Fenster vor uns stand offen; es roch nach Teer und nach

frischgemähtem Gras. Wenn ich von unserer Mutter träumte, dann hatte sie immer Elles Gesicht. Ich haßte die Medikamente. Auch wenn sie heute eine besonders hohe Dosis bekommen hatte, so mußte sie doch täglich diesen Tablettendreck schlucken, unter Aufsicht, weil sie nicht zuverlässig war. Die Medikamente beseitigten eine dauernde Erregung, ließen aber fast nichts von ihr übrig.

Sie nahm meine Hand und sagte: »Gestern ist es wieder passiert.«

Ich wußte nicht, wie ich mich verhalten sollte, denn freiwillig hatte sie nie von ihren Überfällen geredet; und weil ich sah, wie sie sich krümmte, sobald ich davon anfing, hatte ich dieses Thema aufgegeben. War es nun besser, sich dumm zu stellen, oder durfte ich wissen, wovon die Rede war? Ich fragte: »Was ist passiert?«

»Ja, weißt du denn nicht?« fragte sie und verlor ein wenig Müdigkeit.

Ich sagte schnell: »Doch, doch, ich weiß.«

Sie nickte, als hätte sie es sich anders nicht vorstellen können. Dann wurden ihre Lider wieder schwer, und ich begann einzusehen, daß der Rat des Arztes vernünftig gewesen war. Ich fragte: »Wie ist die Sache ausgegangen?«

»Wie immer«, antwortete sie, unendlich müde. »Leute sind gekommen und haben mich überwältigt.«

Ich sagte: »Es ist das Normalste von der Welt, wenn man bestimmte Gesichter nicht ertragen kann. Mir geht es auch so, ich kann mich nur etwas besser beherrschen.«

»Das ist aber ein großer Unterschied. Und weißt du was?« sagte sie. »Noch während sie mich festhalten, denke ich: Ihr habt ja recht, ist ja schon gut!«

Ich erzählte ihr, daß auch der Arzt etwas abbekommen hatte, ich wollte ihr nichts verschweigen. Die Furcht, sie falsch zu behandeln, ließ mich nicht los; ich beschrieb die Schramme, die er mir gezeigt hatte, aber sie hörte kaum zu. Auf meine Frage, ob er auch auf sie einen so guten Eindruck gemacht habe, antwortete sie schon nicht mehr. Da schlug ich vor, sie sollte ein wenig schlafen, ich würde warten und mir die Zeit schon vertreiben.

Elle nickte. Sie ging zum Bett, legte sich hin und war, als ich herankam und sie zudeckte, wohl schon eingeschlafen. Weil ich Hunger hatte, öffnete ich ihren Schrank und fand dort Kekse. Im Grunde ekle ich mich vor Krankenhäusern und dergleichen Anstalten und würde nie dort freiwillig essen, doch dieses Zimmer war Elles Wohnung.

Sie besaß ein Buchregal, auf dem zumeist andere Bücher standen als solche, die Vater oder ich ihr mitgebracht hatten; sobald sie eins ausgelesen hatte, verschenkte sie es, sie war davon nicht abzubringen. Vielleicht tauschte sie auch. Ich nahm mir eines der fremden Bücher, setzte mich in ihren Stuhl am offenen Fenster und las. War es die Schwimmprüfung oder die letzte Nacht, auf einmal schlief auch ich.

Wir wurden von einer Schwester geweckt. Ich saß mit dem Rücken zur Tür und tat so, als hätte ich aus dem Fenster gesehen; nur fiel mir beim Umdrehen das Buch zu Boden. Die Schwester blickte von Elle zu mir und fragte leise, ob Elle heute nicht Mittag essen wolle. Ich fragte, ob das Essen nicht hergebracht werden könne, von mir zum Beispiel, da sagte Elle: »Mir ist schlecht, und ihr redet von Essen.«

Die Schwester ließ uns allein. Elle stand auf und trank aus dem Wasserhahn. Sie behauptete, das Wasser hier sei sehr gut, und ich fragte mich, mit welchem anderen Wasser sie es wohl vergleichen konnte. Sie aß alle Kekse, die ich übrig-

gelassen hatte. Auf meinen verwunderten Blick hin sagte
sie: »Wir wären sie sonst nicht losgeworden.«
Wir setzten uns wieder ans Fenster, ich wartete ab. Ihre Fin-
gernägel waren bis aufs Nagelbett heruntergeschnitten.
Die Müdigkeit war noch nicht aus ihr heraus, sie hätte
zehnmal länger dafür schlafen müssen. Sie lächelte auf-
munternd, dann fragte sie: »Wie heißen noch schnell die
Dinger, in denen man Getränke warmhält?«
»Thermosflaschen?«
»Richtig«, sagte sie. »Bring mir beim nächstenmal doch
eine Thermosflasche voll Kaffee mit. Plötzlich gibt es hier
keinen Kaffee mehr zu kaufen.«
Ich stand auf, aber sie sagte, ich brauchte es nicht zu versuchen, es gebe wirklich nirgends Kaffee, auch nicht im Le-
bensmittellädchen. Wir schwiegen ein bißchen, es kam mir
verständlich vor, daß Namen von Dingen, mit denen sie nie
zu tun hatte, ihr nicht sofort zur Stelle waren.
Ich wartete, bis mir ein entschlossener Augenblick kam,
dann sagte ich: »Auch bei uns in der Stadt ist gestern etwas
geschehen.«
»Entschuldige«, sagte Elle, so drückte sie ihr Bedauern
aus, daß wir bisher allein von ihren und nicht von meinen
Angelegenheiten gesprochen hatten. Sie neigte den Kopf
auf die linke Seite, bis ihr Ohr die Schulter berührte, ein
Zeichen besonderer Aufmerksamkeit; von Vater wußte ich,
daß sie schon als Mädchen diese Angewohnheit hatte.
Ich erzählte, was passiert war. Zuerst gestand ich ihr die
Existenz des Nachschlüssels, denn ich wollte die Geschichte mit der Weigerung Vaters beginnen, den Schlüssel
fürs Häuschen herauszugeben. Sie reagierte darauf mit einer Handbewegung, die nur heißen konnte: laß doch die
Nebensächlichkeiten weg. Die Verabredung mit Martha,

das gelbe Auto vor dem Haus, ich schilderte ihr die seltsamen Geräusche, die ich gehört hatte, als ich unter mein Lieblingsfenster geschlichen war: wie ich den ersten kleinen Schrei für harmlos hielt und wie der zweite mich erschauern ließ.

Schon in diesem Stadium meiner Erzählung, da alles sich noch als harmlos erweisen konnte, zeigten Elles Augen, daß sie mit dem Schlimmsten rechnete. Ihr Kopf lag auf der Schulter, von Schläfrigkeit keine Spur mehr. Auch wenn ich eine lange Pause machte, ließ ihre Aufmerksamkeit nicht nach.

Mein Bericht enthielt nur eine einzige Lüge: ich verschwieg, daß ich von Vater, von Gordon Kwart und von dem Dritten entdeckt worden war. Ich ging in das Häuschen, ich stand dort wie mit einer Tarnkappe, ich verschwand unbemerkt, nachdem ich alles Nötige gesehen und gehört hatte. Wie es der Wahrheit entsprach, verließ ich das Haus, um Marthas Kommen zu verhindern, sie sollte nicht auch noch Zeugin werden. Ich gab alle Worte des Gefangenen und seiner Entführer wieder, soweit ich sie in Erinnerung hatte, nur die nicht, die an mich gerichtet waren. Ich beschrieb das Eisenbett, die Fesseln, den grausigen Geruch, Elle sollte auf keine Einzelheit verzichten müssen, die ich für erwähnenswert hielt. Meine Geschichte endete damit, daß Martha, als ich sie später traf, nicht eine Silbe von alldem erfahren hatte.

Auf der Fahrt ins Heim waren mir zwei Gründe in den Sinn gekommen, mein Entdecktwerden vor Elle geheimzuhalten; zum einen sollte sie glauben, daß es von ihrem Rat abhing, ob ich Vater zur Rede stellte oder nicht; bei meiner Version durfte sie auch zu dem Schluß kommen, daß die Angelegenheit uns beide nichts anging, daß unser Vater alt und klug genug war, seine Entscheidungen selbst zu treffen. Der zweite Grund: ich stellte mir Vaters nächsten Besuch bei Elle vor. Es gab keinen Zweifel, daß er ihr nichts von der Sache im Häuschen erzählen würde; wenn Elle aber glaubte, Vater wisse nichts von meiner Zeugenschaft, würde sie sich nur halb so ausgeschlossen fühlen.

Als ich mit meinem Bericht fertig war, ließ sie den Kopf noch ein paar Augenblicke auf der Schulter liegen. Ich sah ihrem Gesicht an, wie Zuhören in Nachdenken überging. Bald stand sie auf, kramte in ihrem Nachttisch herum, bis sie eine Zigarette fand, und rauchte. Vor Jahren, noch vor meinem ersten Besuch, hatte sie zu Vater gesagt, sie wolle rauchen, und man verbiete es ihr; Vater war es gelungen, mit einem Oberarzt den Kompromiß auszuhandeln, daß sie in ihrem Zimmer rauchen durfte, nur dort, womit sie einverstanden war.

Es sah aus, als überlegte sie und käme zu keinem Ergebnis; doch wieviel Zeit ich ihr auch ließ, sie sagte nichts. Vielleicht hoffte sie auf ihre Erlösung, es war ja möglich, daß sie mit der Geschichte nichts zu tun haben wollte. Aber ich wartete weiter, ich wollte auch nichts mit der Geschichte zu tun haben, und schließlich war sie meine ältere Schwester.

Sie sagte: »Bist du wohl so gut und holst mir vom Kiosk ein Würstchen oder etwas?«

Geschickt. Als ich zurückkam, aß sie das Würstchen so andachtsvoll, als könnte sein Geschmack durch jede Ablenkung verdorben werden. Ich kam mir alleingelassen vor. Mit einemmal wendete sie sich mir zu und bewegte eine Hand auf und ab: ich sollte nicht ungeduldig werden.

Ich stellte mich ans Fenster, sie sagte: »Geh bitte weg vom Fenster.«

Ich fragte, ob ich nach draußen gehen und etwas später wiederkommen sollte.

Sie sagte: »Ich bin gleich fertig.«

Das klang, als müßte sie mit ihren Gedanken eine bestimmte Zahl von Punkten anlaufen und als wäre der letzte dieser Punkte schon in Sicht. Am Kiosk hatte es tatsächlich keinen Kaffee zu kaufen gegeben. Von einer Anweisung war der Verkäuferin nichts bekannt, nur wurde sie seit einem Monat nicht mehr mit Kaffee beliefert, es ärgerte sie selbst.

Bei Elle tat sich etwas; ich setzte mich vor sie hin und beobachtete sie. Unsere Knie berührten sich, sie trug die weinrote Trainingshose, aus der ich in der zehnten Klasse herausgewachsen war. Sie berührte mich gerne, sie hielt gerne meine Hand, faßte meinen Arm an, streifte mich bei vielen Gelegenheiten; oft sollte es wie ein Versehen sein, doch ich erkannte die Absicht und fühlte mich jedesmal ein bißchen geehrt.

Wieder verging Zeit, bevor sie sagte: »Deine Geschichte ist ohne Erfreulichkeit. Es wundert mich, daß ich sie noch nie gehört habe. Das ist gegen alle Wahrscheinlichkeit, nicht wahr? Aber die Leute sind ja, wenn es ihnen nur ein wenig gutgeht, von unglaublicher Geduld. Ausgerechnet Vater.«

Ich hütete mich, sie zu unterbrechen; so viel verstand ich, daß der Rat, auf den ich wartete, noch nicht erteilt worden war. Sie sagte, ich solle nicht wie ein Bittsteller dasitzen, und ich veränderte meine Haltung, ich weiß nicht wie.

Elle klopfte ein Achtungszeichen auf meine Knie, dann sagte sie: »Also gut: du mußt ihm unbedingt sagen, was du gesehen hast.«

»Wem?«

»Vater natürlich.«

»Und weiter?«

»Tu zuerst einmal das. Es ist wichtiger, als du glaubst.«

Ich mußte darauf achten, meinen Ärger nicht zu zeigen, sie war nicht schuld an den Erwartungen, mit denen ich gekommen war. Als sie mich fragte, ob ich nun enttäuscht sei, verstellte ich mich nicht länger und sagte: »Ziemlich.«

Sie hob die Hände an, wie um zu antworten: Was willst du da machen. Ihr Rat hatte nichts mit mir zu tun, er war um Vaters willen gegeben worden, nicht meinetwegen: Vater sollte wissen, daß es einen Zeugen gab. Was sprang für mich dabei heraus? Anstatt meine Verbündete zu werden, nahm sie Vater in falschen Schutz.

»Wie geht es Martha?« fragte Elle.

»Willst du das wirklich hören?«

Sie sah mich verwundert an, da erzählte ich schleunigst, wie es Martha ging. Während ich sprach, ging Elle zum Bett und legte sich hin, auf den Rücken. Sie schloß die Augen und sagte: »Sprich bitte weiter, ich höre.«

Ich wußte, daß sie gleich einschlafen würde; auch an gewöhnlichen Tagen machten lange Gespräche sie müde. Wenn sie mit geschlossenen Augen dalag, sahen wir uns ähnlich, sonst bemerkte ich nichts davon.

Ihr Gesicht sah sanft aus, die Anspannung, zu der ich sie gezwungen hatte, war verschwunden. Es wäre leicht gewesen, sie wieder aufzumuntern: ich hätte nur zu erwähnen brauchen, daß Martha und ich im Kino gewesen waren. Sie liebte es, Filme erzählt zu bekommen, in dieser Anstalt gab es keine Vorführungen. Mindestens fünfzig Filme hatte sie auf diese Weise schon kennengelernt, und manchmal mußte ich einen, der ihr besonders gut gefiel, mehrmals erzählen. Den Film *Wenn die Kraniche ziehen* kannte sie wahrscheinlich besser als ich.

Ich redete so lange, bis ich sicher war, daß sie schlief. Einmal hatte ich im Park belauscht, wie sie zwei anderen Patienten, zwei jungen Männern, *Die Steinerne Blume* erzählte; sie war rot geworden, als ich mich bemerkbar machte. Um eine Winzigkeit öffnete sich ihr Mund, ich sah ihr gerne zu beim Schlafen, man kann es glauben oder nicht. Ach, meine Angewohnheit, nach Schuldigen zu suchen: es war eben, wie es war.

Was wußte sie schon von draußen? Sie lebte außerhalb der Zeit, in einer Umgebung, die nur durch Bücher, durch mich und Vater und durch das Radio mit der Außenwelt verbunden war, nur durch Worte. War ich verrückt geworden, gerade sie zu fragen! Gerichte, Wiedergutmachung, Strafbarkeit, Neuengamme, Vergeltung. In ihrer Stille gab es nur Mahlzeiten, Besuche, Kleinigkeiten. Vielleicht hatte ich sie wegen ihrer Angewohnheit, von Zeit zu Zeit ein Gesicht zu zerkratzen, für eine Expertin gehalten.

Aber schön wäre es gewesen, den alles klärenden Hinweis von ihr zu hören, den Rat, der meine Ratlosigkeit beendete. Sie sah unwahrscheinlich friedlich aus.

Als ich unsere Wohnung betrat, hörte ich die Badezimmertür ins Schloß fallen. Entweder hatte er mein Kommen nicht bemerkt, oder er ging mir aus dem Weg, ich rief: »Bist du es?« Er rief zurück: »Na, was glaubst du?«

Ich ging in mein Zimmer und ließ die Tür weit offen: falls er auf die Idee kam, davonzuschleichen. Ich dachte: er sitzt auf dem Badewannenrand und grübelt, wie er mir entwischen kann.

Die beste aller Möglichkeiten war, daß sie den Mann inzwischen hatten laufenlassen; daß ihnen, nach meinem Auftritt, das Risiko zu Bewußtsein gekommen und unannehmbar erschienen war. Der Gefangene lief dann zur Polizei, und weiter? Die kam, um sein Gerede zu überprüfen, die Spuren waren längst beseitigt: das Haus gelüftet, das Eisenbett auf einer Müllhalde. Drei Aussagen gegen eine, der Vorwurf war so unglaubwürdig, daß man drei ehrbare Menschen nicht daraufhin ins Unglück stürzen würde; wer weiß, wo dieser Kerl sich tagelang herumgetrieben hatte. So konnte man ihn loswerden, nur so. Und wenn sie selbst noch nicht auf diesen Einfall gekommen waren, dann mußte ich sie darauf bringen.

Vater kam aus dem Badezimmer, durchaus nicht leise. Dann rief er, ich möchte in die Küche kommen. Ich hielt das für eine Flucht nach vorn.

Er stand vor der geöffneten Speisekammer und sagte: »Du hast nicht eingekauft, es ist nichts zu essen da.«

Ich machte den Kühlschrank auf, auch der war leer. Ich

wollte sofort nach unten laufen, schuldbewußt. Aber er sagte: »Erstens sind die Geschäfte längst zu, zweitens ist schon den ganzen Tag nichts da.«

In einem Winkel der Speisekammer fand ich zwei Büchsen Hering in Tomate. Ich erzählte Vater, daß ich Elle besucht hatte. Er sagte: »Dein Angebot, jetzt einzukaufen, in allen Ehren. Aber wovon? Ich würde gern sehen, wieviel Wirtschaftsgeld du noch hast.«

»Der Monat ist bald zu Ende«, sagte ich.

»Nach meiner Rechnung dauert er noch acht Tage«, sagte er. »Sollen wir so lange hungern?«

»Ich habe ja gesagt, daß ich einkaufen will.«

»Dann zeig mir das Wirtschaftsgeld. Leg es hier auf den Tisch.«

»Ich bin kein kleiner Junge mehr.«

»Das ist nicht das Problem«, sagte er. »Das Problem ist, daß du schon jetzt kein Geld mehr hast. Daß du etwas anderes damit machst, anstatt einzukaufen.«

Er wollte mir den Mund stopfen, bevor ich ihn aufriß. Das Dumme war nur, daß seine Vermutung zutraf: tatsächlich zwang mich Geldmangel zu kleinen Unterschlagungen, die oft am Monatsende zu einer gewissen Lebensmittelknappheit führten. Ich sagte: »Wenn es dir lieber ist, kannst du in Zukunft selbst einkaufen.«

»Es ist mir nicht lieber«, sagte er, seine künstliche Aufregung künstlich unterdrückend. »Am liebsten wäre mir, man könnte sich auf dich verlassen.«

Ich fragte mich, ob die Gelegenheit für das Gespräch, auf das ich aus war, noch taugte, zumindest das hatte er geschafft. Er setzte Teewasser auf und sah nicht unzufrieden aus. Ein Geständnis von mir hätte die Stimmung wahrscheinlich zu meinen Gunsten verändert, aber ich konnte mich nicht überwinden. Ich öffnete eine der Fischbüchsen, er winkte ab. Worüber ich jetzt auch zu reden anfinge, es würde den Anschein erwecken, als wollte ich von meiner eigenen Verfehlung ablenken.

»Und noch eins«, sagte Vater, während er Tee aus einer Büchse in die Kanne schüttete, wie immer viel zuviel, »wenn es dir nicht paßt, was ich tue, dann geh zur Polizei und zeig mich an.«

Er prüfte mit einem interessierten Blick die Wirkung seiner Worte. Noch hatte ich das Häuschen mit keiner Silbe erwähnt, er aber schlug schon zu, als wäre ich sein Todfeind.

»So kann man doch nicht reden«, sagte ich, stand auf und ging hinaus.

»Kann man nicht?« hörte ich ihn noch sagen.

Ein Trost mußte her, ein schneller Trost, Martha? Wenn ihm das Thema so zuwider war, dann brauchte er nicht mit mir zu reden: wie sollte ich ihn aufhalten, wenn er wortlos davonging. Aber nein, er mußte mir auf den Kopf schlagen. Er hatte die Polizei ja nicht als ernstzunehmende Möglichkeit erwähnt: er wollte mich herausfordern oder beschimpfen.

Ich rief die Lepschitz-Nummer an, sie war besetzt. Unser Telefon stand auf dem Flur, die Schnur war so kurz, daß man es in kein Zimmer tragen konnte. Martha hatte mir manchmal schon vorgeworfen, beim Telefonieren einen lächerlich steifen Eindruck zu machen.

Bei meinem nächsten Versuch öffnete Vater die Küchentür und sagte: »Noch einen Augenblick.«

Der Tee war fertig, er schlürfte das heiße, bittere Zeug und wartete, daß ich mich an den Tisch setzte. Er hatte die Angewohnheit, mich nicht anzusehen, wenn er Vorwürfe machte; wenn er dagegen zuhörte, ließ er einen nicht aus den Augen.

»Weil wir schon dabei sind«, sagte er: »könntest du mir erklären, wie du in das Haus gekommen bist?«

»Das habe ich gestern schon gesagt.«

»Dann sei so gut und erklär es noch einmal. Ich war gestern aufgeregt, wie du dir denken kannst, und habe nicht alles verstanden.«

Mir war klar, was gleich geschehen würde, ich wußte es so genau, als hätten wir es schon hinter uns. Und trotzdem mußte ich wiederholen: »Die Tür war offen.«

»Die Tür war offen?«

»Ich bin vorbeispaziert. Und weil das Auto vor der Tür stand, wollte ich...«

»Du bist vorbeispaziert?«

»Mein Gott, das hast du doch gehört!«

»Schrei nicht. Ich hätte mehr Grund als du und schreie auch nicht.«

Er zwang mich, meine Lüge so lange zu wiederholen, bis sie in meinen eigenen Ohren kindisch klang. Wenn ich nicht bald zu einem Gegenschlag ausholte, war ich verloren, es ging ja nur noch darum, sich zu behaupten. Ich kam mir vor wie jemand, dem die Hände gefesselt werden, bevor der eigentliche Kampf beginnt.

»Wie also bist du ins Haus gekommen?« fragte er.

»Du hast dich wohl an den Verhörton so gewöhnt, daß du zu Hause nicht damit aufhören kannst?«

Er tränkte ein Stück Würfelzucker mit Tee und steckte es in den Mund. Wir waren uns furchtbar fremd in diesem Augenblick, wir saßen wie Kontrahenten da, die darauf lauern, daß der Gegner eine falsche Bewegung macht.

Als er genug vom Warten hatte, sagte er: »Die Tür war nicht nur nicht angelehnt, sie war abgeschlossen. Gordon Kwart war deshalb unsicher, weil er vorher etwas aus seinem Wagen geholt hat und somit als letzter draußen gewesen ist. Danach habe ich selbst die Tür zugeschlossen, ohne es den anderen zu sagen. Du wunderst dich vielleicht, warum ich geschwiegen habe? Weil ich nicht wollte, daß Rotstein darauf besteht, dich zu durchsuchen. Er ist ein mißtrauischer Mensch, wie du gesehen hast. Stell dir vor, er hätte den Nachschlüssel gefunden.«

Den Ungeduldigen spielend, sagte ich: »Zum letzten Mal: du irrst dich. Die Tür war offen, ich bin ja schließlich hineingekommen.«

Da hatte er genug von meiner Lügerei. Aus seinem Gesicht verschwand die Überlegenheit, sie wurde von blanker Wut abgelöst. Einen Moment lang schien es, als würde er mich anbrüllen, und ich bereitete mich darauf vor, gekränkt hinauszugehen. Aber er tat mir nicht den Gefallen, er sagte kühl: »Du bist dreißig Kilometer gefahren, weil du damit gerechnet hast, daß die Tür angelehnt sein würde. Richtig?«

Dann legte er ein Zuckerstück, das noch in seiner Hand war, in die Dose zurück und stand auf. Er sagte: »Du findest, *so* kann man miteinander reden?«

An meiner Antwort war ihm nichts gelegen, er verließ die Küche und dann die Wohnung. Ich nahm den gottverdammten Schlüssel aus der Tasche und warf ihn in den Mülleimer. Es dauerte Minuten, bis ich mich aufraffte, etwas zu tun: den Fisch aufzuessen. Wenn mir ein Zufluchtsort eingefallen wäre, hätte mich nichts in der Wohnung gehalten, das schwöre ich. Ich hatte den Kinderwunsch zu fliehen, um ihm Gelegenheit zu geben, mich zu vermissen. Jetzt rächte es sich, daß wir in der Vergangenheit immer nur über Leichtes gesprochen hatten, immer nur über Unverfängliches.

Ich trug einen Stuhl zum Telefon und versuchte mein Glück noch einmal. Rahel Lepschitz war am Apparat und wollte wissen, wie es um mein Abitur stand. Ich mußte harte Arbeit leisten, bevor Martha kam. Ich fragte: »Wo treffen wir uns heute?«

»Nirgends.«

»Und wann?«

»Im Ernst, es geht nicht.«

»Was ist passiert?«

»Passiert ist nichts, wir sind nur eingeladen.«

»Wir?«

Das Unglück wollte es, daß sie an diesem Abend mit ihren Eltern zu Bekannten gehen mußte. Da sie erst heute eingeladen worden war, hatte sie mir gestern nichts sagen können, das mußte ich einsehen. Mein Vorschlag, die Eltern allein gehen zu lassen, mißfiel ihr; sie fragte nach einem stichhaltigen Grund, ich nannte meine bodenlose Liebe, das überzeugte sie nicht. Ich glaube, sie hätte sich sofort mit mir getroffen, wenn sie von meiner Not gewußt hätte; sie sagte schließlich, ich könne ja mitkommen, wenn ich nicht wüßte, wohin mit meiner Liebe, sie würde es den Eltern schon erklären. Natürlich lehnte ich ab.

Der Tee war lauwarm geworden, ich goß ihn weg; ich wünschte, einzuschlafen und Jahre später wieder aufzuwachen. In seinem Zimmer, in das ich selten kam, war Unordnung; die Hälfte des Ehebetts, die seit achtzehn Jahren nicht benutzt wurde, war von Zeitungen, Wäschestücken, Büchern bedeckt. Ich öffnete den Kleiderschrank, um zu prüfen, ob der Geruch, vor dem ich mich fürchtete, schon da war, aber es roch wie gewöhnlich. Ich stöberte in seinen Sachen herum, ohne zu wissen, wonach ich suchte. Auf dem Tisch lagen haufenweise Bilder von meiner Mutter, die kannte ich zwar, doch verwahrte er sie sonst in einer Kommode. Meine Mutter als winziges Schulmädchen, als verlegene Braut, mit Elle auf dem Arm, mit Judenstern, meine Mutter nach dem Krieg, im Pelzmantel auf einer zerstörten Straße, im Urlaub an der Ostsee, meine schwangere Mutter, mit mir im gewaltigen Bauch. Er hatte die Bilder ausgebreitet, als sollten sie von nun an zur Zimmereinrichtung gehören; ich überlegte, wofür das ein Zeichen war.

Ich ging in mein Zimmer und schlug das Biologie-Buch auf, weil ich auf einmal fürchtete, nicht genug vorbereitet zu sein. Die Buchstaben standen sinnlos herum, und wenn ich doch einmal einen Satz verstand, begann sofort das wenige, das ich schon wußte, zu zerfließen. Ich quälte mich nicht lange und tauschte mein Biologie-Buch gegen eine Detektivgeschichte, aber beide Bücher waren einander merkwürdig ähnlich. Es tat mir leid, Marthas Almosen verschmäht zu haben. Ich zwang mich, das Kapitel über die Ontogenese der Vielzeller zu lesen, das war mein schwächster Punkt, und vielleicht blieb doch etwas hängen.

Es hörte sich nach Rettung an, als das Telefon klingelte; ich rannte, um Martha zu sagen, daß ich ihr Angebot nun doch annahm. Es war ein Mann, der mit Vater sprechen wollte. Ich gab Auskunft, und er erkundigte sich, wohin Vater gegangen war. Ich sagte, ich wüßte es nicht, es war die Wahrheit, wenn auch nicht die reine. Der Mann fragte: »Spreche ich mit dem Sohn?« Als ich das bejahte, sagte er: »Wir kennen uns. Richte ihm aus, Rotstein hätte angerufen.«

Rotsteins Anruf ließ nur den Schluß zu, daß Vater nicht zum Haus gefahren war; also saß er im *Eckstein*, einer Mischung aus Kneipe und Billardclub, wo sonst. Wenn dieser Abend wie jeder andere gewesen wäre, hätte ich ihn ohnehin dort vermutet. Es zog ihn seit Jahren seltsam heftig zu den Billardtischen hin, er spielte Karambolage, an guten Tagen kam er auf einen Durchschnitt von über vier. Ich erinnere mich, daß seine höchste Serie dreiundvierzig Punkte betrug, und daran, daß er vor Stolz verging, als er mir zum erstenmal davon erzählte.

Ich schrieb auf einen Zettel, Herr Rotstein habe angerufen. Darunter schrieb ich, der eine Vorwurf, das Wirtschafts- geld betreffend, sei berechtigt, der andere, wegen des Schlüssels, nicht. Den Zettel legte ich auf den Boden im Flur. Ich hoffte, daß ihm irgendwann Zweifel kommen würden, wenn ich hartnäckig genug leugnete.

Ich ging nach unten, es war kaum acht. Auf der Straße kam mir die Idee, im *Eckstein* nachzusehen. Nach wenigen Schritten kehrte ich um, ging zurück in die Wohnung, hob den Zettel auf und zerriß ihn, weil er mir zu anbiederisch vorkam. Dann ging ich zum zweitenmal los. Mein Verhal- ten hing nicht vom Verstand ab: es war willkürlich und sprunghaft, es richtete sich nach der ersten besten Empfin- dung, woher immer die kam. Um mir nicht einzugestehen, daß ich Vater suchte, machte ich einen großen Umweg, auf dem ich mehrmals beschloß, auf keinen Fall in den *Eckstein* zu gehen.

Als ich eintrat, lag er quer über dem Billardtisch, der in der Mitte des Raumes stand, und führte einen Stoß aus, der ihm mißlang. Er richtete sich auf und sah mich in der Tür stehen. Für einen kaum wahrnehmbaren Moment stockte er, dann ging er zu seinem Tisch und setzte sich, mir den Rücken zukehrend. Ich setzte mich auch, an einen Tisch in seiner Nähe, es war nicht übermäßig voll, Montagabend; ich kannte das Lokal gut, es gab noch einen großen hinte- ren Raum, in dem drei weitere Billardtische standen. Als

ich zwölf, dreizehn Jahre alt war, hatte Vater mich manchmal mit hierher genommen: ich wollte nicht allein zu
Hause bleiben, und er sah nicht ein, warum wir uns jeden
Nachmittag langweilen sollten. Wenn es leer war, durfte ich
einen Billardstock nehmen und nach seinen Anweisungen
verschiedene Stöße probieren. Mein letzter Versuch endete
damit, daß ich bei einem sogenannten Rückläufer ein Loch
ins grüne Tuch stieß. Der Wirt hatte es kommen sehen.
Ein angetrunkener Mann rief durch den Raum: »Arno, ist
das nicht dein Sohn?«
Ich hörte meinen Vater leise sagen: »Leider.«
Es war kein angenehmes Sitzen, da die Augen seiner Mit-
spieler und der übrigen Gäste sich auf mich richteten; ich
überstand das, indem ich zum Tresen ging, Kaffee bestellte
und so lange dort stehenblieb, bis man mir das Kännchen
zuschob. Jeder wußte nun, daß zwischen Vater und mir
eine Spannung war, und jeder konnte sehen, daß die Unver-
söhnlichkeit von ihm ausging. Ich nahm mir vor zu warten,
bis seine Partie zu Ende gespielt war; wenn er die nächste
anfangen würde, ohne mir einen Blick zu gönnen, wollte
ich gehen.
Der angetrunkene Mensch kam zu mir, legte mir eine
Hand auf die Schulter, sagte, Arnos Sohn sei sein Freund,
und fragte, was ich trinken wolle. Ich antwortete, ich
trinke keinen Schnaps, er lachte und bestellte laut zwei
Wodka. Vater, der gerade an der Schiefertafel stand, um
seine Spielpunkte zu notieren, sagte: »Laß ihn in Ruhe.«
Es klang bedrohlich, vor allem deshalb, weil er uns den
Rücken zuwendete; es klang, als wollte er es nicht noch
einmal sagen. Eine kleine Stille entstand, der Angetrunkene zuckte mit den Schultern und schlurfte zurück an seinen Platz, der Betrieb ging weiter.

Als er mit seiner Partie fertig war, kam er zu mir. Wortlos
nahm er mich beim Arm und führte mich, wie einen Ver-
hafteten, in den hinteren Raum. Dort ließ er los, fragte, aus
welchem Grund ich ihm gefolgt sei und setzte sich, in Erwartung meiner Antwort. An einem der drei Billards trai-
nierte ein einzelner Spieler, er brachte die Kugeln immer
wieder in dieselbe Position und kümmerte sich nicht um
uns.

Ich sagte: »Wie behandelst du mich denn?«

»Ich nehme Kränkungen und Betrügereien zur Zeit besonders ernst«, sagte Vater.

»Wovon redest du?«

Sein Gesicht verkrampfte sich vor Ungeduld, er demonstrierte, wie sehr er sich zusammennehmen mußte. Er
fragte: »Wozu bist du hergekommen?«

»Um dir zu sagen, daß Herr Rotstein angerufen hat.«

Jemand fragte ihn von der Tür her, ob er nicht weiterspielen
wolle, er sagte: »Ein andermal.«

Ich folgte ihm zurück in die Gaststube, er ging an den Tresen, um zu zahlen; ich hörte, wie er der Wirtsfrau sagte, sie
solle den Kaffee nicht vergessen, und wie sie sagte: »Er ist
ja schon ein ausgewachsener Mann.«

Draußen war es inzwischen dunkel geworden, wir schwiegen von einer Ecke zur nächsten. Unsere Richtung bestimmte er. Als wir an einer roten Ampel stehenbleiben
mußten, hakte er sich bei mir ein. Es mußte Jahre her sein,
seit wir zum letztenmal so miteinander gegangen waren.

»Gleich als erstes«, sagte er nach einer Weile: »ich möchte
keine Ratschläge von dir hören.«

»Ich wüßte auch keine«, sagte ich.

Wir waren am Friedrichshain angekommen, er setzte sich
mit mir auf eine Bank, die Straße vor uns, den dunklen

Park im Rücken. Mein rechter und sein linker Arm hingen noch umeinander wie vergessen. Vater fragte: »Was wollte Rotstein?«

»Das hat er nicht gesagt. Ich soll nur ausrichten, daß er angerufen hat.«

»Du weißt, wer Rotstein ist?«

»Ja.«

Er senkte die Stimme wie zum Selbstgespräch und sagte: »Ich weiß, daß ich kein rücksichtsvoller Vater bin.«

Ich sagte nichts dazu, verwundert zwar, doch klug genug, um jetzt den Mund zu halten. Er sagte: »Du stellst dir nicht vor, wieviel Ärger ich deinetwegen hatte.«

»Mit Rotstein?«

»Egal«, sagte er. »Fang an zu fragen. Was willst du wissen?«

Ich hatte mir nichts zurechtgelegt; so bat ich ihn zu erzählen, wie es zu der Entführung gekommen war, am besten von Anfang an.

»Von Anfang an«, wiederholte er belustigt. »Von meiner Jugend an vielleicht?«

Er sah mich an, als wäre ich ein Kind, dem die Voraussetzungen für eine so schwerwiegende Geschichte fehlen. Dann stand er auf und ging davon, nicht allzu schnell. Es sah aus, als wollte er sich rechtzeitig vor einem großen Fehler bewahren; doch dazu paßte nicht, daß er in den Park hinein ging, statt sich von ihm zu entfernen. So war er: kompliziert zum Verrücktwerden, andauernd konnte alles anders sein als noch im Augenblick zuvor.

Ich ging hinter ihm her, so langsam, daß unser Abstand gleichblieb. Ich überlegte mir Fragen. In der Mitte des Parks, vor einem schwarzen Teich, auf dem tagsüber die Schwäne herumfuhren, wartete er auf mich. Ich fragte: »Warum zeigt ihr den Mann nicht einfach an?«

»Weil wir nicht wollen.«

»Habt ihr Angst, daß er zu milde bestraft würde?« fragte ich.

Er spielte mir jemanden vor, dem dieses Problem zum erstenmal in den Sinn kommt, dann schüttelte er den Kopf und sagte: »Nicht hier.«

»Was gibt es sonst für Gründe?«

Ein letztes Zögern, er überwand noch irgendein Bedenken, dann folgte eine haarsträubende Erklärung: daß er und Gordon Kwart und Rotstein sich darin einig seien, in einem minderwertigen Land zu leben, umgeben von würdelosen Menschen, die ein besseres nicht verdienten. Daß er sich denken könne, wie eine solche Ansicht mich erstaune, doch wozu hätte er früher mit mir darüber sprechen sollen? Ich müsse nun einmal mit diesen Kreaturen auskommen, leider Gottes, es hätte keinen Sinn gehabt, mir meine Umgebung als unerträglich hinzustellen. Es sei zwar richtig, daß der Aufseher hart bestraft würde, wenn sie ihn einem Gericht übergäben, aber warum? Doch einzig deshalb, weil zufällig die eine Besatzungsmacht das Land erobert habe und nicht die andere. Wenn die Grenze nur ein wenig anders verliefe, dann wären dieselben Leute entgegengesetzter Überzeugung, hier wie dort. Wer stark genug sei, könne diesem deutschen Gesindel seine Überzeugungen diktieren, ob er nun Hitler oder sonstwie heiße. Darum hätten sie beschlossen, die Sache selbst in die Hand zu nehmen. Wenn es ein Gericht gäbe, das von ihnen anerkannt würde, wären sie nie auf eine solche Idee gekommen.

Wir waren inzwischen um den Teich herumspaziert; obwohl sich meine Augen an die Dunkelheit gewöhnt hatten, konnte ich auch nicht einen Schwan entdecken. Ich hütete mich, Vater zu unterbrechen, er sprach von Dingen, über die ich nie nachgedacht hatte und die mir nicht geheuer waren. Es befremdete mich, daß er so wichtige Ansichten immer vor mir geheimgehalten hatte. Seinen Worten nach war es aus Rücksicht geschehen, aber konnte nicht auch Geringschätzung der Grund sein?

Er sagte: »Ist deine Frage beantwortet?«

Ich fühlte, daß ich ihm nicht gewachsen war: ich kam mir wie ein Laie vor, der sich erdreistete, einen Fachmann auf dessen Gebiet zu belehren. Trotzdem sagte ich: »Habt ihr euch vorgestellt, was passiert, wenn die Sache herauskommt?«

»Ja.«

»Ich meine nicht, was dem Mann passiert, sondern euch?«

Er sagte: »Wir haben es uns vorgestellt.«

Deutlich hörte ich seine Unlust heraus, die Unterhaltung fortzuführen, hätte ich aufgeben sollen? Meine Befürchtungen hatten sich vermehrt, ich konnte nicht tun, als seien sie zerstreut worden. Also suchte ich weiter nach Einwänden, auch wenn meine Mühe mir heute dürftig vorkommt, wie der Versuch, einen Brand mit dem Mund auszublasen.

Ich sagte: »Und wenn ihr hundertmal findet, daß die Leute und die Gerichte und das Land einen Dreck wert sind: woher nehmt ihr das Recht, euch wie die Fürsten über alles zu stellen?«

Er kratzte sich den Kopf, ich kannte diese Geste; so wie andere bis zehn zählen, so kratzte er sich den Kopf. Dann sagte er: »Lassen wir das.«

Ich sagte: »Gibt es nicht jedesmal Unglück, wenn Leute sich Rechte herausnehmen, die ihnen nicht zustehen.«

»Möglich.«

»Wenn ihr euch zu Richtern dieses Mannes aufspielt«, sagte ich, »dann verletzt ihr nicht nur Gesetze…«

Ich unterbrach mich, weil ich den Satz unüberlegt begonnen hatte und keine Fortsetzung wußte. Das Tor war offen, und ich konnte nicht hindurchgehen. Vater ließ mir viel Zeit, wahrscheinlich spürte er, daß ich nicht in der Lage war, sie zu nutzen; die Pause war demütigend. Schließlich sagte er: »Verzichte doch darauf, mir einen Rat zu geben, auch wenn das schwer ist.«

Er steckte beide Hände in die Jackentaschen und ging. Ich sah zuletzt noch seinen weißen Kopf, der durch die Dunkelheit zu schweben schien. Weit hatte ich es nicht gebracht.

Auf dem Teich waren Kreise zu erkennen, die von Fischmäulern in die Wasseroberfläche gestoßen wurden. Nie wieder wollte ich so blind in eine Diskussion mit Vater hineintaumeln, ohne Argument, ohne Aussicht auf Erfolg. Zum erstenmal kam mir der Verdacht, daß ich nur auf eine einzige Weise Einfluß nehmen könnte: indem ich zur Polizei ging, wie er es vorgeschlagen hatte.

Rahel und Hugo Lepschitz blicken finster, der Fernseher ist kaputt. Nicht nur aus Neugier bleibe ich im Wohnzimmer, auch aus Anteilnahme: man muß im Unglück zusammenrücken. Ich sitze hinter einem Buch und warte auf Abwechslung, soweit ist es mit mir gekommen. Am Nachmittag mußte ich, zusammen mit Lepschitz, das Ding zur Reparatur tragen; er hat mich auf jedes Hindernis aufmerksam gemacht, auf jede Stufe. Als die Frau, die den Apparat entgegennahm, uns sagte, die Reparatur werde vier Tage dauern, stöhnte er auf. Es gelang ihm, sie auf drei Tage herunterzuhandeln.

»Wahrscheinlich dreht sich heute alles um den Rücktritt von deinem Brandt«, sagt Lepschitz.

»Wieso von meinem?« fragt Rahel. Sie nutzt die günstige Gelegenheit, um Wäsche auszubessern, auch meine.

Manchmal in diesem Jahr hat mich die Frage beschäftigt, ob die Leute um mich herum tatsächlich so furchtbar sind, wie Vater damals am Schwanenteich behauptet hatte. Ich will nicht sagen, sein Urteil hätte mich nicht mehr schlafen lassen, ich dachte nur von Zeit zu Zeit darüber nach, wie groß Vaters Übertreibung wohl sein mochte. Noch heute weiß ich keine Antwort.

Da ich nie weiter als bis zur Landesgrenze gekommen bin, fehlen mir Vergleichsmöglichkeiten; während dieses Jahres hätte ich Zeit und Geld genug, mir eine Auslandsreise zu kaufen, doch so neugierig war ich auch wieder nicht. Ein zweites Problem kommt daher, daß ich auch im Inland so gut wie niemanden kenne. Die Familie Lepschitz, Kwart, Werner Klee, Martha natürlich, dazu ein paar Schüler, ein paar Lehrer, wie soll ich da zu einem Urteil kommen? Vielleicht ist es aber auch gut so; ich stelle mir vor, ich käme zu dem Schluß: Vater hat recht, sie *sind* minderwertig – was dann?

Rahel sagt: »Ach, Hans, wir haben unser Vitamin vergessen.«

Ich gehe in die Küche und hole die braune Pillendose, sie schlucken unermüdlich Vitamin-Tabletten, im Winterhalbjahr drei pro Tag, im Sommerhalbjahr zwei. Die Tatsache, daß sie noch am Leben sind, ist in ihren Augen ein nicht zu widerlegender Beweis für die Wirksamkeit der Medizin.

Rahel hält die Dose hoch, lächelt verführerisch und fragt mich: »Willst du nicht auch mal probieren?«

Ich schüttle den Kopf, wie immer, wenn sie diese Frage stellt.

Über die Zeitung hinweg sagt Lepschitz: »Er nimmt erst, wenn es zu spät ist.«

»Weißt du, worin der Vorteil von Vitamin C besteht?« fragt Rahel.

Ich nicke, worauf sie mir erklärt: »Jedes andere Vitamin ist schädlich, wenn du zuviel davon nimmst. Es lagert sich in deinen Organen ab und übt mit der Zeit eine schlechte Wirkung aus. Nur das Vitamin C hat die wunderbare Eigenschaft, daß nichts davon zurückbleibt. Du kannst nehmen, soviel du willst – was dein Körper nicht braucht, wird ausgeschieden.«

»Aber das ist noch lange kein Grund, es zu schlucken«, sage ich.

»Das behauptet niemand.«

»Warum merkst du nicht, daß er dich ärgern will«, sagt Lepschitz.

»Es hilft bei allem, was mit Erkältung zu tun hat«, erklärt mir Rahel unbeirrt. »Sieh mich an: seit zwei Jahren habe ich nicht mehr gehustet.«

»Ich auch nicht«, sage ich.

»Und Linus Pauling zum Beispiel – du weißt doch, wer Linus Pauling ist?«

»Ja.«

»Linus Pauling nimmt jeden Tag tausend Milligramm reines Vitamin C zu sich«, sagt Lepschitz ärgerlich. »Was glaubst du wohl, warum?«

Der Gedanke, daß ich Vater hätte retten können, wenn ich mich ihm entschiedener in den Weg gestellt hätte, verfolgt mich da schon eher. Dennoch weiß ich nicht einmal heute, wie ich mich damals hätte verhalten sollen, selbst wenn mir klargewesen wäre, was auf dem Spiel stand.

Kein Mensch hatte mich gelehrt, Widerstand zu leisten, niemand hatte mir gezeigt, wie man das macht, was man für richtig hält. In der Schule war ich immer nur ein aufmerksamer Stiller: schon in der ersten Klasse fand ich heraus, wie wunderbar leicht man vorankommt, wenn man den Ansichten des Lehrers folgt. Ein weiterer Vorteil solchen Verhaltens bestand darin, daß es meiner Bequemlichkeit entgegenkam: ich brauchte nur die Ansichten eines einzigen Lehrers herauszufinden, schon kannte ich auch die der anderen. Zwischen der Welt des Redens und der des Denkens war eine Mauer, und ich wäre mir wie der größte Dummkopf vorgekommen, wenn ich sie hätte einreißen wollen. Noch heute gerate ich in Panik, wenn ich mit einer Meinung allein dastehe. Zum Glück komme ich kaum in eine solche Lage, das ist das Gute an der Zurückgezogenheit.

Auch Vater hat nicht eben einen Kämpfer aus mir gemacht. Zwar hat er mich nicht dazu erzogen, den Mund zu halten, mich aber auch nie ermuntert, ihn aufzumachen. Ich glaube, er hat mich überhaupt nicht erzogen, er war nicht interessiert an mir.

Wenige Monate nach meiner Geburt starb meine Mutter, an einer Blutvergiftung, man glaubt es nicht, und Vater stand mit dem Baby da. Ihr Tod machte ihn apathisch, sie waren beide neunzehn, als sie geheiratet haben. Ich muß eine einzige Qual für ihn gewesen sein, mit meinem Gebrüll, mit meinem Hunger. Er engagierte eine Kinderfrau, die nicht sehr zuverlässig war; als er herausfand, daß sie trank und an manchen Nachmittagen den Kinderwagen in einer Kneipe abstellte, anstatt mit mir im Park spazierenzugehen, entließ er sie. Er suchte keine neue, verbissen übernahm er alle Arbeit selbst. Ich weiß das nicht von ihm, Elle hat es mir erzählt; sie war in jener Zeit für ihn der einzige Mensch, bei dem er sein Herz ausschütten oder, wie Elle einmal sagte, *die Seele lüften* konnte. In dringenden Fällen durfte er mich bei einer alten Frau deponieren, die im Nachbarhaus wohnte, ich erinnere mich gut an sie; sie hieß Frau Halblang, hatte nur ein Auge und starb vor fünf Jahren. Sie nahm für meine Aufbewahrung kein Geld, akzeptierte aber Geschenke wie Kaffee oder Süßigkeiten. Ein paarmal übernachtete ich sogar bei ihr, ich schlief dann auf einem abschüssigen Sofa, vor das zwei schwere Sessel geschoben wurden, damit ich nicht herunterfiel. Ich weiß noch, wie ich erschrak, als ich sie eines Morgens ohne Zähne sah.

Wie erleichtert muß Vater gewesen sein, als mit den Jahren der Zwang nachließ, mich zu versorgen und zu bewachen. Nun, da ich mich endlich selbst beschäftigen konnte, hatte er keine Kraft mehr, sich auch noch um das zu kümmern, womit ich mich beschäftigte. Ich empfand es als angenehm, niemandem Rechenschaft schuldig zu sein. So kam es, daß sich meine wenigen Ansichten ohne sein Zutun gebildet haben. Es ist mir nie gelungen, mich in etwas zu vertiefen; überall habe ich nur kurz herumgestochert und bin bald weitergezogen, als wäre es ein Schaden, sich allzu lange mit ein und derselben Sache zu beschäftigen. Von der Physik zur Astronomie, von der Geschichte des Mittelalters zur Musik und so weiter. Dabei glaube ich, daß nur die ein aufregendes Leben führen können, die einer Sache verfallen sind.

Lepschitz liest laut einen Zeitungsartikel vor. Nach unserem Einverständnis hat er nicht gefragt, wir denken nicht daran, ihm zuzuhören. Ich sehe Rahel an, sie blickt von einem Hemd auf und sieht mich auch an; sie lächelt, als gelte es, mir Mut zu machen. Ich überlege, womit ich die Zeit totschlagen könnte, wenn ich das Haus verließe; die umgekehrte Methode, zuerst aus dem Haus zu gehen und dann darüber nachzudenken, hat sich noch nie bewährt.

Rahel beugt sich zu mir und flüstert: »Wie lange dauert so ein Studium überhaupt?«

»Vier oder fünf Jahre«, flüstere ich zurück. »Ich werde mich erkundigen.«

»Was ist man dann? Philosoph?«

»Entweder ihr hört zu«, sagt Lepschitz, »oder ich kann mir das Vorlesen sparen.«

»Ich habe nur gefragt, wie lange er studieren muß.«

Ich sage: »Lies doch weiter.«

Doch er faltet die Zeitung zusammen, nicht böse; eher scheint es, als interessiere ihn unser Gespräch mehr als sein Artikel. Es war von irgendeinem Zwischenfall darin die

Rede, ein Hubschrauber hatte an der chinesisch-sowjetischen Grenze die Orientierung verloren und war auf der falschen Seite gelandet, ich werde später die Einzelheiten nachlesen. Mit übertrieben langsamer Bewegung legt Lepschitz die Zeitung auf den Tisch.

»Du weißt, daß ich mich nie in deine Angelegenheiten einmische«, sagt er. »Aber weil wir schon mal dabei sind: wie bist du ausgerechnet auf Philosophie gekommen?«

Er spricht Rahel aus der Seele; sie seufzt, sticht mit der Nadel wieder in das Hemd und sagt resigniert: »Es ist ja sowieso entschieden.«

»Was habt ihr gegen Philosophie?«

»*Ich* habe etwas gegen Philosophie?« sagt Lepschitz und zeigt mit allen Fingern auf sich selbst. »Ich will nur wissen: Was fängt man damit an?«

»Wäre es nicht vernünftiger gewesen«, fragt Rahel, »zum Beispiel Medizin zu studieren?«

»Das war auch Vaters Meinung.«

»Deswegen muß sie ja nicht falsch sein«, sagt Lepschitz.

Ich erkläre ihnen, daß ich selbst keine Ahnung habe, wohin mich das Studium führen wird, daß ich aber neugierig darauf bin; daß diese Neugier nicht grenzenlos ist, doch größer als die auf andere Disziplinen.

»Geheimnisvoll«, sagt Rahel.

»Wirklich«, sagt Lepschitz, »geheimnisvoll.«

Ich sage: »Ich bin auch ziemlich ungebildet. Wenn ich Glück habe, wird das nach diesem Studium anders sein.«

»Wir wünschen es dir von Herzen«, sagt Rahel.

Sie geben Ruhe, doch Lepschitz sieht unzufrieden aus, als er die Zeitung wieder aufnimmt. Es ist die alte Geschichte: Sie sorgen sich um mich, sie denken an mein Bestes, und ich verwünsche sie dafür. Ich kann mich an nur einen Augenblick erinnern, da mir ihr Mitgefühl willkommen war: bei der Beerdigung meines Vaters standen sie plötzlich da. Hugo Lepschitz hatte sich im Betrieb eigens freigenommen und einen Urlaubstag geopfert. Und Rahel hatte ein Festessen vorbereitet, ohne Ankündigung, nur für den Fall, daß ich nach dem Begräbnis nicht wußte wohin. Als wir dann am Tisch saßen, auf dem die Kerzen brannten, als Rahel mir ein Stück Karpfen auf den Teller legte, hatte ich das Empfinden, noch nie so umsorgt worden zu sein.

Martha kommt herein, sie ist auch noch da. Ihr Aufzug ist ungewohnt, denn sie trägt keine Hosen, sie trägt ein enges grünes Kleid mit weißen Blumen, in dem sie wie früher aussieht. Sie stellt sich vor Rahel hin und ist auf Hilfe angewiesen, ihr Reißverschluß läßt sich nicht bewegen. Sie scheint mich nicht wahrzunehmen, doch als ich das erste Zehntel des Aufstehens hinter mir habe, sagt sie: »Bleib sitzen, ich verschwinde gleich.«

Vor ein paar Wochen, als sie zum erstenmal unverhohlen ohne mich ausging, war sie noch verlegen; inzwischen haben wir uns alle daran gewöhnt. Ich werde gut damit fertig, viel besser als ihr Vater. Ich hätte Lust zu fragen, mit wem sie sich trifft: wir alle würden gern wissen, an wen unsere Martha geraten ist. Doch jeder kann sich denken, wie eine solche Erkundigung mir ausgelegt würde.

Hugo Lepschitz fordert mich mit Blicken zum Kampf auf. Wie kann man sich eine solche Schmach gefallen lassen, rufen seine Augen: sie läuft dir weg, und du machst keinen Finger krumm! Auch Rahel ist alles andere als zufrieden, nur läßt der Reißverschluß ihr keine Zeit für langes Blicken. Wenn man in dieser Familie darüber abstimmen würde, ob Martha und ich uns in ein Paar zurückverwandeln sollen, dann wäre das Ergebnis zwei zu zwei.

Als der Reißverschluß repariert ist, sagt Martha, wir sollten mit dem Schlafengehen nicht auf sie warten; sie verabschiedet sich mit einem Kuß in die Luft und geht. Wir Zurückgebliebenen nehmen unsere Beschäftigungen wieder auf, leicht fällt es keinem. Der Boden zittert ein wenig, als die Korridortür ins Schloß fällt. Erst jetzt wird mir bewußt, daß außer Martha niemand ein Wort gesprochen hat, solange sie im Zimmer war: das kann ja auch für sie nicht angenehm sein.

Die Eltern ergrimmt es, daß ich keine Eifersucht zeige. Ich werde sie überlisten: ich werde zu leiden anfangen, bis sie erkennen, daß ich keine andere Wahl habe, als fortzuziehen. Die Idee kommt mir so gescheit vor, daß ich auf der Stelle seufze. Und sofort trifft mich Rahels mitfühlender Blick.

Das Telefon klingelt, ich kann es als einziger erreichen, ohne aufzustehen. Lepschitz sagt leise: »Ich bin nicht da.« Er läßt sich häufig ohne jeden Grund verleugnen. Ich nehme den Hörer ab, ein Mann ist am Apparat, der Martha sprechen möchte. Ich sage: »Sie ist schon unterwegs.«

Als ich am Dienstagmorgen in die Küche kam, war der Frühstückstisch gedeckt. Vater stand lächelnd am Herd und legte Eier ins kochende Wasser. Er fragte, ob ich eines oder zwei essen möchte, ich war verwirrt; frische Brötchen lagen im Korb, und es roch nach Kaffee. Als ich mich hinsetzte und das Glück genoß, fragte er: »Irre ich mich, oder ist heute dein letzter Prüfungstag?«

So war es. Wir unterhielten uns geradezu unbeschwert, kein Wort fiel über den letzten Abend. Er ließ sich ausführlich von meinem Besuch bei Elle berichten; ich sah keinen Grund, ihm den Zwischenfall zu verschweigen, bei dem der Arzt verletzt worden war. Vater sagte, es sei erfreulich, wie selten solche Vorfälle geworden seien. Er hatte ungewöhnlich gute Laune, woher kam die so plötzlich? Er sagte, er habe das sichere Gefühl, ich würde die Prüfung ohne Schwierigkeit bestehen, ich nannte das eine kühne Prognose. Er forderte mich auf, ihm bei Gelegenheit das Geschenk zu nennen, das ich mir nach bestandenem Abitur von ihm wünschte. Ich hatte auf einmal den Eindruck, daß er nur eine neue Taktik anwendete. Auch das fehlende Wirtschaftsgeld erwähnte er mit keinem Wort.

Im Laufe des Frühstücks erfuhr ich, daß er am Nachmittag weggehen und am Abend wieder zu Hause sein wollte. Zum hundertstenmal versuchte er, mich von seiner Methode des Eieressens zu überzeugen: zwei lauwarme weiche Eier vollständig abzupellen, sie in ein Glas zu legen, sie mit etwa einem Pfund Salz zu bestreuen und dann mit einem Teelöffel so lange darin herumzustochern, bis ein homogener hellgelber Brei entstanden war. Jedesmal tat er überrascht, weil ich mich weigerte.

Als er hinausging, machte ich mich über den Mülleimer her; im Fischgeruch, unter Kaffeesatz, Eierschalen und Teeblättern suchte ich nach dem Schlüssel fürs Häuschen, den ich gestern hineingeworfen hatte, vorschnell, wie mir inzwischen schien. Vom Flur her fragte Vater, wonach ich im Abfall suchte, und ich antwortete leichthin, ich hätte versehentlich Notizen für meine Prüfung weggeworfen. Für einen Augenblick durchfuhr mich der Verdacht, er habe den Schlüssel längst gefunden und frage scheinheilig.

Wie erleichtert war ich, als ich den Nachschlüssel zwischen meinen Fingern fühlte; nach einem Blick zur Tür zog ich ihn aus dem Müll. Ich legte ihn in den Ausguß, wusch zuerst meine stinkende Hand und dann ihn, den Schlüssel.

Vater war in sein Zimmer gegangen, durch die angelehnte Tür hörte ich Radiomusik und dazu sein seltsam wohlgemutes Summen. Als ich die Wohnung verlassen wollte, steckte er den Kopf heraus und fragte, ob ich meine Notizen gefunden hätte.

»Leider nicht«, sagte ich.

»Du wirst schon ohne sie auskommen«, sagte er zuversichtlich.

Da ich nun wußte, daß er bis zum Nachmittag zu Hause bleiben würde, wollte ich zum Haus hinausfahren, sobald die Prüfung zu Ende war. Natürlich bestand die Gefahr, Gordon Kwart oder Rotstein dort anzutreffen; ich mußte es an Ort und Stelle erkunden und notfalls unbemerkt wieder verschwinden. Wenn aber die Wachmannschaft abwesend war, dann wollte ich mit dem Gefangenen sprechen. Die Vorstellung, ihn zu befreien, war mir zuwider.

Ich war entschlossen, keine Zeit bei der Biologie-Arbeit zu vergeuden, sie durfte nicht länger als zwei Stunden dauern. Das Risiko hielt sich in Grenzen, denn meine Note übers Jahr war eine Eins, so konnte mich selbst eine miserable Arbeit nicht ins Verderben stürzen. Doch über mein Abitur hielt ein Engel seine Hand. Es wurde ein Thema verlesen, in dem ich mich auskannte, *Die Zelle als Überträger der Erbanlagen.* Während die meisten anderen noch unglückliche Blicke wechselten, schrieb ich schon. Ich glaube, es war das erstemal in meiner ganzen Schülerlaufbahn, daß ich mich schon am Anfang einer Arbeit beeilte und nicht erst an deren Ende. Mitten im Schreiben erreichte mich ein Hilferuf von Werner Klee, der hinter mir saß; ich hatte keine andere Wahl, als einen Zettel für ihn zu präparieren, dennoch brauchte ich nur wenig mehr als eine Stunde. Als ich die Arbeit abgab, nickte der Lehrer mir zu wie einem Musterschüler. Nicht eine Sekunde kam mir der feierliche Gedanke, daß die Schulzeit nun hinter mir lag.

Einige Tage später erfuhr ich, daß mir mein Verschwinden als dünkelhaft ausgelegt worden war. Werner Klee erzählte es, und weil ich nicht verraten durfte, warum ich so schnell gegangen war, neigte auch er zu dieser Ansicht. Alle anderen hatten sich in einer Kaffeestube getroffen, so wie es sich gehörte; Werner sagte, das Beisammensitzen sei ziemlich ergreifend gewesen, und ich hätte mir die Erinnerung, in der mich die anderen behalten würden, selbst zuzuschreiben.

Vom S-Bahnhof aus rief ich Martha an. Sie gratulierte mir,

bevor ich noch ein Wort erzählt hatte, dann sagte sie, auch sie habe eine Überraschung. Ich fragte: »Warum ist es eine Überraschung, daß ich bestanden habe?«

Sie ging nicht darauf ein und fragte, ob unser Häuschen noch immer von Besuchern blockiert sei. Als ich es bestätigte, stöhnte sie auf; sie wußte, daß mir das gefiel. Von ihrer Überraschung wollte sie am Telefon nicht sprechen, sie sagte: »Erst wenn du hier bist.«

Dann sagte sie mir auf den Kopf zu, ich befände mich in einem Bahnhof, im Hintergrund höre sie die entsprechenden Geräusche: wohin ich führe. Mit der Erklärung, ich hätte für Vater etwas zu erledigen, war sie zufrieden; ich log inzwischen so gut, als hätte ich mein Leben lang nichts anderes getan. »Schade«, sagte sie nur und ahnte nicht, daß sie mich damit fast zur Aufgabe meines Plans gebracht hätte. Noch ein Seufzer von ihr, und ich hätte die Fahrt verschoben, mir wurden vor Liebe die Hände heiß. In diesem Augenblick war klar, daß ich den Gefangenen so schnell wie möglich laufenlassen mußte, damit das Häuschen uns wieder zur Verfügung stand. Ein Mann klopfte gegen die Scheibe der Telefonzelle.

»Ich höre, was los ist«, sagte Martha. »Kommst du am Nachmittag her?«

»Und wie.«

Als ich aus der Zelle trat, hatte der ungeduldige Mann den Zeigefinger schon zum Wählen ausgestreckt. Bei Martha wäre genügend Platz für uns gewesen, doch lauerten Augen und Ohren ihrer Eltern hinter jeder Ecke. Es war allgemein bekannt, daß man als Einwohner Berlins in einem Berliner Hotel kein Zimmer mieten durfte; wenn noch genug Wirtschaftsgeld dagewesen wäre, hätte ich es trotzdem versucht. Der Himmel, auf den wir so angewiesen waren, wollte nicht blau werden, es sah nach Regen aus, es war kalt.

Unterwegs überlegte ich, auf wen der Gefangene wohl seine Hoffnung setzte, sofern er sich nicht aufgegeben hatte: auf mich wahrscheinlich, auf jeden unerwarteten Besucher; auf die Polizei, der sein Verschwinden bestimmt gemeldet worden war, von seiner Frau, von sonstwem, mit dem er lebte; auf ein Einsehen der Entführer. Vielleicht schrie er sich die Kehle wund, sobald sie ihn allein ließen.

Dann wurde mir klar, daß er allen Grund hatte, die Polizei zu fürchten wie die Pest. Anderswo ging man mit ehemaligen Aufsehern wohl sachte um, hier aber galten sie als Ungeheuer, hier konnte er nicht mit Nachsicht rechnen, hier würden sie ihn zerstückeln. Er durfte nicht um Hilfe rufen, ja, er durfte Vater, Kwart und Rotstein nicht einmal anzeigen, falls ihm die Flucht gelang. Er konnte nur beten, daß nichts geschah, was die Polizei aufmerksam machte.

Aus der verzweifelten Lage des Aufsehers ergab sich, daß die Gefahr, in der mein Vater schwebte, geringer war als angenommen. Wann hatte es das je gegeben, daß ein Entführter mehr Angst vor der Entdeckung haben mußte als seine Entführer? Es erschreckte mich, wie fest er in ihrer Hand war; er konnte nur auf ihre Gnade hoffen, also auf ein Wunder. Wenn ich in das Häuschen ging, dann war er auch in meiner Hand.

Als ich in Erkner aus dem Zug stieg, stand der Gegenzug schon da, wenige Schritte entfernt und verlockend. Ich mußte mich zwingen, nicht zurückzufahren. Der Mann war so oder so in meiner Hand, ob ich nun in das Haus ging oder zurückfuhr.

Der Wald duftete diesmal nicht so stark nach Pilzen, die Nässe hatte ihren eigenen Geruch, es regnete. Weil es windstill war, drangen nur wenige Tropfen durch die Baumkronen, man ging wie unter einem löchrigen Schirm. Je näher ich dem Häuschen kam, um so heftiger wurde mein Widerwillen: vor dem Gestank dort, vor dem Mann, vor dem, was ich tat. Es hätte mich erleichtert, wenn einer der Bewacher im Haus gewesen wäre. Aber ein Auto stand nicht da.

Ich schlich heran und horchte unter jedem Fenster, ohne Verdächtiges zu hören. Nach einiger Zeit mußte ich annehmen, daß der Gefangene allein war.

Behutsam schloß ich die Tür auf; bei meinem ersten Eindringen war sie nicht zugeschlossen gewesen, wie Vater behauptet hatte, das weiß ich genau, sein Irrtum hatte mich im Leugnen bestärkt.

Ich trat in den dunklen kleinen Flur. Während ich dastand, sagte ich mir immer wieder, ich brauchte nicht aufgeregt zu sein, was sollte mir groß passieren, selbst wenn man mich entdeckte.

Ich horchte lange und hörte nichts als meinen schnellen Herzschlag. Dann kam der Augenblick, da meine Angst sich in Entschlossenheit verwandelte, und ich machte die Tür zum Gefangenenzimmer auf. Er lag da und schlief. Wie erwartet, trug er Handschellen, deren Kette um eine Bettstrebe geschlungen war; seine Füße waren mit einem Ledergürtel an das untere Bettende gebunden, wie damals schon. Er lag auf dem Rücken, der einzig möglichen Position, sein Körper wirkte in die Länge gezogen. Im Zimmer roch es natürlich stärker als im Flur. Unter dem Bett stand immer noch der Nachttopf, was nützte ihm ein Nachttopf, wenn er sich nicht bewegen konnte.

Das Fenster war mit einem Laken verhängt; da es nach hinten hinaus ging, nicht auf den Weg, nahm ich das Laken ab. Ich mußte dazu einen Stuhl ans Fenster rücken, das machte Geräusche; doch als es hell war, lag er immer noch unbeweglich. Ich sah mir sein Gesicht genau an. Dann durchfuhr mich ein Schreck bei dem Gedanken, er könnte ohnmächtig oder gar tot sein. Ich stieß mit dem Fuß kräftig gegen das Bett.

Außer den Augenlidern, die nach oben klappten, bewegte sich nichts an ihm. Sein Blick war sofort konzentriert; ich konnte weder Angst noch Freude noch Verwunderung darin finden, nichts. Doch deutlich sichtbar war der Moment, in dem er mich erkannte. Er sagte: »Sie sind doch der Sohn?« Und als ich nicht reagierte, fragte er: »Werden Sie mir helfen?«

Ich eigne mich nicht als Herr über Leben und Tod, mir war zumute, als wäre ich der Hilfsbedürftigere von uns beiden. In den zwei Tagen seit unserer ersten Begegnung hatte ich mir immer wieder gesagt, ich dürfe mich nicht von Mitleid treiben lassen, doch nun empfand ich nicht das geringste Mitleid. Soviel war klar: Wenn ich ihm jemals zur Flucht verhalf, dann nur um Vaters willen. Ich hatte Lust zu sagen, daß ich nicht aus Sympathie gekommen war. Außer dem Geruch störte mich seine Bewegungslosigkeit.

Ich fragte: »Kommen noch andere Leute her, um mit Ihnen zu sprechen?«

»Andere Leute?«

»Außer meinem Vater und den beiden anderen?«

»Nein.«

»Kommen sie zu bestimmten Zeiten?«

»Zweimal täglich.«

»Wann?«

»Einmal am Vormittag, und dann noch mal nachmittags oder abends.«

»Waren sie heute schon da?«

»Er war schon da. Der mit der Glatze, er nennt sich Erik.«

»Allein?«

»Vormittags kommt immer nur einer. Gibt mir zu essen, schiebt den Topf unter. Redet kein Wort. Nachmittags kommen sie dann zu zweit oder zu dritt. Nennen das Verhör, geht manchmal bis in die Nacht.«

»Wie oft kriegen Sie zu essen?«

»Das Essen geht ja noch. Aber denken Sie, die lassen einen mal aufstehen? Seit fünf Tagen liege ich da! Geben mir nicht mal Papier, damit ich mir, auf gut deutsch gesagt, den Arsch abwischen kann. Ich rieche den Gestank im Zimmer genauso wie Sie, aber was soll ich denn tun?«

Er war laut geworden, und in seinen Augen schwammen Tränen. Ich glaube nicht, daß er im Sinn hatte, meine Barmherzigkeit zu wecken; es erschütterte ihn, was hier mit ihm geschah.

»Vor fünf Tagen hat das angefangen?« fragte ich, und er nickte. Wenn er mich gebeten hätte, seine Füße loszubinden, wäre ich dazu bereit gewesen.

Ich ging wieder zum Fenster, diesmal um es zu öffnen. Frische Luft war das eine, doch wollte ich mich auch davon überzeugen, daß er nicht wagen würde zu schreien.

Kaum hatte ich die Hand am Griff, fragte er: »Warum machen Sie das Fenster auf?«

»Warum wohl«, sagte ich.

Auf dem weißlackierten Fensterbrett war ein Brandfleck von einer Zigarette, den es vor einer Woche noch nicht gegeben hatte. Ich rückte einen Stuhl in die Nähe des Betts und setzte mich. Aus einiger Entfernung war Hundegebell

zu hören; er hob den Kopf, so hoch er konnte. Leise sagte
er: »Das offene Fenster ist keine gute Idee.«
Ich fragte: »Ist es Ihnen nicht recht, wenn jemand auf Sie
aufmerksam wird?«
Er stieß Luft aus, wie nach einem Witz, der nicht gut genug
ist, um laut belacht zu werden. Dann ließ er den Kopf wie-
der fallen, schloß kurz die Augen und sagte: »Die Angele-
genheit ist komplizierter, als Sie glauben.«
»Inwiefern?«
Er sagte: »Haben Sie sich mal überlegt, was den drei Her-
ren passiert, wenn ich gefunden werde?«
»Sie wollen aus Rücksicht unentdeckt bleiben?«
»Bitte nicht so laut«, sagte er.
Als ich das Fenster wieder schloß, fragte er furchtsam, ob
ich schon wieder gehen wolle. Ich antwortete nicht.
»Natürlich denke ich auch an mich«, sagte er.
»Was hätten Sie zu befürchten, wenn man Sie findet?«
fragte ich.
»Jetzt stellen Sie sich aber dumm.«
Es kostete mich Überwindung, ihn zu bitten, daß er mein
Kommen geheimhielt, doch ich mußte es tun. Er versprach
es grinsend. Sofort aber wurde sein Gesicht wieder ernst,
und er fragte, ob ich denn nicht gekommen sei, ihm zu hel-
fen.
»Wie heißen Sie?« fragte ich.
»Arnold Heppner.«
Ich wußte nicht, wie ich ihn hätte befreien können, selbst
wenn ich gewollt hätte. Die Handschellen sahen so stabil
aus, daß es zwecklos gewesen wäre, an ihnen herumzurüt-
teln; vielleicht konnte man mit einem Hammer oder einem
Stein die Eisenstrebe zerschlagen, an der sie befestigt waren; dann aber hätte er mit gefesselten Händen dagestan-

den. Ich dachte nicht daran, ihm außerhalb des Häuschens weiterzuhelfen, durch den Wald und durch die Stadt, am Ende bis zu seiner Wohnung.

»Wollen Sie mich denn nicht freilassen?«

Auf einmal empörte es mich, wie grob sie ihn angekettet hatten: wie eine Bestie, der man keinen Zentimeter Spielraum lassen darf. Mir leuchtete zwar ein, daß es nicht genügte, das Häuschen zuzuschließen, es war nun einmal nicht ausbruchssicher; doch warum hatten sie ihn nicht so angebunden, daß er wie ein Mensch sitzen und sich drehen und das Notwendigste tun konnte. Es kam mir vor, als hätten sie sich eine unnötige Grausamkeit zuschulden kommen lassen.

Ich band ihm die Füße los. Den Ledergürtel erkannte ich, ich selbst hatte ihn schon benutzt. Der Gefangene hob gleichzeitig beide Füße an, um mir die Arbeit zu erleichtern. Die Fessel hatte in seine dünnen Gelenke zwei Kerben geschnitten. Ich prägte mir die Bettstrebe und die Art der Fesselung ein. Seine Schuhe waren neu, die Sohlen hatten nur in der Mitte Spuren vom Gehen.

Erst als ich mich auf den Stuhl zurücksetzte, rührte er sich und suchte eine bequemere Position; er zog sich nach oben, bis sein Kopf die Bettstäbe berührte, und winkelte die Arme an. Mit den Beinen machte er dann gymnastische Bewegungen. Er ächzte vor Erleichterung und war eine Weile mit sich selbst beschäftigt. Ich beschloß, den Gürtel später lockerer zu binden.

»Und was ist mit den Händen?« fragte er.

»Die kann ich nicht losmachen.«

»Wenn man will, geht manches«, sagte er.

»Vielleicht will ich auch nicht.«

Er sah mich unangenehm lange an, bevor er sagte: »Sie

möchten Ihrem Herrn Vater nicht in den Rücken fallen. Das verstehe ich.«

Ich ging in die Küche und trank aus dem Wasserhahn; eins unserer Gläser zu benutzen, hätte ich nicht über mich gebracht. Der Gefangene, der nicht wußte, was ich machte, rief: »Sie gehen doch nicht schon?«

Die Küche starrte vor Dreck; schmutziges, schimmliges Geschirr stand herum, auf dem Tisch lagen vertrocknetes Brot und Wurstscheiben, die sich wölbten, auf Tellern und Untertassen waren Zigaretten ausgedrückt, und aus halb geleerten Bierflaschen stieg ein säuerlicher Geruch auf. Ich glaubte, diese Verwahrlosung wäre die zwangsläufige Folge eines solchen Unternehmens, und ich glaube es immer noch. Manchmal hatte ich mir Vorwürfe von Vater anhören müssen, das Häuschen sei ihm nach meinen Besuchen nicht aufgeräumt genug. Als ich die Augen schloß, sah ich Martha und mich, wie wir uns in den Armen lagen.

Er war erleichtert, als ich ins Zimmer zurückkam; er saß jetzt aufrecht und hielt die Arme wie eine Stütze hinter dem Rücken. Ich erinnerte ihn daran, daß er vor zwei Tagen behauptet hatte, er werde gefoltert, und ich wollte nun wissen, was dahintersteckte.

Sein Blick wurde bedeutungsvoll, wie um anzukündigen, daß ich mich auf etwas äußerst Unangenehmes gefaßt machen sollte. Dann sagte er: »Die schlagen gern mal zu.«

»Wer?«

»Tut mir leid, Ihnen das sagen zu müssen: Ihr Herr Vater ist der Schlimmste.«

»Er schlägt Sie als einziger?«

»Das nicht, aber am meisten und am härtesten. Der mit der Glatze schlägt auch, nur Kwart hat mich noch nicht angefaßt. Das kommt, weil wir uns kennen. Wir verkehren im selben Lokal.«

»Die anderen haben Sie hier zum erstenmal gesehen?«

»Ja. Der Kwart hat mich hergelockt. Und zwar unter dem Vorwand, daß ich zum Skatspielen eingeladen bin. Ich spiele gerne Skat.«

»Warum schlägt man Sie?«

»Die stellen Fragen, und wenn man nicht antwortet, was gewünscht wird, setzt es Prügel. Leider bin ich kein Hellseher.«

»Wohin werden Sie geschlagen?«

»Meistens in den Bauch und gegen die Brust. Ins Gesicht auch, aber nur mit der flachen Hand. Machen Sie mal mein Hemd auf, dann wissen Sie, was blaue Flecken sind.«

Wahrscheinlich sagte er die Wahrheit. Auch wenn es kaum begreiflich klingt: ich war erleichtert, daß er nicht von schlimmeren Mißhandlungen berichtete. Ich sagte: »Da wird es bei Ihnen aber anders zugegangen sein.«

»Was meinen Sie damit?«

»Bei Ihnen in Neuengamme.«

Er sah mich verwundert an, beinahe beleidigt, als hätte er gerade von mir eine solche Anspielung nicht erwartet. Aber er verwahrte sich nicht dagegen, er schwieg, weil ich der letzte war, den er verärgern wollte.

Unter dem Tisch sah ich eine Brille liegen, ich hob sie auf. Einer der Metallbügel war angebrochen, ich fragte, ob die Brille ihm gehörte, und er nickte. Ich legte sie unter den Tisch zurück, ich hatte noch Fragen, die weniger den Gefangenen betrafen als meinen Vater.

»Ich möchte wissen, warum die Sie verhören. Soll irgendetwas aufgeklärt werden, oder was ist sonst der Zweck? Die hätten Sie doch auch anzeigen können? Was glauben Sie: warum sind Sie hergebracht worden?«

Er zuckte mit den Schultern, bevor er sagte: »Seit Tagen denke ich über nichts anderes nach. Ich könnte es begreifen, wenn wir uns persönlich kennen würden, ich meine, wenn einer von ihnen Häftling in Neuengamme gewesen wäre. Wir haben uns nie gesehen, und nach dreißig Jahren auf einmal das! Wissen Sie, was für einen Verdacht ich habe?«

Er sah mich aufdringlich an, und ich wendete mich ab, bis er weitersprach:

»Daß es sich um eine Art Verfolgungswahn handelt. Ich will keinem zu nahe treten, aber ist das nicht die vernünftigste Erklärung? Die fühlen sich immer noch umzingelt, die denken, daß unsereins auf eine Gelegenheit wartet, sie wieder in die Baracke zu stecken. Ich habe mir den Mund fusselig geredet, was für ein Nichts ich damals war. Aber so was glauben die einem nicht.«

Ich fragte: »Hat sich jemals eine Behörde mit Ihrem Fall beschäftigt?«

»Es gibt keinen Fall.«

»Warum haben Sie dann Angst, um Hilfe zu rufen?«

Er setzte ein paarmal zu einer Antwort an, schwieg aber immer wieder. Ich stand auf, nahm den Gürtel und gab ihm mit der Hand ein Zeichen, daß er wieder nach unten rutschen sollte. Er tat es widerspruchslos und hielt mir gleich darauf die Beine hin.

Während ich den Gürtel um seine Knöchel und um die Bettstrebe wickelte, bat er mich zu glauben, daß er die unseligen Ereignisse von damals bereue, auch wenn er keine Verantwortung dafür trage. Als er zu erzählen anfing, wie oft er nächtelang wachlag, weil die Erinnerung an das Lager ihn nicht schlafen ließ, zog ich den Gürtel mit aller Kraft fest. Er verstand und war sofort still.

Ich hängte das Laken wieder vors Fenster, stellte den Stuhl wieder an die alte Stelle, sonst hatte ich nichts verändert. Auf seinem Gesicht lag Bestürzung. Alle Fragen, die ich noch hätte stellen können, kamen mir bedeutungslos vor; ich hatte nichts erfahren, ich hatte nichts erreicht, das für irgendjemanden von Wichtigkeit gewesen wäre. Inzwischen weiß ich, daß ich nur um meinetwillen zum Häuschen gefahren war: um mir zu beweisen, daß ich die Augen vor dem unheimlichen Geschehen nicht verschloß.

Ich bemerkte, daß ich ihn an einem falschen Bettpfosten festgebunden hatte. Als ich den Gürtel wieder aufmachte, sagte er inbrünstig: »Gott sei Dank.« Aber er schwieg, als ich seine Beine von neuem festband, nun an der richtigen Strebe, er hielt genauso still wie beim erstenmal.

»Sie wissen hoffentlich, daß ich Ihrem Herrn Vater keine Schwierigkeiten machen kann?« sagte er, als ich fertig war. »Ich meine für den Fall, daß ich hier rauskomme?«

»Das ist mir klar«, sagte ich.

»Wozu sind Sie hergekommen?«

Zur Kontrolle ging ich in die Küche, obwohl ich dort nichts berührt hatte. Viel Zeit würde vergehen müssen, bevor ich wieder mit Martha das Haus benutzen konnte, selbst wenn er heute noch verschwand. Es zu säubern und zu lüften schien mir auf einmal nicht mehr genug, was aber sonst? Aus einem offenen Marmeladenglas stieg eine riesige Fliege auf. Ich hörte ihn rufen, er bat mich, noch einmal zu kommen. Es war noch lange nicht Nachmittag.

Als ich vor dem Bett stand, sagte er: »Ich möchte Ihnen einen Vorschlag machen.«

»Ich muß jetzt gehen«, sagte ich.

»Wenn Sie mir helfen, bin ich bereit, Ihnen Geld zu geben.

Sie müßten mit einer Feile wiederkommen, besser mit einem großen Seitenschneider. Wissen Sie, was ein Seitenschneider ist?«

Es war nicht der Augenblick, meine Empfindlichkeit unter Beweis zu stellen: da ich verhindern wollte, daß er mich bei Vater verriet, durfte ich ihn nicht aller Hoffnung auf meine Hilfe berauben. So fragte ich: »An was für eine Summe denken Sie?«

Er sagte: »Ich habe über die Jahre etwas gespart und bin bereit, Ihnen alles zu geben. Unter uns gesagt: ich wäre froh, wenn ich auf diese Weise einen Schlußstrich unter die verdammte Vergangenheit ziehen könnte. Ich würde es nicht als Verlust betrachten, glauben Sie mir.«

»Wieviel?« fragte ich noch einmal.

»Ich hätte fünftausend Mark.«

Ich bildete mir ein, daß er zuerst eine größere Summe hatte nennen wollen. Ich tat so, als ließe ich mir sein Angebot durch den Kopf gehen, es muß ein aufregender Moment für ihn gewesen sein.

»Mit Mühe und Not könnte ich tausend zusätzlich zusammenkratzen«, sagte er.

Mir kam ein Gedanke, so absurd und verwerflich, daß ich ihn am liebsten gleich wieder ausgelöscht hätte: ob es nicht eine gute Lösung war, ihn laufenzulassen und das Geld anzunehmen. Da ich doch ohnehin erwogen hatte, ihn zu befreien, wäre keine zusätzliche Anstrengung nötig gewesen. Und wäre es nicht auch gerecht, wenn das Geld von ihm auf mich überginge, mußte ich denken.

Er sagte: »Nur noch eines: ich kann mir vorstellen, daß ich am Ende umgebracht werde. Nicht, daß sie es jetzt schon vorhätten, aber wie soll es denn weitergehen? Die werden bald nicht mehr wissen, was sie mit mir anfangen sollen. In ein paar Tagen ist der Spaß zu Ende, dann wird es ihnen lästig sein, andauernd herzukommen. Glauben Sie, die binden mich dann los? Das können die doch gar nicht, das bringen die nie im Leben übers Herz.«

Ich fand, daß seine Befürchtung nicht aus der Luft gegriffen war; in tagelangem Nachdenken hatte er herausgefunden, daß die ungünstigste aller Möglichkeiten zugleich die wahrscheinlichste war. Später wunderte es mich, wie unberührt ich blieb, als er um sein Leben kämpfte.

Er sagte: »Ich sage das nur, damit Sie nicht glauben, wir hätten unendlich viel Zeit.«

Ich sagte: »Wenn die drei erfahren, daß ich hiergewesen bin, wird das Türschloß ausgewechselt. Dann hätte sich alles Weitere von selbst erledigt.«

Er sagte: »Ich bin doch nicht verrückt.«

Die Zimmertür mußte eingeklinkt, die Küchentür angelehnt, die Haustür zweimal abgeschlossen werden. Als ich aus dem Haus trat, stürzte ein kleiner Hund davon, als hätte er unterm Fenster gelauscht, ein Terrier; sein Besitzer war nirgends zu sehen, es standen in einiger Entfernung Dutzende anderer Häuschen, zu denen er gehören konnte. Eine Weile blieb ich im Windfang stehen und beobachtete die Umgebung. Ich hätte gern gewußt, wie Gordon Kwart zu seinen Informationen gelangt war. So übermütig kann der Gefangene nicht gewesen sein, dachte ich, daß er sich gerade ihn zum Beichtvater gewählt hätte. Ich fing schon jetzt an, mich zu ärgern, weil ich es nicht fertigbringen würde, die sechstausend Mark zu nehmen. Zum Waldrand hin regnete es stärker.

So etwa.

Ein Zufall: Martha öffnete das Fenster, um Luft ins Zimmer zu lassen, sah mich durch den Regen hasten und stand mit ausgebreiteten Armen da, als ich in den Hausflur trat. In diesem Augenblick war mein Besuch im Waldgefängnis vorbei. Wir küßten uns auf jeder zweiten Stufe bis zu ihrem Treppenabsatz; ich war eine Stunde vor der verabredeten Zeit gekommen, aber keine Sekunde zu früh.

Ihre Mutter fragte durch eine Tür hindurch, wer gekommen sei, da schob Martha mich in die Küche, nahm meine rechte Hand und hielt sie ihrer Mutter zur Begrüßung hin. Sie sagte: »Sei nett zu ihm, er ist so schüchtern.«

Rahel machte eine Bemerkung über den Humor ihrer Tochter, dann gingen wir in Marthas Zimmer, und ich zeigte ihr, wer schüchtern ist. Wir hielten uns umarmt, und alles, was ich mir in dem gottverlassenen Häuschen von Martha versprochen hatte, war richtig. Martha zeigte auf meine Schuhe und fragte, ob ich über einen Acker gelaufen sei.

In diesem Zimmer fühlte ich mich nicht behaglich; wir waren immer nur dann hier, wenn wir keine andere Wahl hatten. Als ich bei einem dieser Besuche die Tür verriegelt hatte, hatte Martha so unglücklich ausgesehen, daß ich mir vornahm, es nie wieder zu tun. Ich zog die Schuhe und auch die nassen Strümpfe aus, wir setzten uns auf den Teppich, nur ja nicht aufs Bett. Martha nahm meinen Fuß und rieb ihn zwischen den Händen, als wäre ich aus dem tiefsten Winter gekommen.

»Jetzt deine Überraschung«, sagte ich.

Martha hatte es nicht eilig, sie rieb auch noch den zweiten Fuß, bis er nach ihrer Meinung warm genug war. Dann kroch sie auf allen vieren davon zum Schreibtisch. Dort richtete sie sich auf, und ihre Augen fingen an zu leuchten, als würde sich im nächsten Moment unser Leben ändern.

»Es ist eine ziemlich große Überraschung.«

Ich sagte: »Ich halte es nicht länger aus.«

Sie nahm ein Heft vom Tisch, dick und rosa, groß wie ein Aktenordner, und gab es mir. Ich las darauf die fettgedruckten Worte: *Die Jahre vor dem Anfang*. Auch wenn es neunmalklug klingt, hinterher zu behaupten, ich hätte vom ersten Augenblick an eine Abneigung dagegen verspürt: es ist die Wahrheit. Martha setzte sich wieder neben mich, mein Zögern dauerte ihr zu lange. Sie klappte ungeduldig den Deckel auf, es war ein Drehbuch.

»Was ist das?«

Sie ließ mich eine Weile blättern, als wollte sie mich nicht um die Freude bringen, es selbst herauszufinden. Welche Seite man auch aufschlug, überall standen Dialoge: ein Name, ein Doppelpunkt, dahinter Sätze, Unmengen von Sätzen. Ich sah zu Martha hin, ob sie etwa erwartete, daß ich nun Zeile für Zeile las, doch sie scheuchte meinen Blick mit dem Zeigefinger zurück ins Drehbuch. Beim Blättern tauchte immer wieder etwas Rotes auf: alles, was eine gewisse Rahel zu sagen hatte, war am Rand mit Rotstift angestrichen.

»Fällt dir nichts auf?«

Ich sah im Text das Wort *SS-Mann*, an verschiedenen Stellen, woraus ich schloß, daß mit den *Jahren vor dem Anfang* die Nazizeit gemeint war. Das Lächeln wäre Martha vergangen, wenn sie gewußt hätte, daß ich geradewegs von einem SS-Mann kam, und zwar von einem echten. Er sei ein

Nichts gewesen, hatte er behauptet, ich konnte ihm das glauben oder nicht, es war mir seltsam unwichtig. Ich brachte keinen Haß zustande, beim besten Willen nicht; er war ein lästiges Problem im Leben meines Vaters und damit auch in meinem, nicht mehr und nicht weniger.

»Ob dir nichts auffällt?«

»Meinst du die roten Striche?«

»Was denn sonst.«

Sie nahm mir das Heft aus der Hand, legte mich platt auf den Teppich und sich daneben und fing mit dem Erklären an; wir lagen parallel und ausgestreckt wie in einem Doppelsarg. Ob ich mich daran erinnere, fragte sie, daß sie am Abend zuvor mit ihren Eltern eingeladen gewesen sei. Das tat ich. Der Mann, den sie besucht hätten, sei Roland Minge, der Name werde mir ja wohl etwas sagen. Ich fragte: »Ihr wart bei einem Mann?« Aber sie hatte keinen Sinn für Scherze, es stellte sich heraus, daß Roland Minge Regisseur war, angeblich ein bekannter. Er sei dabei, einen Film zu drehen, *Die Jahre vor dem Anfang*; Martha fragte, ob ich nun imstande sei, die Geschichte mit eigenen Worten fortzusetzen. Weil ich nicht aufhörte, wie eine Leiche dazuliegen, löste sie selbst das Rätsel: er habe ihr die Rolle der Rahel angeboten. Natürlich wußte ich es längst, ich fragte: »Weil du eine so gute und erprobte Schauspielerin bist?«

»Vielleicht weil ich ihm gut gefalle«, sagte Martha.

Sie richtete sich auf und lächelte auf mich herab, als wäre es nur zu verständlich, daß ich eifersüchtig und darum so mürrisch war. Sie sagte: »Hat man dir noch nie etwas vorgeschlagen, woran du nie gedacht hast?«

Sie hatte schon zugesagt. Die Sache eilte, weil irgendeine Schauspielerin krank geworden war; Minge hatte Martha gebeten, sich schnell zu entscheiden. Wenn es nicht unschicklich gewesen wäre, erzählte sie, hätte sie gleich an Ort und Stelle zugesagt; sie habe sich anstandshalber ein Drehbuch geben lassen, es über Nacht gelesen und Minge vor ein paar Stunden angerufen.

»Das heißt, das Kind ist schon in den Brunnen gefallen?«

»Welches Kind? In was für einen Brunnen?«

»Warum hast du nicht vorher mit mir gesprochen?«

»Wenn du dagegen gewesen wärst, hätte ich schön dagestanden«, sagte sie.

Wir hörten Hugo Lepschitz in die Wohnung kommen. Martha legte den Kopf auf meine Brust, wir horchten, bis es still im Flur geworden war. Sie nahm meine Hand wie zur Versöhnung und drehte an meinen Fingern herum; wir waren an Spannungen einfach nicht gewöhnt. Sie sagte: »Es ist wie eine Reise in eine fremde Gegend. Was gibt es da nicht zu verstehen?«

Ich setzte mich an den Schreibtisch und begann, das Drehbuch zu lesen, ich weiß nicht wozu; vielleicht wollte ich Martha zeigen, daß ich mich auch dann um ihre Angelegenheiten sorgte, wenn ich nicht gefragt worden war. Ich mußte lange blättern, bis die erste rotmarkierte Stelle kam. Rahel wurde als hübsche Frau von dreißig Jahren beschrieben, mit kurzem Haar und festem Blick. Mir brach der Schweiß aus: es ging mich zwar nichts an, für wie alt Herr Minge Martha hielt, doch sollten ihr die Haare abgeschnitten werden?

»Was wird mit deinen Haaren?«

»Mit meinen Haaren?«

»Hier steht ausdrücklich, daß sie kurze Haare hat.«

Martha beugte sich über das Buch; ich zeigte mit dem Finger auf die Stelle. Sie flüsterte: »Na so was.«

»Ich denke, du hast das Buch gelesen?«

»In der Nacht«, sagte sie, ich fand, daß sie die Sache viel zu leicht nahm.

»Läßt du dich kahlscheren?«

»Warum denn nicht.«

Beunruhigt las ich weiter. Die Geschichte handelte von einer Widerstandsgruppe, zu der auch eine Jüdin gehörte, eben Rahel; alle Mitglieder lebten mit falschen Papieren und waren auf gleiche Weise gefährdet. Für Rahel spielte es daher keine Rolle, daß sie Jüdin war, jedenfalls verstand ich das so. Es gab eine Szene, in der die Gruppe das Kind eines Fabrikanten entführte, um Geld für Aktionen zu erpressen. In der darauffolgenden Szene bewachte Rahel zusammen mit einem gewissen Anton, einem jungen Kommunisten, das Fabrikantenkind in einem abgelegenen Schuppen; Anton war verliebt in sie, im Drehbuch stand: *Zum erstenmal bemerkt sie das Feuer in seinen Augen und erliegt ihm.* Während sie sich im Heu wälzten, konnte das kleine Mädchen fliehen.

Ich solle nicht etwa glauben, sagte Martha, das Schauspielen sei umsonst, sie kriege ordentlich Geld dafür. Sie zwängte sich zwischen mich und das Drehbuch und spielte eine reiche Frau, mit müden Augen, gerümpfter Nase und dickem Bauch. Ich stellte mir vor, ich hätte die sechstausend Mark genommen und könnte sagen: Laß gut sein, Martha, wir wollen lieber eine hübsche Reise machen, ich habe selber Geld wie Heu. Wir waren noch nie zusammen verreist, du lieber Gott, nach Krakau oder in den Kaukasus, wie hätte sie da widerstehen sollen.

»Für jeden Tag gibt es dreihundert Mark«, sagte sie und setzte sich mir auf den Schoß. Es hatte den Anschein, als versuchte sie, mich von dem Drehbuch abzulenken. Sie sagte: »Minge meint, daß ich an zehn Tagen beschäftigt bin, es können aber auch vierzehn werden. Das wären im schlimmsten Fall dreitausend Piepen. Was sagst du jetzt?«

»Ich wußte gar nicht, daß du so hinterm Geld her bist«, sagte ich.

Mit der Hand fuhr sie mir übers Gesicht, als wäre es eine Tafel, von der sie überflüssige Worte abwischen wollte. Als ich die Hand festhielt, sagte Martha: »Dann wird es Zeit, daß du mich kennenlernst.«

Tatsächlich klappte sie hinter ihrem Rücken das Drehbuch zu, ich sollte nicht weiterlesen. Ich hatte auch keine Lust dazu, solange sie auf meinem Schoß saß; noch nie war jemand mehr bereit, sich ablenken zu lassen. Ich umarmte sie und überließ es allein ihr, wie besonnen wir bleiben sollten. Einige Augenblicke sah es günstig aus, dann gab sie mir einen Schlußkuß und blickte entschuldigend zur Tür. Ich fragte, ob ich ihrem Vater nicht guten Tag sagen sollte, und Martha nannte das eine glänzende Idee.

Als ich zurückkam, stand sie am Fenster, hielt das Drehbuch aufgeschlagen und las mir eine Szene vor: Rahels Verhaftung durch die Gestapo. Dann fragte sie nach meinem Eindruck, und ich sagte, ich verstünde nichts davon. Sie nickte, als hätte ich genau die richtige Antwort getroffen. Gleichzeitig sahen wir auf dem Boden meine Schuhe und Strümpfe und mußten uns beide wundern, wie ich barfuß zu den Eltern hatte hinausgehen können. Die Szene war nicht neu, ich dachte: natürlich werden sie verhaftet, wer hat etwas anderes erwartet?

Martha sagte, sie hätte das Angebot wahrscheinlich nie bekommen, wenn Minge und ihr Vater nicht seit Jahren miteinander bekannt wären. Aber Minge habe Glück, denn

zufällig besitze sie Talent. Obwohl sie den Eindruck zu erwecken suchte, sie rede über eine nicht sehr wichtige Sache, glaubte ich zu spüren, wie ernst es ihr war.

Auf einmal wurde ich müde, mein Kopf verlangte nach einer Pause. Zu allem mußte er sich eine Meinung bilden: in
der Schule, zu Hause, im Wald, jetzt hier, andauernd hatte
er etwas zu entscheiden. Er befahl mir, aufs Bett zu fallen,
und ich gehorchte.

»Ist dir nicht gut?«

»Kann sein«, mußte ich sagen.

Martha erschrak nicht. Wie ein Schattenriß stand sie am
Fenster, bis ich die Augen schloß, dann kam sie zu mir. Ihre
Finger berührten meine Schläfen und drehten kleine
Kreise, hauchzart, um mich ins Leben zurückzuholen oder
einzuschläfern. Es war kaum zu begreifen, daß sie sich so
blenden ließ. Sie nannte Gründe über Gründe, warum man
sie für diesen Film engagierte, nur nicht den einen offen-
kundigen: daß sie aussah, wie Herr Minge sich eine hübsche Jüdin vorstellte. Ich konnte seine Not verstehen,
junge Jüdinnen sind eine große Seltenheit, und da schneite
ihm Martha ins Haus.

Ich hielt den Mund, ich war inzwischen ein Meister im Verschweigen, dazu die Müdigkeit. Sie setzte sich aufs Bett,
ohne das sanfte Fingerkreisen zu unterbrechen; wahrscheinlich hielt sie das Gesicht dicht über meinem, ich roch
ihren Mund. Aber ich bewegte mich nicht, ich öffnete nicht
einmal die Augen, alles sollte genau so bleiben, wie es
war.

Wir gehen auf den Dachboden, Rahel Lepschitz und ich, um Wäsche aufzuhängen; mit den großen Stücken kommt sie allein nicht zu Rande. Zuerst säubern wir die Leinen, die schwarz sind vom Staub, der durch das Dach dringt. Vater und ich haben nie gewaschen, wir haben unser Zeug immer in die Wäscherei gegeben, es war ein grenzenloser Luxus. Ich habe heute schon eine Enttäuschung hinter mir, die allerdings nicht unerwartet kam.

Am Vormittag bin ich zur Studienberatung gefahren; dort habe ich einem Mann von meiner Wohnungsnot erzählt, der sagte müde, er könne mich gern auf die Warteliste fürs Studentenwohnheim setzen. Es klang nicht eben verheißungsvoll, ich nahm den Vorschlag dennoch an und dachte: für alle Fälle. Als der Mann in meinen Ausweis blickte, lachte er auf und sagte, ich sei ja ein Berliner, das Wohnheim habe man für alle anderen gebaut, nur nicht für die Berliner. Ich sagte: »Ich habe aber keine Wohnung.« Er: »Wo wohnen Sie denn jetzt?« Ich: »Bei fremden Leuten.« Er: »Zur Untermiete?« Ich: »So ist es.« Er: »Und warum bleiben Sie nicht dort?« Dann sagte er, das sei ja letzten Endes auch egal, für Fälle wie den meinen sei die Universität ohnehin nicht zuständig, vielleicht das Wohnungsamt. Als ich den Besucherstuhl nicht gleich räumte, sagte er: »Nur Ausnahmen, alle wollen eine Ausnahme sein.«

Als erstes hängen wir das Kleinzeug auf, jeder für sich und möglichst eng, damit genügend Platz für Laken und anderes Bettzeug bleibt. Ich bemerke, daß Rahel bei ihrer Arbeit innehält und mich anstarrt, warum? Ich muß mir Mühe geben, nicht zu grinsen, als ich begreife: zufällig bin ich an Marthas Schlüpfer geraten. Rahel sieht es und denkt: Wie muß dem armen Jungen jetzt zumute sein! Es fällt mir niemand ein, den ich bei meiner Wohnungssuche um Hilfe bitten könnte. Das einzig Erfreuliche: gestern erst habe ich mir vorgenommen, eine Wohnung zu suchen, und heute suche ich schon. Das ist für meine Verhältnisse ein abenteuerliches Tempo.

Sie seufzt wie lange nicht mehr und sieht mich immer wieder an, während sie die Hemden ihres Mannes glattstreicht. Es ist mir unbegreiflich, warum Rahel und Hugo Lepschitz sich gerade mich zum Schwiegersohn wünschen. Weil ich ihnen gefalle? Weil ich ein bißchen Geld geerbt habe? Weil sie es noch kommen sehen, daß Martha ihnen einen Nichtjuden anschleppt? Weil ich nun schon mal da bin? Ich sehe Rahel in dem Korb mit nasser Wäsche wühlen, bestimmt sortiert sie all die Stücke aus, die mich verletzen könnten.

Die Plastikleinen sind so ausgeleiert, daß unsere Bettbezüge nur eine Handbreit überm Boden hängen. Ich schlage vor, die großen Stücke auszuwringen, damit sie an Gewicht verlieren; doch Rahel meint, die Größe des Abstands zum Boden spiele keine Rolle, Hauptsache Abstand. Nichts wird mich davon abhalten, sie hin und wieder zu besuchen, wenn ich in einer anderen Gegend wohne, am meisten wird mir Rahel fehlen. Wir hängen das letzte Laken auf und stehen uns gegenüber, mit Blicken, als lasse sich das große Unglück doch noch abwenden.

Ich gehe in mein Zimmer und tue das Übliche, ich lungere herum. Ich lese Zeitung, ich schalte das Radio ein und suche Musik, die nicht zum Zuhören zwingt. Ich lese ein Interview mit einem Radrennfahrer. *ND: Hatten Sie unterwegs Schwierigkeiten? K.-D. Diers: Insofern, als ich mir zunächst nicht völlig klar darüber war, welchen Gang ich wählen sollte. Ich bin dann etwa vom sechsten Kilometer ab doch einen relativ hohen Gang gefahren. Und dann die Angst, daß bei dem zunehmenden kalten Wind die Muskeln verkrampfen könnten! ND: Wie war die Stimmung in der Mannschaft vor dem Auftakt zur diesjährigen Friedensfahrt? K.-D. Diers: Optimistisch. Hans-Joachim Hartnick hatte zuvor Unstimmigkeiten mit seinem Magen. Aber das gab sich wieder, so daß alle bester Laune waren. ND: Karl-Dietrich, Sie haben das Uhrmacherhandwerk erlernt? K.-D. Diers: Ja, aber zur Zeit leiste ich meinen Ehrendienst bei der NVA. Ich bin Unteroffizier. ND: Wie kamen Sie eigentlich zum Radsport? K.-D. Diers: Das war 1965, als ich die ›Kleine Friedensfahrt‹ mitmachte, Gefallen fand und dann lange für Lok Güsten startete, wo mir Max Händler viel beibrachte. Eine Silbermedaille bei der Spartakiade zählte damals zu meinen schönsten Erfolgen. ND: Sie sind der Zweitjüngste in der Mannschaft mit Ihren 20 Jahren? K.-D. Diers: Irrtum – am Donnerstag werde ich 21!*

Mein Mangel an Freunden ist weder angenehm noch eine Katastrophe, es ging nicht anders. Zwar hat mir Vater einmal vorgeworfen, ich sei die Prinzessin auf der Erbse, was Freundschaften betreffe, doch hätte ich den erstbesten nehmen sollen, nur weil es gut ist, einen Freund zu haben? Natürlich könnte ich jetzt Freunde brauchen, vor allem solche, die eine freie Wohnung kennen.

Hugo Lepschitz denkt in dieser Frage anders als mein Vater; vor ein paar Monaten hat er gesagt, er könne gut verstehen, warum meine Beziehung nach draußen so schwach sei: weil unsereins besonders penibel zu prüfen habe, mit wem er sich einlasse. Auf meine Frage, wen er mit *unsereins* meine, hat er geantwortet: »Ach, lieber Junge, ich weiß es, du weißt es, wozu lange erklären.«

Es kommt ein seltener Besuch zu mir ins Zimmer, mit aufgestecktem Haar, mit lang herabhängenden Ohrringen, die ich noch nie an ihr gesehen habe, Martha. Sie fragt, ob ich sehr beschäftigt sei, ich lasse die Zeitung fallen. Über meine Hand, die auf den freien Stuhl zeigt, muß sie lächeln. Sie setzt sich aber dennoch, und vorbei ist es mit ihrer Vergnügtheit; sie blickt im Zimmer umher, als wäre ihr beim Setzen der Schneid abhanden gekommen.

Ich nutze die Wartezeit, um mir eine Geschichte zu erfinden: gestern abend, beim Treffen mit ihrem jungen Mann, hat Martha über uns beide nachdenken müssen; als sie mich mit ihm verglich, ist ihr der Fehler ihres Lebens bewußt geworden; noch ist es aber nicht zu spät, noch läßt er sich beheben: ob wir es nicht noch einmal miteinander versuchen sollten!

»Es ist nichts Wichtiges«, sagt Martha, »ich sollte gar nicht fragen.«

»Ja?«

»Du hast doch Geld auf deinem Konto?«

Ich sage: »Jede Menge.«

»Kannst du mir etwas borgen?«

»Ja.«

»Ich könnte verstehen, wenn du Bedenken hättest.«

»Warum denn?«

»Ich meine, das wäre ganz normal.«

Zum erstenmal will sich jemand Geld von mir leihen, ich selbst habe auch noch nie geborgt, es ist ein Augenblick

großer Peinlichkeit. Ich überlege, welches der kürzeste Weg zum Ende wäre, ich frage: »Wieviel brauchst du?«
Doch allem Anschein nach schüchtere ich sie damit ein: sie versteht meine Worte als Mahnung, nicht unbescheiden zu sein.

»Morgen gehe ich sowieso zur Sparkasse«, sage ich. »Du mußt nur sagen wieviel.«
Großspurig möchte ich nicht klingen, auch nicht versessen hilfsbereit, als wäre mir jedes Opfer recht, um in Marthas Gunst zu steigen. Ich möchte nach überhaupt nichts klingen, ich möchte, daß sie sagt, wieviel sie braucht, damit wir zum Ende kommen.

»Ich weiß es selbst nicht. Die Sache ist die, daß Papa bald Geburtstag hat. Ich habe weder Geld für ein Geschenk, noch weiß ich, was ich ihm schenken soll.«
Ich sage: »Bei seinem vorigen Geburtstag habe ich hier noch nicht gewohnt.«
»Vielleicht ein Hemd«, sagt Martha. »Die meisten Hemden, die er trägt, sind rührend.«
Ich frage: »Wie alt wird er?«
»Laß mich mal rechnen. Vierzehn geboren, was haben wir jetzt, du liebe Güte, der Mann wird sechzig!«
Mein Bett ist nicht gemacht. Ich stehe auf und ziehe im Vorbeigehen die Decke hoch, das Laken kommt mir nicht ganz sauber vor. Ich öffne eine Schublade, in der noch nie Geld gelegen hat, sehe hinein und sage: »Nein, ich habe wirklich nichts hier, tut mir leid.«
»Es ist nicht eilig«, sagt Martha. »Könntest du hundert Mark entbehren?«
»Du kannst auch mehr haben.«
»Hundert reichen. Ich brauchte sie für drei Wochen. Geht das?«

»Gib sie zurück, wenn du sie übrig hast.«

Martha erhebt sich und sagt: »Vielleicht doch lieber hundertfünfzig.«

Sie lächelt über so viel Hilfsbereitschaft und geht zur Tür. Meine Augen fallen sie von hinten an, die blaue Hose, das dunkelblaue Hemd, die braunen Haare, Martha geht davon. Schon verlangsamt sie den Schritt, wer soll sie zurückhalten, wenn nicht ich, gleich wird sie stehenbleiben. Sie wird leise fragen: So nutzt du die Gelegenheit? Aber sie geht, sie geht, ich muß verrückt geworden sein. Ich klammere mich an das, was ich genau weiß. Vor einer Viertelstunde hat es noch gegolten, warum denn jetzt nicht mehr?

»Warte«, sage ich, als sie die Tür erreicht hat. »Wenn er einen solch runden Geburtstag hat, sollte ich ihm da nicht auch etwas schenken?«

»Das mußt du selbst entscheiden«, sagt Martha, bleibt aber stehen.

Was weiter? In Ihren Augen sehe ich schon Verwunderung, ein kleines kühles Leuchten. Sie kennt mich gut: wenn jemand mein Gesicht entschlüsseln kann, dann Martha. Ich muß mich hüten, auch lange Pausen sind verräterisch.

Ich nicke, es ist vorbei. Mein Anfall ist vorbei, sie kann jetzt gehen oder bleiben, es dreht sich nur noch um ein Geschenk für Hugo Lepschitz. Woher kommt so etwas, und wie verschwindet es? Sie würde gern wissen, warum ich plötzlich so erleichtert bin, ich sehe es ihr an. Aber das wird sie nie erfahren.

»Ich mache dir einen Vorschlag.«

»Und zwar?«

Sie läßt die Klinke los, auf diese Weise andeutend, daß sie es nicht eilig hat. Ich weiß, wie neugierig Martha ist, in unserer guten Zeit hat sie es nie verheimlicht. Im letzten Sommer hat sie in meinem Tagebuch herumgelesen, aus Neugier, nicht etwa aus Mißtrauen.

»Du möchtest mir vorschlagen«, sagt sie, »gemeinsam ein Geschenk für ihn zu kaufen?«

Ich nicke wieder und sage: »Dann wüßten wir zwar immer noch nicht, was wir ihm schenken sollen. Aber wir brauchten nur einen Einfall.«

Das überzeugt sie. Zu seinem letzten Geburtstag habe ich Vater ein Album geschenkt, in das er seine Fotos einkleben sollte. Er hat sich überschwenglich bedankt, es aber nie benutzt. Wir überlegen, womit man Hugo Lepschitz eine Freude machen könnte.

Ich bekam einen Brief von Elle. Er trug kein Datum, doch glaubte ich, daß er vor meinem letzten Besuch bei ihr geschrieben worden war; mit keiner Silbe erwähnte sie das Ereignis im Häuschen.

Lieber Hans
diesen Brief lies bitte in der Nacht
er ist auch in der Nacht geschrieben
es gehen hier Seltsamedinge vor sich
die mich zwingen nachts wach zu bleiben
nur leider gelingt mir das Nicht immer...
Stell dir vor du wachst Einesmorgens auf
und bist bestohlen worden genau das ist mir passiert
es gibt Nichts leiseres als Diebe sie schweben
im Zimmer umher wie Elfen...
Ich wache auf und das Wunderschönebild
das dumir geschenkt hast ist verschwunden
da fiel mir ein wie oft schon etwas gefehlt hat
eine Zigarette ein Hölzchen eine Buchseite
der betreffende Dieb geht so behutsam zuwerke
daß Niemals auf den Erstenblick zu sehen ist
was diesmal...
Seit ich aber nachtfürnacht wach bleibe
ist er Nicht mehr gekommen
ich lese oder schreibe zu meiner Munterhaltung
und möchte ihn überraschen
doch hat er einen so feinen Instinkt

oder er sieht das Licht unter meiner Tür
kaum lösche ich es aber schon bin ich eingeschlafen
wie soll man ihn da erwischen...
Du erinnerst dich hoffentlich an Albert der immer noch
mein Freund ist
als ich ihm von der Stehlerei erzählte hat er
im Nu verstanden denn auch ihm ist im Laufederjahre
manches ab Handen gekommen
Albert ist der verständigste Mensch
nur seine Ratschläge taugen Nichts
du wirst lachen wenn du hörst
was er mir vorgeschlagen hat
nämlich alles Gefährdete anzubinden
weil kein Dieb angeblich so Vielzeit hat
um tausend Knoten aufzuknüpfen...
Aber das ist Nicht so komisch wie traurig armer Alfred
er kann Messer scharf denken nur leider
in die eine Richtung nach innen nämlich
nach außen gelingt ihm Nichts...
Im Essenraum höre ich daß auch Andere
bestohlen worden sind
das freut mich insofern
als ich nun Nicht als das einzige Opfer dastehe
ich hatte die Idee mich mit den übrigen Bestohlenen
zu beraten wie man dem Dieb eine Falle stellen könnte
dann ist mir aber eingefallen
daß dieser Mensch wahrscheinlich auch im Essenraum sitzt
erst wenn dem Personal etwas fehlt
wird etwas unternommen werden
hoffentlich ist es dann zu spät...
Genug davon wie steht es um deine Großprüfung
der Vater hat mir erzählt

wie schwer du zu arbeiten hast
und wie sicher er ist daß du es schaffst
natürlich habe ich ihn in dem ersten Glauben gelassen
nur bin ich Nicht so stolz auf dich wie er
in Wirklichkeit arbeitest du ja Nicht schwer
das Lernen geht dir leicht von der Hand
du hast einen Verstand
der wie geschaffen für die Schule ist
du kannst dich seltsam gut erinnern
doch hast du eine andere Eigenschaft die dem
entgegensteht und dich behindert
du weißt wovon ich spreche
deine Flüchtigkeit
andauernd glaubst du daß sich an Andererstelle
mehr finden läßt als dort wo du bist
dir fehlt die Lust am Verweilen
in dieser Beziehung könntest du dir an Deinerschwester
ein Beispiel nehmen denn ich bin immer noch hier
in diesem Wirrenhaus obwohl schon so lange…
Aber es ist schön in der Nacht
soll ich dem Dieb nun dafür dankbarsein
es ist eine Zeit die jeder einmal versuchen sollte
auch du
durchs offene Fenster singt dieser Vogel
ich habe gelesen wie sein Gesang gerühmt wird warum nur
ich nehme an daß ihm bei diesem Lob
die Nacht mit angerechnet wird
ich dagegen habe es lieber wenn nur Bäumerauschen
jetzt weiß ich gar Nicht
stehen vor deinem Fenster Bäume oder Nicht…
Nun muß ichdich zum Schluß noch bitten
die Diebstahlsache vertraulich zu behandeln

mit anderen Worten sie für dich zu behalten
weil ich Nicht weiß was daraus noch wird
ich möchte Nicht die jenige sein die
aus einer Mücke einen Elefanten macht
am Ende klärt sich alles harmlos auf
wenn ich das auch Nicht glaube...
Unter uns
ich habe den Verlust längst verwunden
doch braucht das niemand außer uns zu wissen
Deineschwester

Ich habe Elle noch nie ein Bild geschenkt.

Ohne anzuklopfen, öffnete Vater meine Tür. Ich lag noch
im Bett. Ich hatte den Brief vier- oder fünfmal gelesen und
fand keinen Grund aufzustehen. Er war gekommen, um
mir Vorwürfe zu machen: ich lasse den Haushalt ver-
schlampen, es gebe kein sauberes Stück Geschirr mehr, auf
den Möbeln liege Staub und so weiter. Er sagte, ich sollte
lieber achtgeben, daß unsere Wohnung nicht verkomme,
anstatt meine Nase in die Angelegenheiten fremder Leute
zu stecken. Er sagte wahrhaftig: fremder Leute.
Ich schloß mich ins Badezimmer ein und blieb dort eine
Stunde. Es war mir nicht klar, ob ihn der Zustand der Wohnung tatsächlich so ärgerte oder ob er mir für den Rest des
Tages den Mund stopfen wollte. Dann begriff ich, daß ich
auch eine verschlüsselte Mitteilung erhalten hatte: wenn
ihm mein Besuch im Waldhaus bekannt gewesen wäre,
hätte ich als erstes davon gehört.
Als ich zurück in meinem Zimmer war, kam er, mit einer
Tasse Tee in der Hand, und setzte sich. Ich sagte: »Du hast
ja doch noch eine saubere Tasse gefunden.«
»Ich mußte sie abwaschen«, sagte er.
Ich zog mich an und hatte es dabei mit einer Schwierigkeit
zu tun: einerseits wollte ich nach der Beschimpfung nicht
nackt vor ihm dastehen, andererseits wollte ich mich nicht
beeilen. Aus dem Zimmer konnte ich ihn nicht schicken, es
wäre unerhört gewesen.
Er sagte: »Könntest du so freundlich sein und mir erzählen, was aus dem Abitur geworden ist.«

»Es ist vorbei«, sagte ich.

»Darf man das Resultat erfahren?«

»Ich weiß es selbst nicht«, sagte ich. »Aber es ist wohl gutgegangen.«

Für einige Augenblicke konzentrierte ich mich aufs Anziehen; als ich ihn wieder ansah, hatte er seine Tasse abgestellt, hielt Elles Brief in der Hand und las. Ich hatte den Eindruck, daß er jede Zeile zweimal las. In seinen Augen erkannte ich ein Interesse, auf das ich eifersüchtig war. Ich ging in die Küche.

Dort machte ich mich über den Abwasch her. Niemand war ihm wichtiger als Elle, auch wenn er sie nicht so oft besuchte wie ich; es traf ihn hart, daß sie nicht herzlich zu ihm war. Als er bemerkte, daß ich bei ihr an erster Stelle stand, fuhr er nur noch allein ins Heim hinaus, nicht mehr mit mir zusammen.

Während das Wasser ins Spülbecken einlief, schlich ich zurück: er saß noch immer mit dem Brief. Ich sah nur seinen Rücken, die Körperhaltung kam mir wie die eines aufgewühlten Menschen vor.

In langen Verhandlungen hatten wir die Hausarbeit zwischen uns aufgeteilt, es war genau geregelt, wer einzukaufen, Staub zu wischen, zu saugen und abzuwaschen hatte; in diesem Monat waren Einkauf und Abwasch meine Sache, und ich mußte Vater die Möglichkeit nehmen, mich nach Bedarf ins Unrecht zu setzen.

Als ich mit den Gläsern fertig war, bemerkte ich, daß er sich an den Küchentisch gesetzt hatte. Ich wusch weiter ab. Er war gekommen, um mit mir zu sprechen, nicht um meine Hausarbeit zu kontrollieren, das spürte ich; nie kam er ohne Grund zu mir, etwa weil ihm meine Nähe angenehm gewesen wäre.

»Schreibt sie dir oft?« fragte er.

»Manchmal monatelang nicht«, sagte ich, ohne mich um-
zudrehen, »dann wieder jeden zweiten Tag.«

»Warum hast du mir bis heute keinen dieser Briefe gezeigt?«

»Warum sollte ich dir meine Post zeigen?«

Es vergingen ein paar Sekunden, bevor er sagte: »Das ist
nicht deine Post, du Großmaul.«

»Was ist es sonst?«

»Mir hat sie noch nie geschrieben«, sagte er.

Das verblüffte mich, ich hatte es für selbstverständlich gehalten, daß Elle ihm schrieb wie mir. Wie traurig für ihn,
dachte ich. Er mußte der Überzeugung sein, daß sie alle
Briefe, die für uns beide bestimmt waren, aufgrund einer
merkwürdigen Angewohnheit immer nur an mich adres-
sierte, daß er also den gleichen Anspruch darauf hatte
wie ich, und daß ich ihm die Briefe immer wieder vorent-
hielt.

Ich hörte ihn seufzen und wollte etwas Tröstliches sagen,
doch als ich mich umdrehte, saß er nicht mehr da. So war
es immer: immerzu war einer gekränkt, immerzu mußte
der andere sich plagen, das Elend wieder aus der Welt zu
schaffen.

Als ich in sein Zimmer kam, saß er mit verschränkten Armen im Sessel und blickte mir auf eine Weise entgegen, als
käme ich reichlich spät. Ich wußte nicht, ob ich ihm sämtliche Briefe Elles nachträglich zu lesen geben sollte; eine
Folge davon konnte sein, daß die vielen Briefe ihn eher
bedrückten als freuten.

Er wartete aber nicht auf Tröstung und wies mir mit dem
Kinn einen Stuhl an. Ich fragte: »Was gibt es?«

Er tat erstaunt, zeigte mit allen Fingern auf sich und sagte:
»Habe ich dich gerufen?«

»Soll ich wieder gehen?«

Ich kann nur hoffen, daß seine Sucht, jede Erörterung zu
komplizieren und mit tausend Empfindlichkeiten zu belasten, sich nicht auf mich vererbt hat; sie hat uns die einfach-
sten Gespräche oft zur Tortur werden lassen.

»Ich hatte keine Ahnung, daß sie dir nicht schreibt«, sagte
ich. »Sonst hätte ich...«

Er unterbrach mich, er sagte: »Heb dir dein Verständnis
für bessere Gelegenheiten auf. Ich kann mir vorstellen, daß
du über etwas anderes sprechen willst.«

»Da stellst du dir was Falsches vor.«

»Um so besser.«

Noch eine andere seiner Eigenarten behinderte normale
Gespräche: wenn man ihm etwas erzählte, unterbrach er
einen fortwährend mit Vermutungen darüber, wie die Erzählung weiterging. Manchmal mußte ich mir den Weg
durch seine Zwischenfragen und Prognosen regelrecht
freikämpfen, bevor ich eine Geschichte oder eine Mitteilung zum Ende bringen konnte. Diese Angewohnheit war
zeitraubend, nicht selten trug sie aber auch zu meiner Unterhaltung bei; denn es kam vor, daß seine Vermutungen
besser waren als das, was ich erzählen wollte.

Ich hätte stundenlang geschwiegen, er sagte: »Ein bißchen
mehr Zorn auf Lumpen und Mörder könntest du ruhig haben.«

»Wovon sprichst du?«

»Warum bist du so gleichgültig?« fragte er. »Warum macht
es dich nicht böse, wenn du an ihre Opfer denkst? Ich
meine nicht nur die Toten, ich meine auch Leute wie mich
und Elle. Ein bißchen mehr Aufgeregtheit bitte.«

Er klopfte seine Taschen ab, als suchte er nach Zigaretten; dann fiel ihm ein, daß er ja nicht mehr rauchte, und er stellte das Suchen ein. Er sagte: »Weißt denn du nicht, auf welche Weise Elle zu ihrer Krankheit gekommen ist?«

»Das weiß niemand.«

»Wie kannst du so etwas behaupten.«

Es folgte eine Schilderung der Kinderjahre Elles, die ich nicht zum erstenmal hörte. Ich saß ihm kühl und skeptisch gegenüber, während er in der Erinnerung versank. Die erwartete Rührung überkam ihn, als seine kleine Tochter zu fremden, geldgierigen Leuten ins Versteck gegeben wurde. Und als nach der Befreiung aus der immer vergnügten Elle ein mißtrauisches, hartes und reizbares Mädchen geworden war, mußte er mit den Tränen kämpfen. Auch wenn Elle sich noch nie dazu geäußert hatte, gab es für Vater keinen Zweifel, daß sie die Leute, die sie anfiel, für solche hielt, vor denen man sie damals hatte verstecken müssen.

Als er fertig war, fragte ich, ob inzwischen eine Entscheidung gefallen sei, was weiter mit dem Gefangenen geschehen solle. Vater starrte mich an, als wäre meine Frage an den Haaren herbeigezogen.

Ich sagte: »Ihr habt euch mit diesem Mann eine Last aufgeladen, die ihr nicht tragen könnt. Ihr erledigt euch selbst und merkt es nicht einmal.«

»Man trifft selten jemanden, der achtzehn ist und schon so lebenserfahren wie du«, sagte Vater.

»Du hast behauptet, daß den Gerichten ein solcher Fall nicht zusteht«, sagte ich: »daß sie den Mann nur deshalb verurteilen würden, weil ihnen nichts anderes übrigbliebe. Und das ist einfach falsch.«

»Dann laß es falsch sein.«

»Du kannst nicht im Ernst behaupten, sie hätten eine

heimliche Sympathie für Aufseher. Sie würden den Mann verurteilen, und zwar nur wegen ihrer Überzeugung, daß so einer verurteilt werden muß.«

Vater sah mich höhnisch an und nickte, wie um mich aufzumuntern, noch mehr solchen Unsinn daherzureden. Dann sagte er: »Ich will es dir noch einmal erklären: Sie können ihn deshalb nicht aus Überzeugung verurteilen, weil sie keine haben. Sie kennen nur Befehle. Viele bilden sich ein, daß die Befehle, die man ihnen gibt, ihrer eigenen Meinung entsprechen. Aber wer kann sich darauf verlassen? Befiehl ihnen, Hundedreck zu essen, und wenn du stark genug bist, werden sie Hundedreck bald für eine Delikatesse halten.«

»Das sind nur Sprüche.«

»Sieh dich um«, sagte Vater und zeigte zum Fenster. »Wo gibt es in diesem Land etwas Eigenes? Zeig mir irgendetwas, was sie allein deshalb gemacht hätten, weil es ihnen selbst eingefallen wäre.«

»Sie können sich verhalten, wie sie wollen: du kannst Deutsche nicht leiden.«

»Kunststück«, sagte er.

Es stand ihm im Gesicht, daß er die Unterhaltung für beendet hielt, ich war ihm lästig. Ich fühlte mich müde und machtlos, ich konnte ihn nicht aufhalten. Ich erkundigte mich, was die Verhöre ergeben hätten. Ich hörte, wie gleichgültig meine Frage klang: wie der Versuch, ein müdes Gespräch in Schwung zu halten. Er antwortete, es komme enttäuschend wenig heraus, das müsse er zugeben. Darauf sagte ich, der Gefangene sage ohnehin nur das, was sie von ihm hören wollten.

Er lächelte und sagte: »Schade, daß wir dich nicht dabeihaben, mit deinem Sachverstand.«

»Und was geschieht, wenn ihr mit den Verhören fertig seid?«

Er sah auf seine Uhr, stand auf und wunderte sich, wie spät es geworden war. »Ein andermal, mein Freund, ein andermal.«

Im Vorbeigehen tätschelte er mir die Schulter. In der Tür drehte er sich noch einmal um und sagte: »Und gib mir doch in Zukunft die Briefe gleich zu lesen.«

Dreimal rief ich im Laufe des Tages bei Gordon Kwart an, dreimal war er nicht zu Hause. Immer meldete sich Wanda, eine Harfenistin, mit der er zusammenlebte, und fragte, was ich von Gordon wollte. Von Mal zu Mal klang sie ungeduldiger, so als kränkte es sie, wenn man eine Angelegenheit lieber mit ihm als mit ihr besprechen wollte. Nicht einmal Vater wußte, ob die beiden miteinander verheiratet waren; Wanda besaß die größte Zahnlücke, die ich je gesehen habe, und war mindestens zwanzig Jahre jünger als er. Bei den wenigen Gelegenheiten, da ich sie zusammen mit Kwart getroffen hatte, hatte ich den Eindruck, als fürchtete er sich vor ihr. Doch als ich Vater einmal darauf ansprach, tippte er mit dem Finger an meine Stirn.

Ich hätte ihr selbst dann nicht verraten dürfen, worüber ich mit Kwart reden wollte, wenn ich es genau gewußt hätte: ich zweifelte nicht daran, daß er die Entführung vor ihr geheimhielt. So log ich beim dritten Anruf, es handle sich um eine kleine Auskunft, die nur er mir geben könne, um eine musikgeschichtliche Frage im Zusammenhang mit meinem Abitur. In der Eile hatte ich vergessen, daß Wanda ja selbst Musikerin war, wenn auch eine stellungslose, und daß ich auf diese Weise die Kränkung nur vergrößerte.

Beim vierten Versuch endlich nahm Kwart den Hörer ab, es war schon Abend. Ich sagte, daß ich gern mit ihm sprechen würde, und er fragte nicht etwa zurück: Worüber? Als sei ihm der Grund meines Anrufes vollkommen klar, zählte er seine Konzerttermine und Proben auf, bis nur noch Sonnabend und Sonntag übrigblieben. Ich fragte, ob er nicht heute abend ein wenig Zeit hätte, nicht mehr als eine halbe Stunde, die Sache sei doch eilig. Er hieß mich warten, dann kam er an den Apparat zurück und fragte, ob ich mit ihnen nicht Abendbrot essen wollte. Ich bat, erst danach kommen zu dürfen, und er sagte: »Gut, komm um neun.«

Er öffnete selbst die Tür, gab mir verschwörerhaft die Hand und zeigte auf sein Zimmer. Tief im Flur sah ich Wanda stehen. Als ich sie grüßte, grüßte sie mürrisch zurück und verschwand. Kwart schloß die Zimmertür hinter uns und sagte: »Ich nehme an, du willst mich unter vier Augen sprechen?«

Mitten im Zimmer ein Notenständer, davor ein Stuhl, auf dem seine Geige lag. Er räumte sie in einen Kasten, um Platz zu schaffen; es gab keinen zweiten Stuhl im Raum, nur noch ein Sofa. Einmal hatte ich Kwart zu meinem Vater sagen hören, es bedeute für ihn ein Unglück, daß ausgerechnet Heifetz und Oistrach Juden seien: jeder erwarte auch von ihm Großes, doch sei er leider nur ein mittelmäßiger Geiger.

Er fragte, ob ich Vater von diesem Besuch erzählt hätte, und ich sagte: »Er weiß nichts.«

Darauf verzog er den Mund, und ich beruhigte ihn und sagte, mein Besuch sei kein Geheimnis, er könne Vater gern davon berichten, wenn er es für richtig halte. Er sagte: »Tausend Dank.«

Er legte den Geigenkasten in ein Regal, dann setzte er sich auf den Stuhl, verschränkte die Arme vor der Brust und lehnte sich zurück, wie ein Zuschauer vor Beginn einer

Vorstellung, von der er sich nicht viel verspricht. Ich mußte in eine Ecke des Sofas rücken, weil mir die Noten auf dem Ständer Kwarts Gesicht verdeckten. Seine Pose paßte nicht zu ihm, ich kannte ihn als Schwächling: als verlegen, als scheu und linkisch, als Maus von einem Menschen.

»Es geht um den Aufseher«, sagte ich.

Aus meinen Gesprächen mit Vater während der letzten Tage klaubte ich diejenigen Sätze und Floskeln zusammen, die mir am ehesten geeignet schienen, die Entführung in ein schiefes Licht zu rücken. Ich weiß, daß mir kein einziger neuer Gesichtspunkt einfiel. Trotzdem hielt ich den Versuch, einen Keil zwischen die Entführer zu treiben, nicht für aussichtslos; es war denkbar, daß irgendeins meiner Worte, die von Vater abgeprallt waren, den schwachen Gordon treffen würde. Und wenn ich es fertigbrachte, ihm gerade genug Angst einzujagen, daß er über sich selbst erschrak, konnte dann nicht auch für die beiden anderen eine neue Situation entstehen?

Wohl zehn Minuten redete ich auf ihn ein. Anders als bei Vater, als ich aufgeregt war und mich unterlegen fühlte, stand ich nun über der Sache, zumindest kam es mir so vor. Ich ließ Kwart nicht aus den Augen, um an seinen Reaktionen zu erkennen, womit ich ihn packen konnte und welche meiner Argumente verpufften. Heute weiß ich, daß ich ihn unterschätzte.

Er unterbrach mich nicht, bemühte sich aber fortwährend um eine Haltung, die mich einschüchtern sollte: schmaler Mund, kühler Blick, die Miene wie festgebunden. Seine Arme lagen auf dem Bauch wie auf einer Balustrade, nicht einmal ein Blinzeln gönnte er sich.

Wir maßen uns mit langen Blicken, noch hatte ich die Hoffnung nicht aufgegeben, daß er sich in Gedanken auf den

Rückzug vorbereitete. Als ich weitersprechen wollte, stand er auf, öffnete die Tür einen Spaltbreit und sah vorsichtig hinaus auf den Flur. Dann setzte er sich wieder und gab mir das Zeichen zum Weitersprechen. Ich spürte, daß seine Rechnung aufging: irgendwie verblaßte der Glanz meiner Worte durch die Stockung.

Auch ich hörte bald Schritte im Flur, gleich darauf fiel die Wohnungstür ins Schloß. Kwart biß sich auf die Lippe und war für einige Augenblicke mit sich selbst beschäftigt.

»Wanda ist gegangen«, sagte er schließlich. »Kümmere dich nicht darum.«

So sicher war er, daß er es nicht für nötig hielt nachzusehen. Ich schwieg, und er brummte ein paar tiefe Töne vor sich hin, die wie besonders sorgenvolle Seufzer klangen. Dann sah er wieder mich an und wußte wieder, worüber ich gesprochen hatte. Er sagte: »Doch, doch, du hast dich deutlich ausgedrückt. Ich habe nichts dazu zu sagen.«

War das nun Schwäche oder Stärke, oder war es nichts von beiden? Mein verständnisloses Gesicht munterte ihn auf. Er sagte mir auf den Kopf zu, ich hätte mir bei Vater die Zähne ausgebissen und wollte es nun beim alten Kwart probieren, den ich für eine nicht so harte Nuß hielte. Der Gedanke ließ ihn fast lächeln, sein Ton wurde unernst. Jetzt müsse ich noch zu Rotstein laufen, der Vollständigkeit halber, sagte er, dann hätte ich es hinter mir und könnte mich wieder um meine eigenen Angelegenheiten kümmern.

Auf einmal war er der Starke und ich der Schwache, was hatte ich falsch gemacht? Ich fing von neuem an, indem ich sagte, der Gefangene könne ihnen keine Unannehmlichkeiten bereiten, wenn sie ihn freiließen; sie könnten ihn dann immer noch anzeigen; er würde garantiert verurteilt, die Gefängnisleute müßten sich dann mit ihm abplagen, nicht sie.

Kwart schien nicht zu wissen, ob er in Gelächter ausbrechen oder verzweifeln solle. Geduldig stimmte er meiner Vermutung zu, daß Heppner wohl stillhalten würde, wenn sie ihn laufenließen. Wenn sie ihn aber anzeigten, sagte er, und wenn es zu einem Prozeß käme, warum sollte er sie dann noch schonen?

Ich konnte keine Rücksicht darauf nehmen, daß Kwart recht hatte. Ich wiederholte dieselben Argumente, die schon einmal versagt hatten: daß auch Opfer kein Recht hätten, sich über das Gesetz zu stellen, daß ich mich fürchten würde, in einem Land zu leben, in dem sich jeder selbst zum Richter ernenne und so weiter. Ich redete, bis Kwart mich mit den Worten unterbrach: »Schon gut, mein Junge, du hast dein Bestes getan.«

Er setzte sich neben mich auf das Sofa und klopfte ein paarmal meine Hand. Es war unbegreiflich, woher er die Sicherheit nahm; er behandelte mich wie jemand, der es gewohnt ist, überlegen zu sein. Er kam mir noch stärker vor als Vater, weil er so freundlich blieb.

»Du wirst dich damit abfinden müssen, daß wir unseren eigenen Kopf haben«, sagte er.

»Haben Sie an die Möglichkeit gedacht, daß Vater, Sie und Rotstein am Ende zusammen mit dem Aufseher im Gefängnis sitzen?« fragte ich.

»Ja, daran haben wir gedacht«, antwortete er. »Es gibt Schlimmeres.«

Ich sagte: »Vater gibt wenigstens Gründe an. Ich finde sie alle absurd, aber es sind immerhin Gründe. Sie sagen nichts. Sie hören sich mein Zeug an, schütteln den Kopf, und fertig.«

»Er war im Lager, und ich war im Lager«, sagte Kwart.
»Warum sollten wir verschiedene Gründe haben?«

»Dann sind Sie also auch der Meinung, daß Aufseher nicht
vor ein deutsches Gericht gehören?«

Er rückte von mir ab, um mich besser im Blick zu haben,
ernst und hochmütig sah er mir in die Augen. Seit ich ihn
kannte, war es noch nie geschehen, daß er die Stimme ange-
hoben hatte, an diesem Abend aber war alles möglich. Vater
hatte ihn einmal einen Esel im Schafspelz genannt.

Er sagte: »Lassen wir das.«

Dann stand er auf und ächzte, schlagartig war ihm eingefallen, daß er ein alter Mann war. Er räumte den Notenständer zur Seite und sagte, er habe ein Gespür dafür, wann ein
Gespräch zu Ende sei.

»Ich will wissen«, sagte ich, »ob Sie genauso über die Deutschen denken wie Vater.«

Kwart nahm ein einzelnes Notenblatt in die Hand, fuhr
langsam mit dem Finger die Zeilen entlang und tat so, als
suchte er eine bestimmte Stelle. Dann tat er so, als hätte er
diese Stelle gefunden, und summte ein Stück einer Melo-
die, mehrmals hintereinander. Als er den Blick wieder hob,
wunderte er sich, daß ich noch dasaß.

»Stimmt es, daß Sie es waren, der diesen Mann ins Häuschen gelockt hat?«

»Hat dein Vater dir das gesagt?«

Sofort war ich mir meines Fehlers bewußt: ich Dummkopf
verriet ihm, daß ich mit dem Gefangenen gesprochen
hatte. Was blieb mir anderes übrig, als zu antworten: »Wer
sonst.«

Er vergaß die Noten in seiner Hand und schüttelte den
Kopf über die Geschwätzigkeit meines Vaters. War es nicht
tatsächlich Vater gewesen, der mir von Kwarts besonderer

Rolle bei der Entführung erzählt hatte? Die Heimlichkeiten und das Lügenmüssen raubten mir die Übersicht, ich hätte mir von Anfang an Notizen machen sollen, zur eigenen Sicherheit.

Mit einer Kinnbewegung forderte Kwart mich auf, ihm zu folgen. Wir gingen in ein Zimmer, in dem ein Radio spielte, auf dem Tisch Abendbrotreste. Er machte den Apparat aus, holte Schnaps und ein Glas aus dem Schrank und goß sich ein.

»Warum nicht«, sagte er zu sich selbst wie einer, der Skrupel zu überwinden hat; er setzte sich an den Tisch und wartete, bis ich ihm gegenübersaß. Er trank das Gläschen leer und erzählte dann, wie er herausgefunden hatte, daß Heppner, der in seinem Stammlokal verkehrte, ein Aufseher war. Drei Jahre lang hatten sie miteinander Karten gespielt, dann war der erste Verdacht aufgekommen; betrunken hatte Heppner Andeutungen gemacht, die noch keinen zwingenden Schluß zuließen, aber Kwarts Argwohn weckten. Er besprach sich mit Vater und Rotstein, die rieten ihm, vertrauter mit dem Mann zu werden, notfalls durch Einladungen zum Trinken. »Die Gewißheit hat uns ein Vermögen gekostet«, sagte er. Vater und Rotstein hätten ihr Drittel selbstverständlich bezahlt, doch getrunken habe allein er mit dem Mann.

Als er mit dem Erzählen fertig war, trank er zwei Gläser hintereinander. Dann schob er mir eine Flasche mit Tomatensaft und einen der benutzten Becher zu, die auf dem Tisch standen. Von Vater wußte ich, daß ihn vor zehn Jahren, als er mit dem Orchester auf Tournee gewesen war, seine Frau mit beiden Töchtern verlassen hatte; danach durfte er lange Zeit nicht an Reisen des Orchesters teilnehmen, weil man es für möglich hielt, daß er den dreien folgen würde. Manchmal schickten sie ihm aus Israel einen Brief, es war dann, sagte Vater, für Tage nicht mit ihm zu reden. Den Augenblick, als er von der Reise zurückkam, die Tür aufschloß und seine Wohnung leer fand, habe ich mir oft vorgestellt.

Wie er sich denn das Ende der Entführung denke, fragte ich. Da sie einerseits die Bestrafung des Aufsehers wollten, ihn aber andererseits nur um den Preis seiner Straflosigkeit freilassen könnten, wie zu hören sei, gebe es nur eine geringe Zahl von Möglichkeiten.

»Du hast am Telefon gesagt, nicht mehr als eine halbe Stunde«, sagte Kwart.

»Aber es ist nichts geklärt!«

»Was haben wir zu klären?« sagte er milde. »Die Sache wird schon ein Ende finden, verlaß dich darauf. Und wenn ich dir einen Rat geben darf: Du solltest überlegen, zu wem du gehörst. Wenn du das beantworten kannst, erübrigen sich viele Fragen.«

Er legte mir den Arm um die Schulter und führte mich auf den Korridor hinaus. Ich hatte ihn immer nur in Vaters Gegenwart getroffen; war das der Grund, warum er plötzlich ein anderer geworden war? Wir mußten noch einmal in sein Zimmer gehen, weil meine Jacke dort lag. Während ich sie anzog, stellte er den Notenständer wieder in die Zimmermitte und demonstrierte mir auf diese Weise, daß er keine Sekunde zu verschenken hatte.

»Jetzt wollen Sie noch spielen?«

»Was heißt wollen?« sagte er. »Ich bin ein einfacher Soldat an der Musikfront. Ich muß mehr arbeiten, als du glaubst.«

Beim Abschied hielt er lange meine Hand und sah mir in die Augen. Er war der Gewinner, keine Frage, ich war

elend gescheitert. Als einfachem Soldaten an der Lebens-
front war es mir nicht gelungen, die Unvernunft zu besie-
gen.

Auf der Treppe begegnete ich der heimkehrenden Wanda,
die mich fragte, ob meine musikhistorische Lücke nun geschlossen sei. Im ersten Augenblick verstand ich gar nicht,
was sie meinte.

Noch vier Monate bis zur Universität mit ihren Studentinnen. Eine von ihnen werde ich gleich am ersten Tag kennenlernen, ich weiß es genau, ich werde keine Zeit verlieren. Sobald ich meine Augen schließe, sehe ich eine hauchzarte Frau mit schweren Brüsten, zwischen denen ich versinke. Ich bin bald zwanzig Jahre alt, das reißt und drückt, mein Gott, was soll ich tun; normale Umstände sind das wahrhaftig nicht, unter denen ich existieren muß.

Ich fahre mit der Straßenbahn in meine alte Gegend, ohne Grund. Allmählich muß ich mich daran gewöhnen, wieder mit der Stadt zu leben. Das letzte Jahr hindurch bin ich wie eine Katze nur um das eigene Haus herumgeschlichen.

Martha und ich hatten uns vorgenommen, an diesem Nachmittag ein Geschenk für Hugo Lepschitz aufzutreiben. Doch als ich sie beim Frühstück fragte, wann wir aufbrechen wollten, hatte sie keine Zeit mehr. Ich ärgerte mich, weil ihre Stimme mitfühlend klang, so als täte es ihr leid, mir die Erfüllung meines sehnlichsten Wunsches versagen zu müssen. Ich sagte, das sei *schrecklich* schade, ich hätte mich auf den Nachmittag mit ihr *unsagbar* gefreut, und sie sah mich mit hochgezogenen Brauen an.

Auch die Straßenbahn ist voller Frauen, die alle von mir angesehen werden möchten. Ein grüngestreiftes Kleid mir gegenüber, zwei weiße Knie, die eine Handbreit auseinanderstehen. Kaum habe ich den Blick an ihnen festgemacht, rücken sie zusammen, als müßten sie einem Angriff standhalten. Das Gesicht kommt später an die Reihe, ich fahre mit meinen Augen den Boden ab, ein Schweinerüssel auf der Such nach Trüffeln.

Bei zwei hohen Absätzen halte ich an: der eine steht, der andere hängt von einem übergeschlagenen Bein herab. Dann langsam höher, eine blaue Hose, die kein Ende nimmt, darüber eine Illustrierte mit acht rotlackierten Fingernägeln. Ich starre auf die Illustrierte, um das Glück nicht zu versäumen; als aber eine Seite umgeblättert wird, ohne daß der erhoffte Anblick preisgegeben würde, ist mir die Wartezeit zu lang. Das Kniegesicht also, keinen Tag älter als fünfzehn und kein Zug darin, der mir Lust machte, die Augen wieder zu schließen. Daneben sitzt die Mutter, wer sollte es sonst sein, wie sie die Schultern aneinanderlehnen; ich hätte gleich in diese Richtung blicken sollen, die Haare liegen in einem Wulst um ihren Kopf, wie bei Dienstmädchen in Filmen übers Kaiserreich, oder wie bei Rosa Luxemburg. Über einem engen Trikot trägt sie ein Hemd, das bis zum Nabel aufgeknöpft ist. Sie sieht mich nicht. Seit fünf Stationen fahren wir zusammen, und ich werde nicht wahrgenommen, obwohl nur ein wenig Luft zwischen uns ist. Vielleicht liegt es daran, daß meine Mutter so früh gestorben ist: am schnellsten steht mir bei Frauen zwischen Dreißig und Vierzig der Mund offen. Die brauchten nur mit dem Finger zu schnipsen, aber keine kommt auf diese Idee.

Je mehr ich mich meiner alten Gegend nähere, um so fremder klingen die Straßennamen. Es gibt keine Kniprodestraße mehr, keine Braunsberger, keine Allensteiner, keine Lippehner Straße, kaum bin ich weg, schon haben sie nichts Besseres zu tun, als die Straßen umzubenennen. Auf den Schildern steht jetzt Artur-Becker-Straße und Hans-

Otto-Straße und Liselotte-Herrmann-Straße und Käthe-Niederkirchner-Straße; ich sehe es nicht nur im Vorüberfahren, ich habe auch in der Zeitung davon gelesen. Aus der Entfernung hat mich die Sache nicht groß beschäftigt, nun aber spüre ich etwas wie Mitleid mit den umbenannten Straßen. Ich stelle mir vor, ich wohne in einer Kirchberggasse, die eines Morgens plötzlich Anton-Müller-Straße heißt: ich käme mir zwangsweise umgesiedelt vor, ganz unabhängig davon, wer Anton Müller gewesen ist. Wenn ich je ein Testament schreiben sollte, wird darin stehen, daß keine Straße nach mir benannt werden darf.

Mutter und Tochter steigen aus. Ich hatte recht mit meinem ersten Eindruck, das Mädchen löst sich in Luft auf, die Mutter aber drängt wie eine Königin nach draußen. Nicht einmal durch das Fenster gelingt es mir, ihren Blick auf mich zu ziehen. So alt wie diese Frau war meine Mutter, als ich geboren wurde, vielleicht ein wenig älter, wie muß sie Vater fehlen. Die Tochter betrachtet mich über die Schulter, sie kann wohl nicht begreifen, was so ein junger Mann an ihrer Mutter findet.

Als wir uns liebten, Martha und ich, war sie in meinen Augen nie eine Ansammlung verschiedener Körperteile; doch im Moment gaffe ich nur nach Körperteilen. Unter Zeitungen hindurch, über Männerschultern hinweg, in den Spiegelungen der Scheiben suche ich nach Hintern, Busen, Lippen. Bei dem Gedanken, ein aufmerksamer Fahrgast könnte meine Blicke deuten, wird mir himmelangst. Die Bahn ist voller geworden, ich stehe vor einem Mann auf, der mich verwundert angrinst, weil er kaum älter ist als ich. Ich möchte stehen, ich will dem Wagen voller Frauenhüften und dunkler Achselhöhlen den Rücken zukehren. Ich gehe ans Ende des Zuges, ich sehe hinaus auf die Straße, die unter meinen Füßen hervorquillt, noch fünf Stationen gilt es durchzuhalten.

Es genügt nicht, sich abzuwenden, denn um all die obszönen und sündigen Geräusche in meinem Rücken nicht zu hören, müßte ich auch die Ohren zuhalten. In was für eine Bahn bin ich geraten, es wispert und tuschelt unaufhörlich, ein kochender Atem trifft meinen Hals. Aber wenn ich mich umdrehe, werden sie alle wie auf Kommando harmlos tun und sich benehmen wie normale Menschen.

Meine gute Fee läßt mich nicht im Stich, sie bringt mich auf andere Gedanken; sie schenkt mir eine Ablenkung, wie sie größer kaum sein kann, wir überholen Martha. Ich sehe Martha die Straße entlanggehen, mit einem Mann, von dem wir uns zu schnell entfernen, als daß ich sein Gesicht erkennen könnte. Sie hatte keine Zeit, ein Geburtstagsgeschenk für ihren Vater einzukaufen, nun geht sie untergehakt mit einem fremden Mann. Ich überlege, worin die größere Vertraulichkeit besteht: untergehakt zu gehen oder sich an den Händen zu halten, so wie wir es immer getan haben.

Sie sind nicht in Eile. Als die Straßenbahn anhält, versäume ich beinahe auszusteigen. Jemand fragt mich, ob ich mir das nicht früher hätte überlegen können, ich antworte: »Es ist ja eben erst passiert.«

Ich gehe auf die andere Straßenseite und stelle mich in einen Hauseingang. Während sie näherkommen, entdecke ich eins nach dem anderen: daß der Mann einen Anzug mit Weste trägt, daß sie in ein Gespräch vertieft sind, daß er viel älter ist als Martha, daß er eine randlose Brille trägt. Wenn sie in meine Richtung blicken würden, könnten sie mich sehen, ich trete aus dem Versteck heraus. Ein Schauspieler, ein Regisseur womöglich, ein Irgendjemand von der

Schauspielschule; vielleicht gefällt er ihr tatsächlich, denke ich. Vor einiger Zeit habe ich einen Film gesehen, in dem eine gewisse Isabella von ihrem Mann verlassen wurde und daraufhin in ein Kloster eingetreten ist; von einem solchen Glück will ich nicht einmal träumen.

Längst ist beschlossen, daß ich sie verfolgen werde. Ich frage nicht wozu, ich weiß nur, daß ich verrückt sein müßte, eine solche Gelegenheit ungenutzt zu lassen. Der Mann ist im gleichen Alter wie die Frauen, die nur mit dem Finger zu schnipsen brauchten.

Ich überquere die Fahrbahn und folge ihnen in zwanzig Metern Abstand. Näher wage ich mich nicht heran, der Abstand ist meine einzige Deckung. Ich bilde mir ein, daß Martha lacht. Vor zwei Abenden hat sich am Telefon ein Mann nach ihr erkundigt: möchte ich, daß es dieser gewesen ist, oder wäre mir ein anderer lieber? Vor einem Schaufenster bleiben sie stehen und zeigen sich gegenseitig etwas. Das Geschäft liegt für mich zunächst im toten Winkel, erst als sie weitergehen, kann ich sehen, daß es ein Laden für Sportartikel ist.

Anstatt es Martha hoch anzurechnen, daß sie noch nie einen Freund in unsere Wohnung mitgebracht hat, bin ich ihr böse. Sie gehen im Gleichschritt, das muß man wohl, wenn man sich untergehakt hält. Nein, ich bin nicht böse, es wäre mir aber lieber, wenn ich das Glück dort nicht mitanzusehen brauchte. Sie bleiben stehen, ich bleibe stehen, Martha ist allem Anschein nach etwas ins Auge geflogen. Der Mann dreht ihr Gesicht ins Licht und tupft behutsam mit einem Eckchen seines Taschentuchs in ihren Augenwinkel. Er hat Erfolg, sie macht zur Probe ein paarmal die Augen auf und zu, dann geht es mit uns weiter. Es ist nicht Marthas Schuld, daß ich mich in der Straßenbahn ans hintere Fenster stellen mußte. Woher sie kommen, werde ich nie erfahren.

Einmal habe ich Vater gefragt, was er an Martha auszusetzen hätte, es war mir wichtig, daß sie ihm gefiel. Er hat geantwortet, er habe nichts gegen sie, nicht das geringste, er kenne sie nur zu wenig, um so verliebt zu sein wie ich. Doch kann das nicht die ganze Wahrheit gewesen sein, er benahm sich ihr gegenüber immer kühl und höflich. Ich habe nicht herausfinden können, was der Grund war; entweder fürchtete er, ich würde ihretwegen in der Schule nachlassen, oder er fand, eine solche Geschichte käme zu früh für einen Siebzehnjährigen. Martha beklagte sich nie über seine Reserviertheit, tat aber auch nichts, um sie zu überwinden. Das wunderte mich, ich war ja sicher, daß niemand, um den sie sich bemühte, ihr lange widerstehen konnte. Bei Vaters Beerdigung war sie die einzige, die schluchzte, da nützte es nichts mehr.

Wir gehen und gehen, an ihrer Stelle wäre ich längst in eine Straßenbahn gestiegen. Wenn sie am Ziel sind, werden sie in ein Haus verschwinden, was hat mir mein Verfolgen dann genützt? Wenn sie sich in ein Café setzten, könnte ich sie vielleicht belauschen, hinter zitternd vorgehaltener Zeitung; doch Cafés gibt es nirgends hier, wenn ich mich recht entsinne. Ich trotte weiter, ich kann mich nicht entschließen, Martha mit ihrem Freund ins Unbekannte davonziehen zu lassen.

Wie bei einer Tätigkeit, die so eintönig ist, daß man sie nebenher verrichten kann, schweifen meine Gedanken ab. Es gelingt mir, einen Selbstbetrug aufzudecken: ich habe so getan, als hätte ich keine Ahnung, warum ich zur Fahrt in meine alte Gegend aufgebrochen bin, die Wahrheit aber ist, daß ich mir viel davon verspreche. Ich möchte Bekannte treffen, ich meine Leute, die mich erkennen, die lächeln, wenn sie mich sehen, die fragen, ob ich nicht der Junge aus der Nummer fünf bin, die sich vielleicht danach erkundigen, wo ich inzwischen stecke und was aus mir geworden ist. Und das ist noch nicht alles, die Sache wird bis zum Ende aufgeklärt: ich hoffe, daß mir eines der wahnsinnig hübschen Mädchen aus unserer Straße über den Weg läuft und daß dann ein Wort das andere ergibt. Wenn man sich lange nicht gesehen hat, kommt schnell ein Schwatz zustande.

Deswegen habe ich also den Nachmittag abgewartet, wird mir klar, die Zeit, da man gewöhnlich von der Arbeit kommt. Gitta Seidel aus Nummer dreißig zum Beispiel, von der wir alle wußten, daß sie schon mit elf einen Büstenhalter trug, und das aus gutem Grund; oder die Schwarzhaarige aus der Wohnung über dem Kohlenhändler, ich habe ihren Namen vergessen, die das unscheinbarste Mädchen weit und breit war und eines Tages als Schönheit auf die Straße trat. Ist es eine Schande, sich nach den jungen Frauen zu sehnen? Muß es mir peinlich sein, daß ich umarmt und abgeküßt werden möchte, nachdem ich mich seit einem Jahr in der Fremde herumschlage? Auch um die Ecke, in der Ebertystraße, wohnte ein tolles Fräulein, das sich stundenlang aus dem Fenster gelehnt und mich einmal sogar angelächelt hat.

Sie haben die Straßenseite gewechselt, ich bemerke es erst, nachdem es geschehen ist; einen Moment lang fürchte ich, ich hätte sie verloren. Wir gehen auf gleicher Höhe, das ist die reine Unvorsichtigkeit, es muß grauenhaft sein, von Martha beim Verfolgen ertappt zu werden. Ich tue etwas, ohne nachzudenken, als sei das Folgende so selbstverständlich, daß es nur noch getan zu werden braucht: ich fange zu rennen an, renne hundert Meter, wechsle dann auch die Straßenseite und gehe ihnen gemächlich entgegen. Sie sehen mich nicht kommen. Martha redet, der Mann hört zu. Die meisten würden wohl meinen, daß er ein schönes Gesicht hat, ein männliches, aber ich finde, es ist etwas Dummes darin. Seine Krawatte ist grau und rot gestreift, Rasierwasserduft umgibt ihn, in seiner Kinnspitze klafft ein seltsam tiefes Grübchen. Ich sage: »Hallo, Martha.« Ich sehe nicht, wie sie zu Tode erschrickt. Ich sehe nicht, wie sie vor Scham errötet. Sie unterbricht einen Satz und wendet sich mir zu, verwundert, natürlich, sie braucht ein paar Sekunden, natürlich. Dann sagt sie: »Was treibst denn du hier?«

Sie bleiben stehen und denken nicht daran, die untergehakten Arme voneinander zu lösen. Er blickt auf seine Armbanduhr, man glaubt es nicht, ihm dauert schon jetzt der Aufenthalt zu lange, der blickt auf seine Armbanduhr. Ich sage: »Nichts Besonderes. Ich habe einen Freund besucht, der um die Ecke wohnt. Bis später.«

Ich gehe weiter, um keinen Preis würde ich mich noch einmal umdrehen. Mich ärgert, daß ich wie ein Jugendlicher angezogen bin, nicht wie ein Mann: Niethosen, Turnschuhe, Pullover ohne Hemd. Martha kennt all meine Freunde, das heißt, sie weiß, daß ich keine habe, auch nicht in dieser Gegend. Er wird sie fragen, wer ich bin, und sie wird antworten, daß ein Bekannter ihrer Eltern vor einiger Zeit gestorben ist, und daß sie dessen Sohn, eben mich, in ihrer Wohnung aufgenommen haben.

Am Freitag nach dem Frühstück ging ich zu Werner Klee, meinem Halbfreund. Ich hatte nichts vor mit ihm, ich hoffte nur, ich könnte mit meiner Ohnmacht leichter fertig werden, wenn ich mit jemandem zusammensaß. Seit langem war ich ihm aus dem Weg gegangen.

Ich habe diesen Tag als besonders seltsam in Erinnerung: er war voll von Ereignissen, die alle folgenlos blieben. Es war der Tag vor Beginn der Weltfestspiele, die Straßen quollen von Ausländern und Polizisten über. Ich machte einen Umweg, um viel zu sehen, so unruhig hatte ich die Stadt noch nie erlebt.

Werners Mutter sagte, ihr Sohn liege noch im Bett; doch als ich umkehren wollte, riß sie seine Zimmertür auf, als hätte ich ihr endlich einen Vorwand geliefert. Ich sah, wie er sich die Augen rieb und gähnte, Frau Klee schob mich hinein und machte die Tür zu. Da Werner wieder einzuschlafen drohte, öffnete ich das Fenster, dann setzte ich mich auf den Stuhl, der ihm als Nachttisch diente. Er fing meine Hand ein und betrachtete die Armbanduhr daran, ich konnte nicht erkennen, ob es seiner Meinung nach früh oder spät war.

Werner sagte, es gäbe gewiß etwas ungewöhnlich Wichtiges zu besprechen; denn nachdem ich gesehen hätte, wie sehr ich störe, wäre ich sonst ja wohl längst wieder gegangen. Er mußte immer Witze reißen, es war wie eine Krankheit: wenn ihm nicht eine Formulierung einfiel, die er für hinreichend witzig hielt, sagte er lieber nichts. Ich mochte diese

Eigenschaft inzwischen, auch wenn sie mir manchmal viel Geduld abverlangte.

»Na schön, du willst es nicht anders«, sagte er, sprang aus dem Bett und bot einen furchterregenden Anblick. Er zog sich eine Hose über und ging hinaus ins Bad, nachdem er gesagt hatte, es befände sich kein Pfennig Geld im Zimmer, ich brauchte also gar nicht erst herumzuschnüffeln.

Als ich fünf Minuten gewartet hatte, wußte ich nicht mehr, wozu ich gekommen war. Draußen schrie ein Baby, ich ging zum Fenster und sah auf den Hof hinunter; dort rüttelte ein Mädchen einen Kinderwagen so heftig, daß es nur eine Frage der Zeit war, bis er auseinanderbrach. Ich war wegen einer Idee hier, die mir abwechselnd aussichtsreich und kindisch vorkam: an Vater oder an Kwart einen anonymen Brief zu schreiben. Wie würden sie reagieren, wenn darin stand, man wisse von ihrer Sache, und wenn der Mann bis dann und dann nicht freigelassen sei, werde die Polizei eingeschaltet? Auch wenn meine Hoffnung nicht übertrieben groß war, wollte ich dem Einfall folgen, vor allem weil ich dachte: besser als nichts. Vielleicht entstand zwischen ihnen ein Streit, was von einem solchen Brief zu halten war.

Als Werner zurückkam, bat ich ihn, mir für ein paar Stunden seine Schreibmaschine zu borgen. Er fragte, ob meine eigene kaputt sei, und ich antwortete: »Ich muß einen anonymen Brief schreiben.«

Er nickte und war nicht im mindesten verwundert, als erreichten ihn täglich solche Bitten. Er roch an seinen Strümpfen und warf sie mir dann zu, damit ich entscheiden sollte, ob sie noch einmal getragen werden könnten.

Ich folgte ihm in die Küche, wo er ein Radio so laut aufdrehte, daß bei tiefen Tönen der Boden vibrierte; dann nahm er sich zu essen. An der Wand hing ein Käfig, in dem wild ein verängstigter Vogel umhersprang. Beim Brotschneiden brüllte mir Werner die Frage zu, an wen ich den anonymen Brief denn schicken wollte.

Ich schaltete das Radio aus und sagte: »Ich brauche sie für höchstens einen halben Tag.«

Werner erklärte mir, daß die Maschine nicht ihm gehöre, sondern seinem Vater, und daß dessen Verhältnis zu Privateigentum gespannt sei; er sagte, ich dürfe aber in seinem Zimmer tippen, und er sei gern bereit, an den Formulierungen mitzufeilen. Dann fragte er, warum ich nicht einfach Wörter und Buchstaben aus der Zeitung ausschnitte und auf ein Blatt Papier klebte, das sei doch die beliebteste Methode zur Herstellung anonymer Briefe.

Kein Augenverdrehen half mir, der Schuldige war ich, er setzte meine Kinderei nur fort und fand kein Ende. Ich bat ihn, die Maschine zu vergessen, so wichtig sei das nicht. Er nickte lächelnd, bevor er sagte: »Ich kann mir vorstellen, daß allerhand zusammenkommen muß, bevor ein so besonnener Typ wie du auf anonyme Briefe verfällt.«

Während er kaute, beschloß ich, den Brief nicht zu schreiben: keine fünf Minuten würden sie brauchen, um sich auszurechnen, daß niemand außer mir als Absender in Frage kam. Das Risiko war viel zu groß, gemessen an der minimalen Aussicht auf Erfolg. Ich glaube, ich spürte von Anfang an, daß der Einfall nichts taugte, sonst hätte ich mir vor Werner nicht diese Blöße gegeben.

Ich fragte ihn, ob er schon benachrichtigt worden sei, wann und in welcher Kaserne er seinen Armeedienst anzutreten habe. Er antwortete: zufällig kenne er in der Friedrichstraße ein Geschäft, in dem man Schreibmaschinen stundenweise mieten könne, direkt unter der Bahnhofsbrücke.

Ich sagte: »Das Traurige an dir ist, daß du deine Witze immer totreiten mußt.«

»Bis jetzt bin ich gut damit durchgekommen«, sagte er und sah mich, so fand ich, viel aufmerksamer an, als es zu diesen Worten paßte.

Ich nahm einen Brotbrocken und steckte ihn in den Käfig, in dem der Vogel inzwischen bewegungslos auf seiner Stange saß. Werner sagte, Brot bringe den Vogel um, ich weiß bis heute nicht, ob auch das ein Witz sein sollte; zweifellos war eine Spannung zwischen uns. Ich wiederholte die Frage nach dem Armeedienst, und er sagte, es gebe in jenem Geschäft unter der Brücke kleine Kabinen, in denen man unbeobachtet schreiben könne. Es blieb mir nichts anderes übrig, als aufzustehen und ihm zu sagen, ich käme lieber ein andermal vorbei.

Als ich zur Tür ging, tat er nichts, um mich zurückzuhalten. Mit vollem Mund sagte er: »Meine Witze waren noch nie besser. Warum gehen sie dir ausgerechnet diesmal so auf die Nerven?«

»Ich weiß es selbst nicht«, sagte ich und ging. Es muß ihm seltsam vorgekommen sein, daß ich auf einmal so empfindlich war.

Auf der Straße hatte ich die nächste Idee. Ich dachte daran, daß es zwei Gruppen von Leuten gibt, mit denen man sich beraten kann, ohne fürchten zu müssen, daß sie ein Geheimnis den Behörden ausplaudern: Pfarrer und Rechtsanwälte.

Die Vorstellung, in eine katholische Kirche zu gehen, mich in den Beichtstuhl zu setzen und einem großen fremden Ohr von meinen Sorgen zu erzählen, hielt mich nicht lange auf. Die Frage war also, worüber ich mit einem Anwalt reden wollte, ich brauchte guten Rat und keine Rechtsbelehrung. Allerdings gab es einen juristischen Aspekt, der mich selbst betraf: ich war Mitwisser. Ich hatte nicht den gleichen Anspruch auf glimpfliche Bestrafung wie Vater, Kwart und Rotstein, bei mir kam ein bestimmter mildernder Umstand nicht in Betracht; aber konnte man einen Mitwisser strenger zur Rechenschaft ziehen als die Entführer? Dann fiel mir ein, daß ich ja auch Mitwisser des Aufsehers war.

Ich hatte keine Ahnung, wieviel Verlaß auf die Schweigepflicht der Anwälte war, ich kannte sie nur aus dem Kino. Und woher Geld für einen Anwalt nehmen? Und wie kam ich zu der Hoffnung, daß es gerade Anwälten erlaubt sein sollte, mich vor den Interessen der sogenannten Allgemeinheit in Schutz zu nehmen?

Als ich schon nach einer besseren Idee suchte, fiel mir ein, daß der Vater von Gitta Seidel Anwalt war. Das gab der Sache neuen Auftrieb, sie konnte bei der Vermittlung helfen; wenn ich als Freund der Tochter zu einem Anwalt kam und nicht als Irgendjemand, verloren meine Bedenken da nicht an Gewicht? Sie wohnte ein Stück die Straße aufwärts, und ich gefiel ihr. In jeder großen Pause hatte sie auf dem Schulhof gestanden und mich angelächelt. Es gab Kerle in unserer Schule, die mich für verrückt hielten, weil ich aus ihrem Entgegenkommen keinen Nutzen zog; keiner von ihnen kannte Martha.

Ich mußte drei Telefonzellen weit gehen, bis ich an eine kam, die nicht zerschlagen war. Unter den Seidel-Nummern im Telefonbuch suchte ich diejenige heraus, die zur richtigen Adresse gehörte. Die Mutter war am Apparat, jedenfalls eine ältere Frau, und Augenblicke später Gitta Seidel. Als ich meinen Namen nannte, sagte sie »oh«.

Ich fragte drauflos, ob wir uns sehen könnten, es gebe eine

Schwierigkeit, sagte ich, die sie mir vielleicht vom Halse schaffen könnte.

»Ich?« fragte sie und kicherte.

Ich bat sie, sich heute noch mit mir zu treffen, es eile außerordentlich; mit Absicht übertrieb ich so, daß sie nicht wußte, wie ernsthaft meine Bitte war. Nach einer Zierpause schlug sie den Nachmittag vor, ohne sich zu erkundigen, worum es ging. Am Nachmittag aber war ich mit Martha verabredet; ich beschwatzte sie, in einer Stunde auf die Straße zu kommen, das hätte kein anderer so leicht geschafft bei Gitta Seidel, Punkt zwölf. Sie sagte zum Schluß: »Na, das ist ja vielleicht ein Ding.«

So lächerlich es klingt, ich hatte kein Geld, um sie zu Eis oder Kaffee einzuladen.

Gegenüber der Nummer dreißig setzte ich mich zum Warten auf die Treppenstufen eines Hauseingangs. Pünktlich trat Gitta Seidel auf die Straße, in einem Kleid, das übertrieben fein für meinen kleinen Anlaß war; aber man sah sie oft wie eine Anziehpuppe durch die Gegend gehen. Wir schüttelten uns die Hand wie ältere Leute, ich hatte mir vorgenommen, schnell auf den Punkt zu kommen, sie sollte keine falschen Schlüsse ziehen.

»Du hast es aber eilig«, sagte sie mir in die Augen.

Kaum waren wir losgegangen, begann ich: daß ich in etwas hineingeraten sei, wovon ich anfangs meinte, ich könnte es auf eigene Faust bestehen. Sie nickte. Daß ich inzwischen aber glaubte, nicht ohne Hilfe auszukommen. Sie nickte wieder. Und zwar nicht ohne Hilfe eines Rechtsanwalts. Sie sah mich an. Ich könne zwar zu einem beliebigen Anwalt gehen, sagte ich, mein Fall sei aber so verwickelt, daß ich mir ein besonderes Interesse des Anwalts wünschte, ge- wissermaßen ein persönliches. Nun blieb sie stehen. Daß meine Bitte demzufolge laute, sie möge mir einen Termin bei ihrem Vater besorgen und auch ein wenig Stimmung für mich machen.

Wir waren noch nicht zur Hälfte um den Häuserblock her- umgegangen; ich fand, daß ich mein Anliegen präzise und zügig vorgetragen hatte. Auch aus der Nähe war Gitta Sei- del ein schönes Mädchen, und es war angenehm, ihr zu ge- fallen, ich meine schmeichelhaft. Sie sah mich ernst an, zum erstenmal hatte ich Gelegenheit, die Farbe ihrer Au- gen festzustellen.

»Sind das jetzt alle Gründe, warum wir uns getroffen ha- ben?« fragte sie.

Ich mußte es bestätigen, obwohl ja klar war, daß ich mir da- mit schadete. Im nächsten Moment wich der Ernst auf ih- rem Gesicht einer Empörung, mit der ich hätte rechnen müssen. Sie sagte, sie könne nichts anderes für mich tun, als mir die Anschrift der Anwaltspraxis mitzuteilen, Kasta- nienallee Ecke Schönhauser Allee. Unten am Haus, sagte sie eisig, hänge ein Schild mit den Bürozeiten, die wisse sie leider nicht auswendig; im übrigen sei es für ihren Vater selbstverständlich, Probleme der Klienten wie seine eige- nen zu betrachten. Wahrscheinlich war sie noch keine sieb- zehn Jahre alt, sie ging davon in ihrem Festtagskleid, ach, es war traurig.

Bis Martha blieben Stunden Zeit. Und Geld besaß ich oh- nehin keins, ich hätte Gitta Seidel auch noch um einen Kre- dit bei ihrem Vater anbetteln müssen. In größerer Entfer- nung verschwanden ihre Beine um die Straßenecke.

Das eine Mal denke ich, Elles Zustand wird immer schlimmer, das andere Mal, sie könnte aus dieser elenden Anstalt in nicht sehr ferner Zukunft entlassen werden. Auch die Anstalt verändert sich ständig, sie ist Kurort, Klinik, Pflegeheim, Klapsmühle, Irrenhaus, je nach Stimmung und Wetterlage. Ich fahre in ein Sanatorium los und komme in einer Friedhofswartehalle an, auch umgekehrt.

Ich stehe hinter Elle, die aus dem offenen Fenster blickt, und massiere ihren Nacken. Seit einer halben Stunde bin ich bei ihr, kaum einen Satz hat sie bisher gesprochen, das muß nichts heißen. Sie stöhnt, weil ich die Daumen so fest in ihre Nackenmuskeln presse. Als ich hereinkam, lag ein offenes Schreibheft auf dem Tisch, ich habe mich neugierig darübergebeugt und die Worte *Einmal tot, immer tot* gelesen. Ich habe gesagt, dies sei in der Tat eine der wenigen unumstößlichen Wahrheiten, aber Elle fand mich aufdringlich; sie klappte das Heft zu, legte es in eine Schublade und sagte: »Noch nicht, noch lange nicht.«

Schreibt sie an einem Buch? Ich schlage vor, in den Park hinauszugehen, in diesem Zimmer ist heute nicht viel los. Auch Elle scheint so zu denken, sie geht sogleich auf die Tür zu, bleibt einen Meter davor stehen und wartet wie ein guterzogenes Hündchen, bis ich die Tür geöffnet habe. Nicht zum erstenmal kommt mir der Verdacht, daß sie mir etwas vorspielt: daß sie von Zeit zu Zeit an der Rolle einer Unmündigen Gefallen findet.

Auf dem Flur ertönt von irgendwoher ein langgezogenes,

trauriges Heulen, als könne jemand sein Unglück nicht länger verbergen. Ich blicke in alle Richtungen, doch Elle geht, als hätte sie nichts gehört. Eine Schwester, die uns entgegenkommt und meinen Schreck bemerkt, zeigt mit dem Daumen zum Stockwerk über uns.

Ich erkläre Elle, warum ich seit einem Monat nicht bei ihr war, ich weiß, daß sie darauf wartet. Ich sage: »Es geht mir nicht besonders gut im Augenblick. Rahel und Hugo Lepschitz sind die nettesten Leute, die man sich vorstellen kann, aber ich möchte sie umbringen, sobald ich sie sehe. Sie haben mir nichts getan, das ist das schlimmste, sie wünschten sich immer einen Sohn. Mit Martha ist die Sache anders, ich kann es nicht erklären. Ich weiß nur, daß es gut für uns beide wäre, wenn wir uns die nächsten dreißig Jahre nicht sehen würden. Du glaubst nicht, wie schwer es ist, eine Wohnung zu finden. Ich hätte früher mit dem Suchen beginnen sollen, doch erst in den letzten Wochen ist mir bewußt geworden, wie furchtbar sie mich stören. Vor ein paar Tagen ist ein Brief gekommen, daß ich zum Studium angenommen bin. Sie werden es nicht begreifen, wenn ich ausziehe.«

»Wozu erzählst du das alles?« fragt Elle. »Ich vergesse ja die Hälfte wieder.«

Nun sind wir im Park. Wir versuchen, uns abseits zu halten, es ist ein Sonnabend mit ordentlichem Wetter, in der Anstalt wimmelt es. Elle nimmt meinen Ärmel und zieht mich zwischen die Sträucher; wir schlängeln uns durch ein Dickicht, sie zieht mich hinter sich her, ohne darauf zu achten, ob mir Äste ins Gesicht schlagen.

»Auf meinem Flur ist gestern ein Zimmer frei geworden«, sagt sie. »Allerdings nicht so schön wie meines.«

Es riecht nach Katzen. Weil ich hinter ihr hergehe, kann ich nicht sehen, wie ernst sie diese Worte meint. Erwägt sie, mich zu sich zu nehmen, weil ich draußen so schlecht aufgehoben bin? Das Gebüsch ist zu Ende, wir betreten eine kleine Wiese, auf der noch langes braunes Gras vom letzten Jahr liegt. Von den Stimmen und Geräuschen des Parkwegs ist nichts mehr zu hören, selbstverständlich kennt sie jeden Winkel. Zur anderen Seite hin ist die Wiese von einer efeubewachsenen, hohen Mauer begrenzt, an der die Anstalt aufhört.

Elle sagt: »Setz dich.«

Ich suche einen Stein, weil mir der Boden zu feucht und faulig ist. Sie läßt sich mit dem Hinsetzen Zeit und blickt auf mich herab, erwartungsvoll, so scheint es. Am Ende wünscht sie, daß ich Entzücken über ihre Wiese zeige. Als ich den Mund öffne, legt sie mir einen Finger auf die Lippen. Nirgends ein Tier oder sonst jemand, den ich erschrecken könnte, aber ich schweige, ganz wie sie will.

Dann zupft sie an meinem Pullover und verlangt ihn mit schnellen Fingerbewegungen. Also ziehe ich ihn aus, sie knüllt den Pullover zu einem Kissen zusammen, legt ihn auf die Erde und setzt sich darauf, Steine sind ihr zu hart. Aus der Tasche ihrer Strickjacke nimmt sie eine einzelne Zigarette und zündet sie mit einem Streichholz an, das sie danach in die Schachtel zurücksteckt. Bei alldem läßt sie mich nicht aus den Augen.

Endlich fragt sie, ob ich vergessen habe, daß wir schon einmal auf dieser Wiese gewesen sind, genau an dieser Stelle. Bevor ich mich umblicke, weiß ich, daß ich mich nicht erinnern werde; ich frage, wann das gewesen sein soll. Vor einigen Jahren, sagt sie, vor neun oder sieben, ich hätte damals noch einen Mittelscheitel getragen. Ich glaube ihr aufs Wort, sie fragt, ob mir nichts auffalle.

Nichts, sage ich. Und nicht nur das, ich werde ungeduldig, ich habe von der Geheimniskrämerei genug. Elle beugt sich an mein Ohr und sagt: »Ich habe herausgefunden, daß hier der Mittelpunkt der Welt ist.«

»Was?«

Sie sieht mir ernst und reglos in die Augen. Dann nickt sie zweimal, wie um mir mitzuteilen: Jawohl, du hast richtig gehört.

»Ich sehe nichts als eine kleine Wiese«, sage ich.

»Es ist ja auch eine kleine Wiese.«

»Ich habe keine Ahnung, wie ein Mittelpunkt der Welt aussieht«, sage ich, »deswegen kann ich nicht mitreden.«

»Glaubst du, ich habe es gewußt, bevor ich herkam?« fragt sie. »Glaubst du, die Welt hat mehrere Mittelpunkte?«

Es gibt verschiedene Möglichkeiten zu reagieren; ich könnte versuchen, sie von dem Thema abzubringen, oder ich könnte die Entdeckung niedermachen, oder ich könnte staunen und meine Schwester als große Entdeckerin feiern. Ich sehe, daß sie zwei verschiedene Strümpfe trägt, links einen weißen, rechts einen grauen. Die dritte Möglichkeit scheidet aus, ich werde Elle nicht als Idiotin behandeln.

Sie nimmt mir die Entscheidung ab, indem sie sagt, es sei unmöglich, jemandem die Sache zu erklären, der nicht dazu bereit sei; es verhalte sich hier wie mit dem Hypnotisieren: Hypnotiseure seien keineswegs Schwindler, und doch könnten sie nur den in Trance versetzen, der die Bereitschaft dazu mitbringe. Ob ich denn überhaupt glaube, daß die Welt einen Mittelpunkt habe, egal ob hier oder sonstwo?

»Meinst du einen physikalischen Mittelpunkt?« frage ich schlau. »Meinst du das Zentrum der Schwerkraft? Den

Punkt, von dem alle Gravitation ausgeht? Oder meinst du einen geistigen Mittelpunkt?«

»Ich weiß nicht, was Gravitation bedeutet«, sagt Elle. »Ich meine den Mittelpunkt.«

Nach kurzer Bedenkzeit schüttle ich den Kopf und sage: »Ich glaube nicht, daß es so etwas gibt.«

»Aber es ist eine hübsche Wiese, das findest du doch auch?«

Sie tastet den Boden ab, vielleicht nach einer trockenen Stelle, auf die man sich legen könnte. In einiger Entfernung brechen Leute durchs Gebüsch und kommen quer über die Wiese auf uns zu, drei Frauen und ein Mann. Nach einigen Schritten bemerken sie uns, bleiben tuschelnd stehen und wenden sich in eine andere Richtung; es ist nicht zu erkennen, welche der vier Personen die besuchte ist, nicht für mich. Elle bohrt mit dem Finger ins faulige Gras ein Loch, in das sie den Rest ihrer Zigarette steckt; ein winziges Zischen ist zu hören. Die Leute setzen sich an den entgegengesetzten Wiesenrand, sie haben Decken bei sich.

»Gibt es keine Zimmer zu kaufen?« fragt Elle.

»Zu kaufen?«

Sie wundert sich, was es da mißzuverstehen gibt. Wenn ich das Geld noch besitze, das uns der Hausverkauf gebracht hat, sagt sie, dann müßte sich davon doch wohl ein Zimmer bezahlen lassen. Oder ob ich das meiste schon ausgegeben hätte. Ich antworte: so gut wie nichts.

»Na also.«

Die Leute haben einen Korb mit Essen bei sich, das nun verteilt wird. Ich sehe, wie der Mann sich abmüht, ein Glas mit Eingemachtem zu öffnen, wie seine Finger immer wieder das kleine Stück Gummi verlieren, das zwischen Glas und Deckel hervorgezogen werden muß. Warum hatte ich noch nie den Einfall, Elle zu einem Picknick im Park einzuladen? Weil ich keine Frau bin, die weiß, was in den Pick-nickkorb hineingehört? Bei dem Gedanken, daß Elle nur noch mich hat, möchte ich vor Mitleid mit ihr weinen.

»Wenn ich Unsinn rede, entschuldige«, sagt Elle.

»Du redest keien Unsinn«, sage ich, »aber Zimmer sind un-verkäuflich.«

Ich erkläre ihr, wie der Besitz an Wohnraum bei uns gere-gelt ist; ich fasse mich so kurz wie möglich, denn es ist of-fenbar, daß dieses Thema sie nicht interessiert. Sie nickt an-dauernd, doch ist ihr Nicken ein Zeichen von Ungeduld, nicht von Verstehen.

Vor Jahren kam mir der Gedanke, daß ich gar nicht existie-ren würde, wenn Elle nicht von Zeit zu Zeit diese Anfälle hätte. Ich meine: wenn Elle ein sogenanntes normales Mädchen gewesen wäre, dann hätten meine Eltern wohl nicht beschlossen, neunzehn Jahre nach ihrem ersten Kind ein zweites in die schwarze Welt zu setzen. In Wirklichkeit habe ich drei Eltern, Vater, Mutter und Elles Verwirrung, und zwei davon leben nicht mehr. Sie haben geduldig ge-wartet, bis man ihnen sagte, am Zustand ihrer Tochter werde sich nicht mehr viel ändern, da wollten sie ein zwei-tes Kind: genau so eins wie Elle, nur eben ohne die Verwir-rung. Ich müßte viele Jahre älter sein, wenn es sich anders verhielte. Manchmal war ich wütend auf Vater, weil er nie mit mir darüber sprach, manchmal dachte ich aber auch: was soll er mir denn sagen?

Wir verlassen den Mittelpunkt der Welt, zu viele Besucher stehen oder sitzen inzwischen lärmend darauf herum. Es kümmert Elle nicht, daß mein Pullover naß ist. Sie winkt mir, ihr zu folgen, sie sagt, es gebe einen zweiten Ort, an dem wir es versuchen könnten. Während wir nebeneinan-der her gehen, erzähle ich von Rahels und Hugos Angewohnheit, an jedem Abend vor dem Fernsehapparat zu forschen, wer wem ähnlich sieht. Sie hat kein Lächeln dafür übrig.

Sie geht mit mir quer durch die Anstalt, wir halten am Kiosk an, wo sie sich Schokolade und Zigaretten von mir kaufen läßt. Dann weiter, man kann den Weg nun nicht mehr Spaziergang nennen, denn Elle schreitet aus wie jemand, der etwas zu erledigen hat.

Ein Bauplatz nicht weit vom Haupttor ist unser Ziel, sie führt mich zwischen Sandhaufen, aufgeschichteten Brettern und Stapeln von Ziegelsteinen hindurch. Bestimmt wird uns niemand am Sonnabend hier stören, doch warum will sie ungestört sein? Ich sage: »Hübsch ist es hier nicht gerade.«

Elle sieht sich um, ob uns niemand gefolgt ist. Dann setzt sie sich auf einen Balken und sagt: »Wir haben immer nur von dir geredet. Aber es geht ja schließlich auch um mich.«

Ich bin beunruhigt, obwohl ich keine Ahnung habe, worauf sie hinauswill; sie klingt entschlossen und seltsam streng. Ich setze mich ihr gegenüber und nicke, ich möchte sie umarmen, ich denke: wenn sie mir etwas vorwirft, dann habe ich es auch verdient.

»Warum sprichst du nie mit mir über Geld?«

»Über welches Geld?«

»Das du geerbt hast«, sagt sie. »Das heißt: das wir geerbt haben. Nur sehe ich nichts davon.«

Ich weiß nicht, wie ich mich verhalten soll, ob belustigt oder wie vom Blitz getroffen, sie kämpft um Vaters Hinterlassenschaft. Kann es sein, daß sie im Radio eine Sendung über Erbbetrügerei gehört hat? Jetzt tue ich es doch, ich stehe auf und umarme sie. Sie läßt es sich gefallen, mehr nicht, sie nimmt kein Wort zurück. Sie sagt an meiner

Brust: »Ja, ja, du hast mich gern. Aber das bedeutet doch nicht, daß alles dir gehört.«

Es geht nicht anders, ich muß sie loslassen und unsere Erbschaftsangelegenheiten mit ihr besprechen; während ich rede, stört mich fortwährend der Gedanke, daß sie im Grunde recht hat. Ich erzähle ihr, daß ich bisher kaum einen Pfennig ausgegeben habe, dann nenne ich die ungefähre Summe auf dem Konto; ich sage, daß ihr nicht nur die Hälfte davon gehört, sondern alles, wenn sie darauf besteht.

Elle nimmt meinen Arm und zieht wieder los. Es gibt keine Bankfiliale in der Anstalt, ich sage, sie brauche mir nur zu sagen, wieviel ich mitbringen solle. Sie hakt sich bei mir unter und preßt aufgeregt meine Hand. Ich verstehe: es tut ihr leid, wie sie mit ihrem kleinen Bruder umgesprungen ist. Bis zum Zimmer erholen wir uns schweigend von dem Schrecken, dort fragt sie, ob ich nicht eine schwarze Stola und irgendwann auch einen hübschen Hut für sie besorgen könnte.

»Martha«, sagte ich, »so geht das doch nicht weiter.«

Das fand sie auch, geholfen aber war uns damit nicht. Seit dieser Dreckskerl das Haus im Wald besetzt hielt, wußten wir nicht, wohin mit unserer Liebe. Die nahm zu, als folgte sie einem Gesetz, dem zufolge sich gerade das vermehrt, wofür kein Platz ist.

Meine anfängliche Furcht, daß nur ich so schrecklich litt, erwies sich bald als unbegründet; Martha glühte und schmachtete nicht weniger als ich. Zu allem Unglück kamen wir aus einer Schlechtwetterperiode nicht heraus.

Ich fing plötzlich an, zweideutige Bemerkungen zu machen, so plump, wie ich es mir wenige Tage vorher nicht zugetraut hätte, und Martha schien das auch noch zu gefallen. Als wir zum Beispiel ein älteres Paar auf der Straße sahen, sagte ich: »Rate mal, wo die jetzt hingehen.« Und Martha sagte: »Da kommen die doch gerade her, hast denn du keine Augen im Kopf?« Zehn Tage früher hätten wir uns eher die Zunge abgebissen.

Die Innenstadt war fest in der Hand der Gäste. Auf einmal gab es Cafés, auf einmal wurde überall frech geredet und laut gerufen. An einer Kreuzung gingen ein paar Schwarze bei Rot über die Straße, und niemand pfiff sie zurück. Obwohl am Himmel nur Wolken über Wolken waren, strahlten alle, nur wir nicht. Andauernd wurde Martha von jungen Männern angezwinkert und angesprochen, als gäbe es mich überhaupt nicht. Als sie meine bösen Blicke bemerkte, sagte sie: »Das mußt

du dir schon gefallen lassen, bei einer Freundin wie
mir.«

Sie lud mich in eine Teestube ein; von ihren Eltern hatte sie
sich, auf die erwartete Gage hin, Geld geborgt. Wir saßen
inmitten von Sachsen und Mexikanern, die sich in einem
Wettbewerb zu befinden schienen, wer am längsten lachen
und am lautesten schreien konnte. Das wichtigste war, daß
meine Hand auf Marthas Knie lag. Ich sah ihr ins Gesicht
und erlebte etwas Seltsames: ich hörte jedes ihrer Worte,
nahm aber deren Sinn nicht auf.

Jemand schlug mir derb auf die Schulter. Als ich mich umdrehte, erkannte ein blonder Mann, daß er mich verwechselt hatte, er ging ohne ein Wort der Entschuldigung davon.
Martha lachte, ihr zuliebe gab ich mich auch vergnügt. Sie
sagte, von hinten könne man mich leicht für einen anderen
halten.

Bevor ich zu ihr aufgebrochen war, hatte ich Vater um einen
Vorschuß aufs Taschengeld für August gebeten, vergeblich.
Zuerst hatte es günstig ausgesehen: er hatte seine Brieftasche hervorgeholt und sie sogar geöffnet. Dann hielt er
aber ein und fragte, warum ich hinter seinem Rücken zu
Gordon Kwart gegangen sei. Ich sagte, der Besuch sei in aller Offenheit geschehen, und ich hätte Kwart nichts anderes vorgeworfen als auch ihm. Seine Antwort bestand
darin, die Brieftasche wieder wegzustecken; wahrscheinlich hatte er keinen Augenblick daran gedacht, mir Geld zu
geben. Martha stieß mich an, weil meine Hand immer höher an ihrem Bein hinaufkroch.

Es hatte sich noch keine Serviererin um uns gekümmert,
und ausgeruht waren wir auch, nachdem wir eine halbe
Stunde dagesessen hatten, so gingen wir wieder auf die
Straße. Martha sagte, im Kindergarten habe sie einmal eine

Stadt gemalt, mit allen verfügbaren Buntstiften, und genauso sehe es jetzt aus. Dann fragte sie, ob ich nicht auch der Meinung sei, daß wir draußen ständen.

»Draußen?« fragte ich, und sie erklärte mir etwas. Es war, als zwänge mich ein Übermächtiger, nicht auf ihre Worte zu achten. An Gitta Seidels Brüste hieß er mich denken, an den pickligen Jungen im Schwimmbad, an den Nachttopf unterm Eisenbett, an alles, um nur ja nichts zu verstehen. Es war auch eigenartig, daß Martha immer weiter redete, ohne Verdacht zu schöpfen. Als sie eine Pause machte und mich ansah, vermutete ich, daß sie mir eine Frage gestellt hatte, und sagte: »Ich fühle mich so ganz wohl.«

Wir standen also draußen, fand sie, wen meinte sie mit *wir*? Uns beide? Oder uns Unpolitischen? Oder uns Juden? Oder uns Nörgler, denen es niemand recht machen kann?

Ich sagte: »Wenn du schon die ganze Zeit von drinnen und draußen redest: weißt du, wo ich jetzt am liebsten…«

Entrüstet hielt sie mir den Mund zu. Ich erwischte mit den Zähnen einen ihrer Finger, so daß am Ende nicht sie meinen Mund losließ, sondern ich ihre Hand. Sie rieb sich die Bißstelle, es war so unglaublich gut mit uns, daß geschehen konnte, was wollte: es wurde immer nur besser. Sie zeigte mir den Finger, den ich gebissen hatte, und statt ihn zu küssen, biß ich ein zweitesmal zu.

Als uns die Füße müde wurden, versuchten wir in einer Eisdiele noch einmal unser Glück; wir stellten uns an und warteten auf einen freien Tisch. Plötzlich, als ich Marthas argloses Gesicht sah, fand ich es empörend, meine einzige große Sorge vor ihr geheimzuhalten. Ich erzähle es ihr, dachte ich, egal was kommt, ich fange an, sobald wir sitzen.

Aber als wir saßen, fiel mir der erste Satz nicht ein; ich fürchtete mich vor jedem Wort, wie sollte ich da reden? Ich kam erst zu mir, als Martha mich anstieß, weil eine Eisportion vor meiner Nase zu schmelzen anfing.

»Bedrückt dich was?« fragte sie, das hatte wahrlich nichts mit Hellseherei zu tun.

»Du weißt genau, was mich bedrückt.«

»Etwas ist los mit dir«, sagte sie unbeirrt. »Du führst Selbstgespräche.«

Es war die letzte Gelegenheit, sie ins Vertrauen zu ziehen, ich ließ sie ungenutzt vorübergehen, als gäbe es Hunderte davon. Statt dessen löffelte ich mein Eis und sagte: »Du siehst Gespenster.«

Ein rothaariges Mädchen kam an unseren Tisch und sprach Martha mit Namen an. Die Bekanntschaft muß flüchtig gewesen sein, denn Martha hielt es nicht für nötig, mich vorzustellen; sie redeten im Stehen miteinander, weil kein dritter Stuhl da war. Die Rothaarige hatte ein Pflaster auf der Stirn und sah ungesund aus. Ich hoffte, sie würde lange genug bei Martha bleiben, um sie von ihrem Verdacht abzulenken. Ich wollte schon meinen Stuhl anbieten, da ging sie wieder, ohne mich auch nur bemerkt zu haben.

Ich wußte, daß Martha dort fortfahren würde, wo wir stehengeblieben waren, auch wenn ich fragte: »Wer war das Mädchen?«

»Sie heißt Gertrud«, sagte Martha. »Aber lenk doch nicht vom Thema ab.«

»Wir haben ein Thema?«

Sie nickte entschieden. Dann sagte sie, sie fühle sich in der Lage, ein hübsches Kunststück vorzuführen: Meine Seltsamkeit habe vor fünf Tagen angefangen, genau am letzten

Sonntag, als wir im Häuschen verabredet gewesen seien. Sie habe nicht übersehen, in welch verstörtem Zustand ich gewesen sei. Sie habe mich absichtlich nichts gefragt, sie habe geglaubt, ich werde schon selbst zu reden anfangen, aber das glaube sie nun nicht mehr. Und da ich nicht nur nichts erzählte, sondern geradezu verstockt schwiege, müsse sie sich meine Geschichte eben selbst zusammenreimen.

In meinem Kopf schrillten Alarmglocken. Aber was will sie schon wissen, dachte ich, eine solche Sache kann man nicht erahnen; entweder man ist ihr Zeuge, oder man tappt im dunkeln.

Ihre Vermutung, sagte Martha, sei die folgende: ich sei am Sonntag mit meinem Nachschlüssel, nichts Böses ahnend, in das Haus gegangen, und plötzlich habe Vater vor mir gestanden. Es müsse einen ziemlichen Krach gegeben haben, vielleicht sei Vater sogar handgreiflich geworden, sie erinnere sich, sagte sie, daß ein Knopf an meinem Hemd gefehlt habe. Doch ob handgreiflich oder nicht, der schöne Schlüssel sei nun verraten gewesen. Dieser Treuebruch, diese Schande, diese Peinlichkeit! An fünf Fingern könne man sich abzählen, daß Vater mir den Schlüssel abgenommen hätte. Und genau das sei der Grund, warum ich seit Sonntag unentwegt von Besuchern erzählte, die angeblich unser Haus blockierten.

Ich sagte erleichtert: »Nehmen wir an, es hat sich alles so zugetragen. Kannst du mir dann erklären, aus welchem Grund ich ein Geheimnis daraus machen sollte?«

»Das verstehe ich auch nicht«, sagte Martha. »Genau das ist der schwache Punkt.«

Ich mußte mir Mühe geben, nicht loszulächeln; mir war zumute wie einem Schwerverbrecher, der nach seiner Ver-

haftung erfährt, daß er wegen eines Taschendiebstahls fest-
genommen wurde, den er nicht einmal begangen hat.

Ich sagte: »Deine Geschichte hat noch einen zweiten
schwachen Punkt.«

»Und zwar?«

»Sie ist von vorn bis hinten lächerlich.«

»Das überzeugt mich«, sagte sie.

Ich holte den Schlüssel aus der Hosentasche und legte ihn
auf den Tisch. Martha nahm ihn, betrachtete ihn von allen
Seiten und sagte: »Ein Schlüssel.«

»Was heißt – ein Schlüssel? Es ist *unser* Schlüssel! Der
Schlüssel zum Haus im Wald.«

»Und was beweist das?«

Es hatte den Anschein, als wollte sie mich reizen. Ich sagte:
»Zuerst behauptest du, er hätte mir den Schlüssel abge-
nommen. Und wenn ich dir den Schlüssel zeige, sagst du:
Was beweist das schon.«

»Ich weiß selbst, was ich gesagt habe.«

Sie dachte nach, und ich steckte den Schlüssel in die Tasche
zurück. Anstatt das Geheimnis zu lüften und auf ewig mit
ihr verbunden zu sein, verstrickte ich mich immer tiefer in
mein Schweigen und brachte sie von der richtigen Spur ab.
Selbst wenn sie nie dahinterkam, so würde ich es doch immer wissen, dachte ich.

Sie sagte: »Wo ein Nachschlüssel ist, da können auch zwei
sein.«

Ich hätte darauf nicht zu antworten brauchen, die Theorie
war so dürftig, daß Martha sie wenig später von selbst zu-
rückgenommen hätte. Doch ich hörte nur, wie störrisch sie
darauf bestand, daß ich ein Lügner war, und sagte: »Mach
nur so weiter.«

»Womit?«

»Mit deinen jüdischen Spitzfindigkeiten.«

Ich wußte nicht mehr, was ich redete. Ich griff sofort nach ihrer Hand, aber sie zog sie zurück. Sie murmelte ein paar böse Worte, die ich lieber nicht verstand, dann ging sie davon. Im Fenster der Eisdiele sah ich sie vorüberschreiten und dachte: Jetzt ist es passiert.

Als sie außer Sichtweite war, fiel mir ein, daß ich kein Geld zum Bezahlen hatte. Ich behielt die Serviererin im Auge, wartete ab, bis sie durch die Kellnertür in einen hinteren Raum verschwand, und ging dann hinaus wie ein Schatten.

Nur einige Schritte weit sagte ich mir, ich sei nicht Marthas wegen auf die Straße gegangen, sondern wegen der offenen Rechnung. Dann rannte ich hinter Martha her. Ich hätte sie kaum gefunden, wenn sie mir nicht entgegengekommen wäre. Wir blieben voreinander stehen und strahlten vor Erleichterung. Von diesem Moment an achteten wir auf unsere Worte, zumindest für den Rest dieses Tages; wir wußten nun, wie leicht ein Streit entsteht. Ich sagte ihr nicht einmal, daß sie mich zum Zechpreller gemacht hatte.

Keine der Möglichkeiten, ein freies Zimmer zu entdecken, darf außer acht gelassen werden, ich gehe zu Gordon Kwart. Wir sind uns bei Vaters Begräbnis zum letztenmal begegnet, er trug als einziger bei der Hitze einen Mantel und machte ein Gesicht, als hätte er Vater eigenhändig umgebracht. Als er mich am Friedhofstor fragte, ob er mir auf irgendeine Weise behilflich sein könnte, sah er weit an mir vorbei. Ich weiß nicht mehr, was ich geantwortet habe.

Obwohl wir telefonisch verabredet sind, tut er beim Türöffnen so, als hätte er jeden anderen erwartet, nur mich nicht. Sofort überkommt ihn Mitleid, er schließt mich bei noch offener Tür in die Arme und klopft meinen Rücken, was kann ich tun. Dann führt er mich ins Zimmer und setzt mich auf einen Stuhl, es stehen zwei Tassen auf dem Tisch, zwei Teller, Tee und Kuchen. Er gießt uns Tee ein, bevor das erste Wort gefallen ist. Auf einen Blick hin, den ich zur Tür werfe, sagt er: »Sie ist verreist. Aufs Land zu ihrer Schwester, soviel ich weiß.«

Ich muß erzählen: wie ich das Jahr verbracht habe, wie meine Pläne sind, warum ich niemals von mir hören lasse. Ich mache es so kurz wie möglich, er nickt zu jedem dritten Wort. Als er den heißen Tee auf seine Untertasse schüttet, sich ein Stück Zucker in den Mund steckt und mit spitzen Lippen losschlürft, bin ich so heftig an Vater erinnert wie lange nicht mehr. Er fragt, was mit mir los sei, er sagt: »Erzähl, erzähl.«

Ich schildere das vergangene Jahr als so ereignisarm, wie es der Wahrheit entspricht: ich hätte es im Halbschlaf absolviert. Meine Wohnsituation aber sei ungelöst, sage ich, und wenig später überdeutlich: daß ich auf Zimmersuche sei. Daß ich, bevor ich ans Studium denken könne, mein jetziges Quartier verlassen müsse.

Kwart hört nicht zu; er hat die leere Untertasse in seiner Hand vergessen, man kann sich denken, woran ich ihn erinnere. Als ich mich unterbreche, sagt er noch einmal, wie aufgezogen: »Erzähl nur.« Ich muß mich verständlich machen, er kommt mit Hunderten von Leuten in Berührung: er spielt in einem Orchester, er hat Bekannte, er geht in die Synagoge, ihm bieten sich die besten Möglichkeiten, ein Zimmer zu erfragen. Für ein paar Augenblicke aber soll er denken dürfen, woran er will.

Kwart stellt die Untertasse ab und weint; es quellen ihm riesengroße Tränen aus den Augen, Zyklopentränen, nicht allzu viele. Mit dem Ärmel wischt er sich übers Gesicht, dann ist der Schub vorbei. Ich stelle fest, daß ich weder gerührt bin noch Mitleid habe, ich fühle mich unbehaglich. Ich denke: Hätte er damals rechtzeitig getan, worum ich ihn angefleht habe, brauchten wir jetzt nicht so dazusitzen. Seine Augen sind gerötet und scheinen nicht gleich wieder sehen zu können, ich suche auf seinem Ärmel die feuchte Stelle.

»Du hättest früher kommen sollen«, sagt er endlich, »viel früher. Aber es war anständig, so lange zu warten.«

Schnell steht er auf und geht aus dem Zimmer. Ich trinke Tee und überlege, was an meinem Verhalten anständig gewesen sein soll. Womöglich bildet er sich ein, ich hätte ihn schonen wollen, ich hätte viel früher kommen wollen und jedesmal gedacht: Es ist zu früh für Kwart. Die Wahrheit ist, daß wir uns wohl nie mehr begegnet wären, wenn ich nicht eine Wohnung brauchte; er wird sie nie erfahren.

Er kommt zurück und prüft, ob Tee in meiner Tasse ist. Ich frage, warum ich früher hätte kommen sollen. Er versteht meine Frage nicht, er sieht mich traurig an, bis ich ihm seine eigenen Worte wiederhole. Da nickt er und sagt: »Man muß zusammenhalten.«

Gejaule, Gewinsel, ausgerechnet vor mir, der ihn gewarnt hat, als noch Zeit war. Ich möchte nicht mit ihm zusammen um Vater trauern, ich brauche ein Zimmer. Er seufzt und sagt mir in der Augensprache: Komm, lieber Junge, laß uns ein bißchen weinen.

Eine verfluchte Rührung steigt in mir auf, nun doch noch, sie steigt und steigt und möchte durch die Augen hinaus ins Freie, was ist passiert? Als Junge bin ich aus dem Zimmer gerannt, wenn ich in einem solchen Zustand war, ich wollte Vater mein zuckendes Gesicht nicht zeigen. Kwart ist ein Fremder, es kümmert mich nicht, was er sieht. Ohnehin hat er mit sich selbst zu tun, ich frage, ob er am Abend eine Vorstellung hätte.

Er holt ein Taschentuch hervor, putzt sich lärmend die Nase und antwortet ins Tuch hinein: »Kümmere dich nicht um mich.«

Der Tee ist mittlerweile lauwarm, er gießt ihn trotzdem auf seine Untertasse und schlürft sie in einem Zug leer. Er sagt: »Es soll dir kein Trost sein, aber auch ich habe ein schweres Jahr hinter mir.«

»Gesundheitlich?«

Er lächelt, wie voller Verständnis für meine Bitterkeit. Dann sagt er tieftraurig, erst im Laufe dieses Jahres habe er erfahren, was Selbstvorwürfe sind. Zwar werde er nie genau wissen, wie groß seine Mitschuld an Arnos Tod sei, doch daß es eine Mitschuld gebe, daran bestehe kein Zweifel. Ob ich ihm glaube oder nicht: gern würde er an Vaters Stelle auf dem Weißenseer Friedhof liegen. Er sagt: »Du hast uns gewarnt, ich weiß, ich weiß, wir haben dich nicht gehört. Du hast getan, was du konntest. Wir waren in einem Rausch, wir konnten nicht aufhören. Ein hundertmal Klügerer als du hätte auch nichts erreicht.«

Nie habe ich daran gedacht, Kwart könnte schuld an Vaters Tod sein. Der beste Beweis ist, daß ich bis heute nicht bei ihm gewesen bin. Dennoch gönne ich ihm das schlechte Gewissen, und ich werde nichts tun, es ihm zu nehmen. Er war in meinen Augen ein Mitläufer, auch wenn ich mich einmal über seine Stärke gewundert habe. Wenn Vater angeordnet hätte, den Gefangenen zu vierteilen, hätte Kwart ihn geviertelt; und wenn Rotstein gesagt hätte: lassen wir ihn laufen – dann wäre Kwart auch damit einverstanden gewesen. Es war ihm nicht möglich, die Sache aufzuhalten, er konnte dabeisein oder weggehen: für Vater spielte das keine Rolle.

»Ich bin gekommen, weil ich Ihre Hilfe brauche.«

»Was immer du willst«, sagt Kwart.

Er verwandelt sich in ein Bild der Aufmerksamkeit: er wächst auf seinem Stuhl um ein paar Zentimeter, es hat den Anschein, als wachse mir auch sein Ohr entgegen. Ich wiederhole also, ich schildere meine Lage schwärzer als sie ist und übertreibe die Schwierigkeiten des Zusammenlebens mit der Familie Lepschitz. Auch meine bisherigen Bemühungen um eine Wohnung beschreibe ich nicht ganz korrekt, indem ich ihn glauben lasse, ich sei erst am Ende einer langen, vergeblichen Suche zu ihm gekommen. Er vibriert vor Anteilnahme.

Als ich von dem mißglückten Versuch berichte, im Studentenheim unterzukommen, verschlägt es Kwart den Atem, er schüttelt zwanzigmal empört den Kopf. Nachdem er sich gefaßt hat, sagt er: »Daß du in eurer alten Wohnung nicht bleiben wolltest, ist verständlich. Aber warum mußtest du das Haus verkaufen?«

Ich antworte, mit einer Spur von Vorwurf in der Stimme: »Verstehen Sie das wirklich nicht?«

Keine drei Sekunden vergehen, bis sein Unverständnis in sich zusammenfällt. Er senkt den Blick und hebt ihn wieder, er sagt: »Entschuldige, entschuldige, was rede ich denn nur! Natürlich mußtest du das Haus verkaufen, das Haus vor allem anderen. Ich hoffe, man hat dir nicht zuwenig dafür gezahlt.«

Ich nenne ihm nicht die Summe, obwohl er sie gern erfahren würde; ich sage, er könne beruhigt sein, Herr Lepschitz habe damals den Hausverkauf für mich geregelt. Er fragt, was mein Herr Lepschitz von Beruf sei, ich sage Lohnbuchhalter in einer Textilfabrik. Er fragt, ob Lepschitz einer von unseren Leuten sei, ich sage: »Herr Kwart, ich brauche ein Zimmer.«

Während er nachdenkt, erinnere ich mich an eine Szene mit ihm und mir und Vater: Kwart besucht uns, ich öffne ihm die Tür, ich bin kaum sieben. Er trägt den Geigenkasten unterm Arm. Vater hat ihn erwartet, denn er sagt: Fangt gleich an. Kwart stimmt im hellen Zimmer die Geige, dann klemmt er sie sich zwischen Kinn und Schlüsselbein. Mein Vater sagt zu mir: Paß gut auf. Kwart spielt ein Kinderlied. Dann fragt mich Vater: Möchtest du auch so spielen können? Ich sage: Nein. Sie lachen, dann muß ich die Geige halten, wie Kwart es mir vorgemacht hat. Ich streiche mit dem Bogen über die Saiten und erzeuge ein so fürchterli-

ches Geräusch, wie ich es nie wieder hören möchte. Ich
sage: Ich will nicht. Mein Arm ist so kurz, daß er kaum bis
ans Ende der Geige reicht. Kwart führt ein paarmal meine
Hand beim Bogenstreichen. Vater fragt: Gibt es keine Kin-
dergeigen? Ich nutze eine Unaufmerksamkeit der beiden,
werfe Bogen und Geige auf die Erde und renne aus dem
Zimmer.

Kwart geht vor dem Fenster auf und ab, das Nachdenken
verdunkelt sein Gesicht. So hat sich noch keiner abgemüht,
um mir ein Zimmer zu besorgen. Zwischen Scheibe und
Rahmen des Vitrinenschranks, der voll von Gläsern und
Porzellanfigürchen ist, klemmen Fotos. Ich sehe sie mir
aus der Nähe an, ich habe nichts zu tun sonst, und finde
meinen Verdacht bestätigt, ein Bild von Vater ist dabei: wie
er, in Turnhemd und kurzer Hose, vor einem Schaukelstuhl
steht und verlegen lacht. Kwart zeigt mit dem Finger auf
meine Brust und sagt, er habe einen Einfall, er habe *den*
Einfall.

Er wolle aber nicht allein entscheiden, sagt er, wir müßten
zuvor mit Wanda sprechen, die in wenigen Tagen zurück-
komme; aber die werde schon keine Schwierigkeiten machen, wie er sie kenne. Man müsse ihr nur alles vernünftig
erklären. Mit einem Wort: ich soll bei ihnen wohnen. Die
Wohnung habe drei große Zimmer und ein besonders schönes kleines, über die Aufteilung könne man sich später unterhalten. Wenn ich nichts Unmögliches verlangte, sehe er
kein Problem. Er werde mit Wanda einig werden, ich
könne mich auf ihn verlassen, na?

Strahlend steht er vor mir, das Kinn erhoben; man sieht
ihm jetzt schon an, daß er die Begeisterung, in die ich
gleich ausbrechen muß, als übertrieben abtun will. Ich aber
kann nur denken: Um Himmels willen! Meine Abneigung

gegen den Vorschlag ist so heftig und so selbstverständlich, daß ich mir nicht die Mühe mache, nach Gründen dafür zu suchen. Ich werde sein Angebot als gütig und als maßlos hilfsbereit bezeichnen, bevor ich ihm darlege, warum ich es nicht akzeptieren kann. Ich brauche ein Argument, das Kwart überzeugt, nicht mich.

»Was ist nicht in Ordnung?« fragt er.

Ich sage: »Ich bin so überrascht.«

»Komm, komm«, sagt Kwart vergnügt und boxt mich vor die Brust, »erzähl mir nicht, daß du nicht auch an diese Möglichkeit gedacht hast.«

Je länger ich mit der entscheidenden Antwort warte, um so tiefer frißt sich der Vorschlag in seinen Kopf hinein. Darauf zu hoffen, daß Wanda mit meinem Einzug nicht einverstanden sein könnte, wäre halsbrecherisch.

Ich greife nach dem erstbesten Rettungsring: ich sage, ich sei entsetzlich geräuschempfindlich, diese Marotte habe ich von Vater geerbt; ich könne, wenn Geräusche zu hören seien, einfach nichts anderes tun, als auf die Geräusche zu achten, und im September fange ich zu studieren an, und er sei nun einmal Geiger, man könne schlecht verlangen, daß er meinetwegen den Beruf wechsle, doch Geiger und Student, die paßten nicht zusammen in eine Wohnung, auch wenn der Vorschlag sehr großzügig, ja, geradezu fürstlich sei.

Er geht zur Tür und winkt mir, ihm zu folgen, den Korridor entlang, der hinter einem Vorhang weitergeht. In diesem Teil der Wohnung bin ich noch nie gewesen, Kwart führt mich in ein stickiges kleines Zimmer, das als Abstellraum genutzt wird. Mein erster Blick fällt auf ein Regal, in dem bis zur halben Höhe Briketts, darüber Bücher gestapelt sind. Das einzige Fenster ist von einem Kleiderschrank verstellt, der nicht hoch genug ist, um alles Licht abzuhalten. Kwart bittet mich, ein paar Minuten auf ihn zu warten, er komme gleich zurück.

Der Lichtschalter neben der Tür ist tot. Ich tue Kwart den Gefallen und bin geduldig. Welch ein merkwürdiger Tag: zuerst hat Elle Angst, ich könnte sie um ihr Erbteil bringen, dann das hier. Glaubt Kwart, daß ich mich in dieses ekelhafte Zimmerchen verliebe, wenn ich lange genug hier auf ihn warte?

Er kommt nach einer Ewigkeit zurück und fragt: »Was hast du gehört?«

»Nichts.«

»Absolut nichts?«

»Nein.«

»Ich habe Geige gespielt«, sagt er hochzufrieden.

Ratlos trotte ich hinter ihm her, zurück ins lichte Wohnzimmer, ich falle auf den dümmsten Trick herein. Ich werde in diese Wohnung noch einziehen, weil ich zu schüchtern bin. Einfach gehen, denke ich, verschwinden und sich nicht umdrehen, es ist die einzige Methode, die einem Feigling bleibt. Ich bringe es noch fertig zu glauben, daß Rücksichtnahme mir den Mund verschließt, nicht meine Feigheit. Kwart gibt mir einen Zettel und bittet darum, die Nummer aufzuschreiben, unter der man mich erreichen kann.

Ich sage: »Ich möchte hier nicht wohnen.«

»Was soll das heißen?«

Weiterreden, nicht lockerlassen, der Anfang war ganz gut; ich bin einem Gedanken auf der Spur, der wie ein Vogel in meinem Kopf herumfliegt, ich muß ihn fassen. Ich sage: »Hier zu wohnen, heißt das nicht auch, andauernd an das Unglück erinnert zu werden? Ich habe mich das Jahr über beruhigt, doch als Sie mir vorhin geöffnet haben, war sofort die Erinnerung da.«

Seinen erschrockenen Augen ist anzusehen, daß mir ein Treffer geglückt ist. Ich komme mir vor wie ein Lump, ich habe mit unverhältnismäßiger Gewalt auf einen winzig kleinen Gegner eingeschlagen.

Kwart tippt sich mit beiden Mittelfingern gegen die Stirn: es will ihm nicht in den Kopf, daß erst ein anderer ihn auf einen so naheliegenden Gedanken stoßen mußte. Was hätte es mich schon gekostet, nach Hause zu gehen, ihn ein paar Tage später anzurufen und ihm vorzulügen, mir sei aus heiterem Himmel ein wunderbares Zimmer angeboten worden? Auch ihm wäre dann ein Stein vom Herzen gefallen.

Er sagt: »Ich soll dir böse sein?... *Ich dir?*... Ich kann dich nur um Entschuldigung bitten, mein lieber Junge. Der Kopf wird mir leider etwas langsam.«

Er besteht darauf, uns frischen Tee zu kochen, er habe echten englischen. Ich begleite ihn in die Küche und sehe zu, wie er stumm und betrübt seine Handgriffe verrichtet; aus einem Ofenrohr, das stillgelegt ist, holt er die bunte englische Teebüchse hervor. Ich tröste ihn auf eine Weise, die für uns beide nützlich ist: auch wenn sein Angebot nicht anzunehmen sei, sage ich, so könne er mir helfen, indem er die Mitglieder seines Orchesters nach einem Zimmer frage.

»Und in der Synagoge fragen kann ich auch!«

Und die Gefragten könnten wiederum bei ihren eigenen Bekannten fragen, sage ich, weiter und weiter, bis eines Tages die Fragelawine zum Richtigen gerollt sei.

Über dem Küchentisch ist eine Buchseite an die Wand geheftet; ich lese darauf einige rot unterstrichene Zeilen, die von Musik handeln: *...denn sie steht so hoch, daß kein Ver-*

stand ihr beikommen kann, und es geht von ihr eine Wirkung aus, die alles beherrscht und von der niemand imstande ist, sich Rechenschaft zu geben...

»Das hat Goethe geschrieben«, sagt Kwart. »Aber so wahr ich Kwart heiße: in einem Monat hast du dein Zimmer, verlaß dich ganz auf mich.«

Gordon Kwart hatte uns zum Essen eingeladen. Erst um sechs teilte Vater mir mit, daß Kwart uns um sieben mit seinem Wagen abholen würde. Ich beklagte mich, so spät informiert zu werden, selbstverständlich war ich für den Abend mit Martha verabredet. Vater sagte gleichgültig, ich brauchte nicht mitzukommen, wenn ich nicht wollte, er werde es Kwart schon erklären. Seit Tagen ließ er mich spüren, daß ich ihm unerträglich war. Dabei hielt ich den Mund und benahm mich, als hätte ich die Entführung vergessen, ich ging ihm aus dem Weg oder biederte mich an, was wollte er denn noch?

Ich fragte: »Erinnerst du dich an dein Versprechen, daß ich mir nach dem Abitur etwas wünschen darf?«

»Ja.«

»Ich möchte in Zukunft früher informiert werden, wenn jemand uns einlädt«, sagte ich.

Es war heller Wahnsinn, ich hätte mir eine Reise in den Kaukasus oder Geld wünschen können, vielleicht sogar ein Motorrad, statt dessen ließ ich ein Tröpfchen von dem Gift ab, das sich in mir angesammelt hatte. Vater sagte gleichgültig: »Ich werde sehen, was sich machen läßt.«

Martha maulte, als ich sie anrief; sie verstand nicht, was an einem Essen mit Kwart und Vater so wichtig sein sollte. Ich log sie an, Kwart habe ausdrücklich um meine Anwesenheit gebeten, der Himmel wisse warum. Wir plauderten eine halbe Stunde, wir wisperten und raunten uns die Ohren voll. Martha wollte auch wissen, wie lange das Häuschen noch okkupiert bleibe, und es war die Wahrheit, als ich ihr sagte: »Vielleicht erfahre ich es heute abend.«

Kwart holte uns pünktlich ab, in einem dunklen Anzug, der ihn um Jahre älter machte. Als wir uns die Hand gaben, zwinkerte er mir zu, so als existierte zwischen uns eine geheime Übereinkunft. Vater fragte ihn, warum er Wanda nicht mitgebracht habe, und Kwart gab fröhlich zur Antwort, sie sei bei diesen Weltfestspielen als Dolmetscherin beschäftigt, das sei zwar furchtbar schade, doch nicht zu ändern. Er hatte so gute Laune, daß Vater sich von ihm anhauchen ließ, bevor wir in sein gelbes Auto stiegen.

Überall in der Stadt gab es Umleitungen, aber selbst auf den Straßen, die für den Verkehr freigegeben waren, kam man vor Fußgängern kaum vorwärts. Kwart hupte andauernd, fluchte auf die gesetzlosen jungen Leute und strahlte. Auf die Frage von Vater, wohin er mit uns fahre, sagte er: »Wir sind gleich da.«

Doch er übertrieb, wir waren noch lange nicht da; er verlor seine Laune, weil er ständig in eine andere Richtung fahren mußte, als er wollte. Schließlich stellte er das Auto auf einem Parkplatz ab und bat uns, ein paar Stationen mit der Bahn zu fahren. Vater nannte ihn einen glänzenden Organisator, Kwart verdrehte die Augen und fragte mich: »Wie hältst du es mit diesem Herrn Ungeduld nur aus?«

Unterwegs ließ er mich immer wieder spüren, daß ich die Hauptperson an diesem Abend war: die vielen Blicke, das Warten auf mein Nicken, bevor er in irgendeiner Rede fortfuhr, sein dauerndes Bemühen um mich. Vater mißfiel das, er machte zu all diesen Aufmerksamkeiten ein Gesicht wie jemand, der die Welt nicht mehr versteht.

Das Restaurant hieß *Ganymed*, Kwart kannte dort einen Kellner, der einen Tisch für uns bereithielt. Wir mußten uns durch eine Gruppe von Leuten kämpfen, die vor der Eingangstür standen und wegen Überfüllung nicht eingelassen wurden. Kwart sagte mehrmals: »Seien Sie doch vernünftig!« Kaum saßen wir, stellte der Kellner Sektgläser vor uns hin, gefüllte, Kwart hatte es so mit ihm vereinbart. Ich trank den Sekt in einem Zug aus, vergeblich legte Vater mir die Hand auf den Arm. Kwart sagte, Sekt sei das allerunschuldigste Getränk.

Der Kellner bediente uns so schnell und aufmerksam, als hätte Kwart ihm irgendwann das Leben gerettet. Trotzdem wurde Vater nach kurzer Zeit ungeduldig und fragte: »Wann fangen wir an?«

Ich tat verwundert, auch wenn mir längst klar war, daß sie das Essen als Vorwand benutzten: entweder um zu prüfen, eine wie große Gefahr ich für sie war, oder um sich meines Schweigens zu versichern. Scheinheilig fragte ich Kwart, womit wir anfangen sollten; ich hatte entschieden, soviel wie möglich mit Kwart zu sprechen und so wenig wie möglich mit Vater.

Unübersehbar war Kwart der Meinung, daß Vater sich ungeschickt verhielt. Er war entschlossen, es besser zu machen; er goß mir Sekt aus einer Flasche nach, die plötzlich in seiner Hand war, er sagte: »Ich habe gehört, dein Abitur ist überstanden.«

Ich nickte und wollte trinken, doch Vater nahm mir das Glas aus der Hand, stellte stattdessen ein leeres vor mich hin und fragte Kwart: »Willst du ihn betrunken machen?«

Vom Nachbartisch beobachtete uns eine Frau. Ich sagte zu Vater, daß ich auf der Stelle gehen würde, wenn er nicht aufhöre, mich so zu behandeln. Dann nahm ich das volle Glas zurück und soff es leer. Der Sekt schmeckte nicht, und ich spürte schon die Wirkung des ersten Glases. Kwart faßte uns beide an den Händen und sagte, er habe uns zum Essen eingeladen, nicht zum Streiten.

Wir hatten keine Zeit für ihn, wir sahen uns herausfordernd in die Augen, und Vater fragte: »Wie soll ich dich nicht behandeln?«

»Wie einen Feind.«

»Aber du bist mein Feind.«

Kwart legte einen Finger auf den Mund und zischte, der Kellner brachte die Suppe. Er schüttete sie aus blanken Töpfchen in unsere Teller, über die Rückhand, als wollte er demonstrieren, daß zu seinem Beruf auch eine Portion Artistik gehörte. Dann wurde stumm gegessen.

Bald legte Vater seinen Löffel hin und wandte sich an mich: »Ich will dir die Wahrheit sagen: Gordon ist der Ansicht, wir sollten mit dir reden, damit du uns besser verstehst. Ich bin nicht dieser Ansicht. Erstens glaube ich nicht, daß du etwas verstehst, zweitens ist es mir egal. Aber wenn er darauf besteht, dann bitte. Redet, ich höre zu.«

Ich dachte: Noch eine Unverschämtheit, noch eine einzige Beleidigung! Kwart spürte die Gefahr, die seinem schönen Abend drohte, er sagte zu mir: »Hast du gehört, was uns gestern passiert ist?«

Er blickte zu Vater, um dessen Zustimmung zum Erzählen einzuholen, doch Vater sah ihn nicht; ihn beschäftigten Gedanken, in denen ich eine Rolle spielte, denn sein Gesicht war finster. So redete Kwart auf eigenes Risiko los:

Gestern, am Sonnabend, fanden sie den Geruch im Gefangenenzimmer so unausstehlich, daß sie beschlossen, Arnold Heppner baden zu lassen. Sie banden ihn vom Bett los, zum erstenmal seit seiner Gefangennahme; nach einigen ungelenken Schritten konnte er allein zur Wanne gehen. Sie warteten vor der Badezimmertür, denn Geruch

und Anblick dieses nackten Menschen, oder soll man Un-
menschen sagen, sagte Kwart, waren nicht so, daß man
gern nah bei ihm gesessen hätte. Sie hörten ihn durch die
geschlossene Tür duschen. Nach einer Weile forderten sie
ihn auf herauszukommen, da antwortete er nicht. Sie wollten ihn holen, doch die Tür war verriegelt. Sie rannten in
den Garten, fanden das Badezimmerfenster, das gut zwei
Meter über dem Erdboden liegt, offen, Heppner war
geflüchtet. Sie sagten sich, er könnte nur in Richtung der
Bus-Station gelaufen sein, warum sollte er tiefer in den
Wald hinein oder zum Seeufer gehen. Als sie schon in Sichtweite der Haltestelle waren, hatte Rotstein den rettenden
Gedanken: er sagte, es stimme zwar, daß es für Heppner
sinnlos wäre, zur Waldmitte zu laufen, aber er kenne sich
in dieser Gegend ja nicht aus. So hasteten sie zurück, Kwart
als jüngerer vorneweg. Er war es, der Heppner fand, neben dem Weg, der zum See führt. Heppner lag hinter
einem Busch und rief leise um Hilfe, was war geschehen?
Beim Sprung aus dem Fenster hatte er sich den Fuß verstaucht oder verrenkt und war damit nicht weiter gekommen. Tatsächlich hatte er die Richtungen verwechselt,
sonst wäre ihm wahrscheinlich die Flucht gelungen. Er
weinte vor Wut, weil seine Verfolger ihn gefunden hatten,
nicht irgendwelche Spaziergänger. Sie brachten ihn zum
Haus zurück, ihn stützend und die letzten Meter sogar tra-
gend.
Bei diesem Stand der Dinge unterbrach mein Vater, der bis
dahin teilnahmslos und scheinbar gelangweilt zugehört
hatte, Kwart, indem er sagte: »Wenn du schon erzählst,
dann erzähl richtig. Wir haben ihn nicht das letzte Stück getragen, sondern zum Haus geschleift. Du am rechten Fuß
und ich am linken. Ist dir das peinlich?«

Kwart sah meinen Vater ärgerlich an und war unschlüssig, ob er auf dessen Vorhaltung eingehen sollte. Schließlich sagte er, jeder erzähle seine Geschichte nun mal so, wie er es für richtig halte. Dann setzte er die Erzählung für mich fort:

Vater und Kwart hatten Heppner in die Mitte genommen und führten ihn den Waldweg entlang, während Rotstein vorausging und um die jeweils nächste Kurve spähte, ob jemand entgegenkam. Kwart sagte, ich könne mir nicht vorstellen, wie angenehm es sei, einen Aufseherarm auf der Schulter zu spüren. Plötzlich trat ein Kind aus einem Gebüsch, und gleich darauf kamen auch seine Eltern. Die sahen den offenkundig Verletzten zwischen den beiden alten Männern und fragten, ob sie helfen könnten. Kwart brachte vor Schreck kein Wort hervor, doch Vater dankte ruhig für das Angebot und sagte, man werde es schon schaffen. Darauf entfernte sich die Familie in Richtung See, und sie konnten den Gefangenen in Ruhe weiterführen. Das eigentlich Interessante an dem Zwischenfall, erzählte Kwart, war das Verhalten Heppners: der hütete sich, auch nur eine Silbe zu sagen. Der nickte, als Vater den Fremden antwortete, man komme ohne Hilfe aus, und der war, als sie weiterzogen, der erleichtertste von allen.

Ich sagte: »Aber war es nicht klar, daß er sich so verhalten würde?«

Vater blickte von der Speisekarte auf und sah mich angewidert an. Kwart sagte: »Ja, ja, klar war es schon. Aber wenn ein paar Jahre Gefängnis auf dem Spiel stehen, dann ist es ein Unterschied, ob dir etwas wahrscheinlich vorkommt oder ob es wirklich passiert.«

Der Kellner trug die Hauptgerichte auf. Kwart hatte sich

ein Stück Fleisch bestellt, das vor unseren Augen flambiert wurde. Auch hierbei führte der Kellner seine Handgriffe mit prahlerischer Geschicklichkeit aus, Kwart sah ihm stolz und hingerissen zu. Vater dagegen trommelte mit den Fingern auf den Tisch. Für mich war dieser Augenblick ein wirklicher Höhepunkt, denn ich hatte seit Tagen nichts Warmes gegessen. So gab es während der folgenden Minuten nichts Wichtigeres als meine Speise.

Immer wieder nötigte Kwart uns, ihm zu sagen, wie es schmeckte. Vater nickte stets nur, ich aber tat ihm den Gefallen und lobte mein Essen stets aufs neue. Irgendwann sagte Vater: »Ein für allemal: es schmeckt!«

Erst als ich satt war, konnte ich meine Gedanken wieder vom Teller lösen. Kwart war aufmerksam und freundlich zu mir, und doch spürte ich, daß er mich nicht ernst nahm; er schenkte mir Beachtung, weil ich zufällig der Sohn seines Komplizen war. Für Augenblicke hatte ich den Wunsch, zu ihnen zu gehören.

Ich fragte Kwart: »Dieser Mann wird doch gesucht?«

»Wie kommst du darauf?«

»Seine Familie wird längst bei der Polizei gewesen sein. Also sucht man ihn.«

»Woher weißt du, daß er Familie hat?«

»Warum sollte er keine haben?«

»Also gut, weiter.«

»Er wird gesucht, die Polizei findet ihn nicht. Eines Tages laßt ihr ihn laufen. Er kommt nach Hause zurück und ist aus den bekannten Gründen gezwungen, euch zu schonen. Aber die Geschichte ist damit nicht zu Ende.«

»Nein?«

»Noch lange nicht. Denn die Polizei fragt ihn: Wo bist du gewesen? Und was soll er denen erzählen?«

Kwart sah Vater lange und, wie mir schien, beunruhigt an; bis der mir an seiner Stelle antwortete: »Darüber mach dir mal keine Sorgen.«

Ich sagte zu Kwart: »So redet er seit Tagen: nur Sprüche und Redensarten.«

Bevor Vater auffahren konnte, drängte sich Kwart dazwischen, indem er zu ihm sagte, es sei natürlich, wenn ein Sohn sich um den Vater ängstige, und zu mir, ich könne mich hundertprozentig darauf verlassen, daß Vorsicht an erster Stelle stehe.

»Glaubst du, wir wissen nicht, daß wir uns in Feindesland bewegen?« flüsterte er.

»Wozu erklärst du der Rotznase etwas?« sagte Vater.

Ich sagte: »Ihr seid unglaublich vorsichtig: an dem einen Tag stehe ich plötzlich im Haus, an dem anderen springt euch der Mann aus dem Fenster.«

Ich konnte diesen Satz nicht zurückhalten. Anstatt dem Himmel zu danken, daß über mein Eindringen ins Haus nicht mehr gesprochen wurde, wies ich sie darauf hin und stellte es gar als Folge ihres Leichtsinns dar.

Kwart sagte, sie hätten Lehren daraus gezogen, sie wüßten von Tag zu Tag genauer, was zu tun sei. Das klang, als hätten sie sich inzwischen damit abgefunden, daß ich durch eine nicht abgeschlossene Tür ins Haus gekommen war. Es verhieß aber auch nichts Gutes für den Gefangenen. Ich fragte, was weiter mit dem Mann geschehen solle.

»Warum mußt du das wissen?« fragte Kwart.

»Weil er ein Wichtigtuer ist«, sagte Vater.

Kwart sagte: »Stell dir vor, wir lassen ihn laufen – wozu mußt du es wissen? Oder wir hängen ihn auf – wozu mußt du es wissen?«

Vater sagte: »Wenn man ihn höflich behandelt, wird er immer unverschämter. Hast du nicht eben gehört, was für eine Ungeheuerlichkeit er sich erlaubt hat?«

»Nein«, sagte Kwart.

Vater sagte: »Zuerst bricht er in unser Haus ein, dann wirft er uns vor, daß wir nicht vorsichtig genug sind.«

»Nicht so laut«, sagte Kwart und blickte sich um.

»Kennst du diese Leute, die man zehnmal rausschmeißen muß, damit sie einmal gehen?« sagte Vater. »Genauso einer ist er.«

Mir kam der Gedanke, daß sie sich abgesprochen haben könnten: daß Kwart mich nur deshalb freundlich behandelte, damit ich für Vaters Kränkungen um so offener war.

Kwart sagte: »Es ist natürlich, daß wir verschiedener Meinung sind: du bist nicht im Lager gewesen.«

Vater konnte dieses Gesäusel nicht länger ertragen. Er stand auf, sah Kwart genauso verächtlich an wie mich und ging davon in Richtung der Toiletten. Ich sagte: »Er ärgert sich, weil Sie so ruhig mit mir sprechen. Er findet, man sollte mich nur anschreien.«

Kwart legte mir kurz die Hand auf den Arm. Wir blickten aneinander vorbei und schwiegen, bis Vater zurückkam, der Tisch war mittlerweile abgeräumt.

»Na«, sagte Vater zu Kwart, »hast du ihn gebeten, Geduld mit mir zu haben?«

Beim Kaffee erzählte Kwart, er sei gestern in dem Lokal gewesen, in dem auch Heppner verkehrt habe. Von niemandem sei dessen Verschwinden erwähnt worden, was ja nur heißen könne, daß ihn niemand vermisse. Das wiederum bedeute, daß keiner nach ihm geforscht habe, daß also der Polizei bis gestern nichts gemeldet worden sei.

Vater verdrehte die Augen, trank Kaffee und schwieg mit

verkniffenem Mund. Kwart, der sich ungerecht behandelt fühlte, sagte: »Wer hat ihm als erster von dem Lokal erzählt, ich oder du? Von wem hat er erfahren, wer Heppner zum Haus gebracht hat, von mir oder von dir?«

Erst als Vater sich von Kwart abwendete und mir in die Augen sah, begriff ich die Katastrophe. Ich hatte Kwart bei meinem Besuch so überzeugend angelogen, daß ihm kein Verdacht gekommen war: und auf einmal dieser niederschmetternde, zufällige Hieb! Ich mußte einem endlosen Blick Vaters standhalten, ich mußte ignorieren, daß mir das Blut in den Kopf stieg, daß mein Herz stehenzubleiben drohte, ich mußte harmlos aussehen.

Als Vater genug geblickt hatte, wendete er sich Kwart zu und sagte: »Dann *habe* ich es eben erzählt. Na und?«

Und meine Erleichterung verbergen mußte ich auch, denn warum sollte einer, dem keine Gefahr gedroht hat, erleichtert sein? Ich habe nie herausgefunden, ob Vater mich vor Kwart nicht bloßstellen wollte oder ob er tatsächlich glaubte, er hätte mir die Information gegeben und könne sich im Augenblick nur nicht daran erinnern.

Ein Brief von Elle:

Lieber Hans
heute war eine Kommission bei uns
zu prüfen ob alles
mit Rechtendingen zugeht
den ganzen Tag war Augenlärm
den ganzen Tag sah man die Köpfe der Kommission
einen der Wege entlang schweben
um eine Ecke biegen...
Den Schwestern war das überhaupt
Nicht recht sie waren eine einzige Angespanntheit
und auch ich habe es lieber
wenn alles sowie immer ist...
Auch habe ich Nicht vergessen
was dumir beim letzten Besuch
in deiner Not anvertraut hast
ich bleibe dabei du mußt es dem Vater erzählen
es gibt ja keinen anderen Weg
außer du vergißt
was du gesehen und gehört hast
das ginge auch...
Wahrscheinlich glaubst duich hätte damals
das Ausmaß der Geschichte Nicht erfaßt
oder ich hätte dich im Stich gelassen
beides ist falsch
deine Augen waren rund vor Enttäuschung

und wie gern hätte ichdir einen helfenderen Rat gegeben
doch nur weil ich Deineschwester bin
weiß ich noch längst Nicht alles…
So entsetzlich wie du getan hast
ist die Sache nach meinem Nachtdenken jedenfalls Nicht
umgekehrt wär sie entsetzlich und war sie entsetzlich
aber das ist ein für alle Mal vorbei
du weißt wovon ich spreche
warum soll man den Spieß Nicht ein bißchen umdrehen
warum soll man diese Personen Nicht auch ein Mal
in Angstundschrecken versetzen
und selbst wenn eine von ihnen Getötet wird
bedeutet das noch Nichts
hab also keine Angst…
Du merkst schon wie sich von selbst
Meinrat an dich ausformt und zwar
sich von den Angelegenheiten des Vaters abzukehren
hast du Nicht auch Pläne
oder hast Nicht auch Du Pläne
die wunderbar auszuführen
so schwach aber beim Erörtern sind
sei sicher daß er sich Nicht aufhalten lassen wird
höchstens könntest du ihn behindern
dann wird sich alles was von seinem Zorn noch übrig ist
gegen dich wenden…
Das weiß ich Nicht nur aus dem reinen Überlegen
sondern wir haben uns langundbreit unterhalten
der Vater und ich
du brauchst aber keine Angst zu haben
ich habe dich Nicht verraten
ich war geschickt wie eine alte Lügnerin
dein Name ist überhaupt Nicht gefallen…

Im ersten Moment hat Vater gezögert und einfach Nicht
gewußt ob er mit mir Idiotin solch
eine heikle Sache besprechen kann
aber dann hättest du erleben sollen wie
er sein Zögern übersprungen hat
und wie ich alles wissen durfte
der einzige Preis den ich zu zahlen hatte war
daß ich zu allem schwieg doch war das kinderleicht…
Zwei Dinge noch
zum Einen denk bitte an den Kaffee
noch immer gibt es am Kiosk keinen zu kaufen
die arme Verkäuferin will die Fragen Nicht mehr hören
zum Zweiten will ich bei Gelegenheit
ein Instrument spielen lernen
man hört sooft im Radio eins
nur weiß ich noch Nicht welches an dem einen Tag
gefällt mir dieses am besten und am anderen…
Gestern war ein Fagott zu hören
erst seit kurzem achte ich auf die verschiedenen Instrumente
ich meine auf ihre Namen
vorher waren sie einfach nur Musik
vielleicht soll es eine Flöte sein
vielleicht eine Violine vielleicht auch
ein Fagott
du kommst ja vielherum
du kannst mir am Ende etwas anderes raten
ich müßte auch wissen wie schwer die einzelnen Instrumente
zu erlernen sind
denn ich habe keine Lust monatelang
mich abzuplagen
wenn ich mich Nicht verinnere dann hast du selbst
vor langer Zeit

Geige zu spielen angefangen
was ist daraus geworden und bitte den Kaffee
Deineschwester

Den halben Montag hatte ich nur einen Wunsch: mich in eine Höhle zu verkriechen, unter einen Rock, in das schwärzeste aller Verstecke und in nichts mehr verwickelt zu sein. Der Brief machte mich krank; ich liebte Elle zum Wahnsinnigwerden, aber was war das für ein Brief!

Ich fuhr zu Martha, zu der Filmadresse, die sie mir durchtelefoniert hatte, und dachte ohne Pause an die wenigen unseligen Sätze. Bei wem lag die Schuld, bei Elle oder bei mir? *Du brauchst keine Angst zu haben. Ich habe dich nicht verraten. Ich war geschickt wie eine alte Lügnerin. Dein Name ist überhaupt nicht vorgekommen...* Jetzt war es klar, warum Vater mich so behandelte. Als er hörte, daß ich seine arme geliebte Elle in diese Sache hineingezogen hatte, muß er mich gehaßt haben. Zuerst wunderte ich mich, daß er mich nicht sofort, als er von ihr zurückgekommen war, zur Rechenschaft gezogen hatte; dann begriff ich, daß er es ja tat, nur eben auf seine Weise.

Seit ich über Elle nachdachte, behandelte ich sie vollkommen anders, als Vater es tat: ich brachte soviel wie möglich von draußen zu ihr. Ich fand, daß sie von neun Zehnteln aller Geschehnisse ohnehin abgeschnitten war und daß ich ihr die Berichte darüber nicht auch noch vorenthalten durfte. Vater dagegen hielt es für richtig, Nachrichten aus der einen Welt nicht in die andere hineinzutragen; er war der Ansicht, daß man die Verwirrten nicht zusätzlich verwirren dürfe. Er zögerte zum Beispiel lange, Elle ein Radio zu kaufen, obwohl doch im Gemeinschaftsraum eines stand.

Das Filmatelier war in einem ehemaligen Kino unterge-bracht; als ich ankam, war Mittagspause. Ein gelbhaariger Pförtner, der im früheren Kassenhäuschen saß, fragte mich barsch, zu wem ich wollte, ich sagte, ich hätte eine Verabre-dung mit der Schauspielerin Martha Lepschitz. Er fuhr mit dem Finger eine Namensliste entlang und fragte, ohne auf-zublicken: »Wie soll die heißen?«
Die Tür zum großen Saal stand offen, und ich ging hin-durch. Ich war in böser Stimmung, ich wünschte geradezu, daß der Mann versuchte, mich aufzuhalten.
Arbeiter, mit Brotbüchsen in den Händen, riefen sich quer durch die Halle etwas zu. Ich hatte noch nie ein Filmatelier betreten, doch meine Neugier war seltsam gering. Um ei-nen Tisch herum saßen drei Männer in SS-Uniformen und spielten Karten; ich fragte einen von ihnen nach Martha, er schüttelte den Kopf. Zwei Seitentüren standen offen, sie führten zu einem Hof, wo sich die Filmleute die Füße ver-traten. Ich ging hinaus und sah Martha in einer kleinen Gruppe stehen; auf ihrer Brust prangte ein Judenstern. Ich tat so, als hätte ich sie nicht bemerkt, lehnte mich an eine Mauer, wie andere es machten, und hielt mein Gesicht in die Sonne, ich wollte selbst gefunden werden.
Neben mir hockte ein junger Mann, mit geschlossenen Au-gen, und sonnte sich; auch er hatte einen Judenstern auf-genäht, sein Gesicht war dick geschminkt. Ich betrachtete es ausgiebig und fand, daß es dem Vorurteil von jüdischem Aussehen entsprach. Sofort war mir das gesamte Unterneh-men zuwider, und alle Argumente gegen Marthas Beteili-

gung daran, die mir bisher eingefallen waren, kamen mir auf einmal viel zu gelinde vor. Warum mußten Juden im Film von echten Juden dargestellt werden? Als Martha diese Rolle angeboten worden war, hätte sie antworten müssen: Nur wenn auch die SS-Männer echte SS-Männer sind.

Der junge Mann öffnete die Augen, bemerkte meinen aufdringlichen Blick und drehte sein Gesicht weg. Da schloß auch ich die Augen und genoß die Sonnenstrahlen, die ersten seit langem. Elle verdiente nicht den leisesten Vorwurf, ich hatte sie nicht einmal darum gebeten, unser Gespräch vor Vater geheimzuhalten. Zwar hatte ich für selbstverständlich gehalten, daß sie es tun würde, aber was fiel mir ein zu glauben, daß für uns beide dasselbe selbstverständlich war.

Als sich zwischen mich und die Sonne ein Hindernis schob, dachte ich keine Sekunde an Wolken: ich roch Martha. Die Augen öffnete ich aber erst, als ich mein Lächeln nicht zurückhalten konnte. Es war ihr nicht peinlich, mich vor all diesen Leuten zu umarmen, und sie hielt mich so lange, daß ich es schon ein bißchen seltsam fand.

Dann fragte sie, was es zu bedeuten hätte, daß ich an der Mauer stand und mich sonnte, statt sie zu suchen. Sie setzte sich auf den Boden, auf vier zertretene Grashalme, und zog an mir, bis ich neben ihr saß. Normalerweise wäre das genug gewesen, um mich in gute Laune zu versetzen, doch ich kam von dem Brief nicht los.

»Der Stern steht dir gut«, sagte ich. »Wirklich.«

Sie ließ meine Hand los und wollte mit einem forschenden Blick herausfinden, ob ich Streit suchte. Ihr Stern saß nicht an der vorgeschriebenen Stelle; er war so aufgenäht, daß er in einem Winkel von etwa fünfundvierzig Grad nach oben zeigte und daß seine untere Spitze und die Spitze von Marthas rechter Brust sich berührten. So hätten damals die Jüdinnen mal herumlaufen sollen! wollte ich sagen, sagte es aber nicht.

Der großnasige junge Mann neben uns schien meinen einzigen Satz gehört zu haben. Er traktierte Martha mit Blikken, die sie ermuntern sollten, sich eine solche Frechheit nicht bieten zu lassen. Martha ließ ihn abblitzen, indem sie übertrieben freundlich zu mir war; sie strahlte mich an und fragte, was wir nach Drehschluß unternehmen wollten. Ich weiß noch, daß ihr Wort *Drehschluß* mich ärgerte, es drückte Vertrautheit mit dieser Umgebung aus.

Ich sagte, ins Häuschen jedenfalls könnten wir nicht fahren, der gestrige Abend mit Kwart und Vater habe nichts Neues gebracht; da dies keine gute Nachricht war, brauchte ich meinen finsteren Gesichtsausdruck nicht zu ändern. Ich holte den Nachschlüssel hervor und nannte ihn das unnützeste Ding, das ich je mit mir herumgetragen hätte.

Marthas Stimmung war nicht zu erschüttern; sie zeigte auf den nun wolkenlosen Himmel und fragte, ob das Wetter nicht auch mich auf einen bestimmten Einfall bringe. Und schon hatte sie es geschafft, ich war versöhnt und sagte, ich ahnte etwas ziemlich Unerhörtes. Für Augenblicke vergaß ich Elles Brief, oder genauer, er kam mir für Augenblicke nicht mehr so fürchterlich vor.

Ein dicker, überanstrengt aussehender Mann, dem hinten das Hemd aus der Hose hing, stand in der Tür zum Kino, klatschte ein paarmal in die Hände und rief das Ende der Mittagspause aus. Die Herumstehenden bekamen sofort Arbeitsgesichter. Martha stellte es mir frei, wieder zu verschwinden und sie nach Drehschluß abzuholen. Ich bestand natürlich darauf, sie spielen zu sehen. Ich sagte: »Wo ich nun schon mal hier bin.«

In dem kleinen Gedränge an der Tür stellte sie mich jemandem vor, vielleicht dem Regisseur; mir war, als bemerkte ich in seinen Augen, die zuerst flüchtig über mich hingingen, dann aber noch einmal zurückkkamen, ein Bedauern darüber, daß ein Gesicht wie das meine nicht in dem Film vorkam.

Martha riet mir, auf den Rang zu gehen und von dort der Filmarbeit zuzusehen; im Rang befänden sich noch die Stuhlreihen von früher, sagte sie, man habe es viel bequemer dort als unten, dafür sei man etwas weiter entfernt. Und ich solle achtgeben, sagte sie, während der Aufnahmen nicht mit den alten Stühlen zu knarren, das habe am Vormittag zu einer Unterbrechung geführt. Dann brachte sie mich zur Treppe und hätte mir am liebsten noch erklärt, wie man auf einer Treppe nach oben steigt.

In der ersten Reihe des Rangs saß ein junges Mädchen, die Freundin eines der mitwirkenden SS-Männer, wie sich herausstellte. Als ich mich neben sie setzte, rückte sie zwei Klappstühle weiter, als wäre es nur eine Frage der Zeit, wann ich mit Aufdringlichkeiten begann. Außer uns beiden befand sich hier oben niemand, wer weiß, was sie schon hinter sich hatte.

Vor meinen Augen spielte sich ein Gerenne und Gerufe und Geschiebe ab, dessen Sinn für den Außenstehenden verborgen war und das nach meiner Überzeugung tatsächlich nur wenig Sinn hatte. So beobachtete ich, wie ein Scheinwerfer dreimal weggetragen und dreimal an denselben Platz zurückgestellt wurde. Meine Nachbarin blickte auf das Durcheinander mit einer Aufmerksamkeit, als müßte sie später über alles Bericht erstatten.

Warum hatte Vater mir verschwiegen, daß er von meinem Gespräch mit Elle wußte? Weil Schweigen und Mißachtung ein Teil der Strafe waren, die er mir zugedacht hatte? Mit jedem Tag kehrte sich die verwünschte Angelegenheit deutlicher gegen mich; mein Verhalten bestand nur noch aus Heimlichkeiten, Vertrauensbrüchen, Lügen, und bei allem wurde ich erwischt, keine einzige Entlarvung blieb mir erspart. Ob ich nun besonders ungeschickt oder einfach vom Pech verfolgt war: eine Serie von Ereignissen hatte dazu geführt, daß auf einmal ich als das Scheusal dastand, entgegen aller Logik und aller Gerechtigkeit.

Über einen Lautsprecher wurde Ruhe verlangt, und schlagartig hörte der Lärm auf, ich hörte den Atem des Mädchens neben mir. In einer Kulisse, die von nur zwei Wänden begrenzt war und eine Dienststube darstellte, wurde eine Szene geprobt. Ein Offizier, ein älterer Mensch, der eine Zigarre zwischen den Zähnen hielt, starrte reglos auf seinen Schreibtisch. Nach wenigen Augenblicken führte er die Bewegung des Fliegenfangens aus, die ihm für meine Begriffe zu langsam geriet. Dennoch tat er so, als hätte er eine Fliege in seiner Faust; er stellte ein Wasserglas verkehrt herum auf den Tisch, kippte es an und sperrte seine angebliche Beute ein.

Dann öffnete ein junger SS-Mann die Tür und ließ einen Zivilisten eintreten, den der Offizier erwartete. Dem SS-Mann wurde befohlen, keine Störung zuzulassen, er salutierte und ließ die beiden allein. Sie unterhielten sich in einem Ton, als fürchteten sie, belauscht zu werden. Das Mädchen neben mir beugte sich über die Brüstung und hielt eine Hand hinters Ohr.

Der Zivilist erzählte vom Treffen mit einem Juden, dessen unglaublicher Name Turteltaub war. Turteltaub ließ ausrichten, daß er bereit war, für Ausreisepapiere eine hohe Summe zu zahlen. Sie unterhielten sich darüber, ob es zweckmäßig war, das Geld anzunehmen und dem Mann die versprochene Ausreise zu ermöglichen, oder ob man ihn, nachdem er gezahlt hatte, verschwinden lassen sollte. Wo blieb nur die Schauspielerin Lepschitz?

Sie einigten sich darauf, Turteltaub nicht nur ein Visum zu besorgen, sondern ihn kulant zu behandeln; er sollte sie anderen reichen Emigrationswilligen empfehlen und ihnen zu glänzenden Geschäften verhelfen. Denn was könnte man Klügeres mit den Itzigs anfangen, fragte der Zivilist, als ihr Geld zu nehmen und sie dann arm wie die Kirchenmäuse dem Ausland aufzuhalsen.

Die Szene wurde mehrmals geprobt, aus Gründen, die nicht deutlich wurden, nicht mir; nach jedem Ende trat der Regisseur an die beiden Schauspieler heran und redete auf sie ein, so leise, daß seine Anweisungen nicht bis zum Rang heraufdrangen. Die verschiedenen Proben waren einander so ähnlich, daß ich auch aus den Wiederholungen nicht auf den Inhalt der Anweisungen schließen konnte.

Flüsternd fragte ich meine Nachbarin, ob sie mir erklären könne, was dort unten vor sich gehe. Sie sah mich streng an und schüttelte den Kopf, was ich als Geste der Mißbilligung und nicht als ein *Nein* verstand; und sofort fiel sie wieder in ihre übertriebene Aufmerksamkeit zurück. Aber ich wollte den Gesprächsfaden nicht mehr abreißen lassen, ich erkundigte mich, warum sie bei einem solchen Wetter und bei den Weltfestspielen hier in der Dunkelheit hockte. Da war sie endlich zu einem Wort bereit und sagte: »Warum hockst denn du hier?«

Ich erfuhr, daß ihr Freund einen SS-Mann darstellte und noch nicht an die Reihe gekommen war, obwohl er schon früh am Morgen hatte erscheinen müssen. Das konnte für sie zu einem Problem werden, da sie sich extra einen Urlaubstag genommen hatte und nicht glaubte, daß man ihr morgen noch einmal freigeben würde. Ich versuchte, sie zu trösten, indem ich sagte, ich hätte Ferien und würde trotzdem morgen nicht mehr kommen, ob meine Freundin Martha heute noch spielte oder nicht. Sie hielt das wohl für ein Zeichen mangelnder Liebe.

Es tat mir leid, daß ich Marthas Vorschlag, zu verschwinden und sie nach Drehschluß abzuholen, nicht angenommen hatte. Ich malte mir aus, wohin wir später fahren würden: in den weichsten und einsamsten aller Wälder. Das war ein Fehler, denn von nun an schien die Zeit stillzustehen. Ungeduld und Langeweile quälten mich gleichzeitig, immer wieder fingen die beiden Männer ihr Gespräch von vorn an.

Dann endlich wurden Scheinwerfer eingeschaltet, das Filmen lief an. In einer Nische des Saals, die bisher im Dunkeln gelegen hatte, sah ich Zuschauer stehen, mit gelben Sternen auf Jacken oder Mänteln. So hell war es nicht, daß ich ihre Gesichter hätte unterscheiden können, nach einiger Zeit aber erkannte ich unter ihnen Martha.

Mir fiel das Bild ein, das ich bei meiner Ankunft gesehen hatte: die kartenspielenden SS-Männer. Jetzt erst kam es mir sonderbar vor, daß sie unter sich geblieben waren, so wie die Leute mit dem gelben Stern unter sich blieben. Der Umstand, daß sie alle miteinander Komparsen waren, verband sie offenbar nicht so sehr, wie die verschiedenen Rollen sie trennten, die sie darstellen mußten.

Ich sah und dachte mir alles so zurecht, wie es mir gerade paßte: die Juden als furchtsames, verstörtes Grüppchen, die beiden Schauspieler als Heuchler, die etwas viel Schlim-

meres meinten, als sie sagten, das Mädchen neben mir als
Schaf, das den Ernst der Situation nicht begriff. Nachdem
die Szene gedreht war, malte jemand ein Kreidekreuz auf
den Boden; der Regisseur rief dem Schauspieler in Zivil zu,
er solle nach dem Eintreten genau auf der markierten Stelle
stehenbleiben, als ob es darauf ankam.

Aus einem kleinen Nachmittagsschlaf, der nichts mit Müdigkeit zu tun hat, nur mit Langeweile, klopft mich Martha wach. Sie steht mit umgebundener Schürze in der Tür, mit einer halbgeschälten Kartoffel in der Hand: es sei ein Anruf für mich da. Ich frage, ob männlich oder weiblich, Sekunden nach dem Aufwachen kann man nicht mehr von mir verlangen. Es habe eher sächlich geklungen, antwortet Martha und geht wieder.

Es ist das erstemal, daß mich jemand in dieser Wohnung anruft. Kwart? Sie hat das Telefon auf den Eßtisch gestellt, der Hörer baumelt wie das Pendel einer Uhr, die dabei ist stehenzubleiben. Noch weiß ich nicht, ob Hugo und Rahel Lepschitz aus Höflichkeit ihr Wohnzimmer verlassen haben oder ob sie ausgegangen sind. Natürlich ist es Kwart.

»Mein Lieber«, sagt er, »ich habe gestern abend noch herumgehorcht, versprochen ist versprochen.«

Ich sage: »Als ob Sie keine eigenen Sorgen hätten.«

»Das Dumme ist nur«, sagt er, »daß keiner zu vermieten hat. Aber das muß nichts heißen, wir haben gestern nur Kammermusik gespielt.«

Sofort verstehe ich, was er sagen will: daß er noch längst nicht alle Musiker hat fragen können, daß vielleicht gerade einer der Posaunisten ein Zimmerchen übrighat.

Aber er glaubt, einem Laien den Unterschied zwischen großer Besetzung und Kammerorchester erläutern zu müssen. Behutsam lege ich den Hörer hin; ich gehe fünf Schritte und halte meine Hand an den Fernsehapparat. Er ist kalt, was nur bedeuten kann, daß ich allein mit Martha in der Wohnung bin. Ich nehme den Hörer wieder auf und warte, bis Kwart mit seinem Vortrag zum Ende kommt. Vielleicht sind sie spazierengegangen, an manchen Sonntagnachmittagen tun sie das.

Er sagt: »Mir ist inzwischen eingefallen, wer dir helfen kann.«

»Wer?« frage ich und weiß schon wieder, was er meint. Während er von dem Büro erzählt, an das die Opfer des Faschismus sich um Unterstützung wenden können, verfliegt meine Dankbarkeit; entweder spricht er so, daß jeder seiner Sätze sich aus dem vorangegangenen ergibt, oder ich kann in die Zukunft blicken.

Er zählt auf, in welchen Angelegenheiten ihm selbst schon das Büro geholfen hat: bei Kuren, beim Autokauf, bei Urlaubsreisen. Sogar bei der Beschaffung einer neuen Geige. Da sollte es nicht möglich sein, für mich ein Zimmer aufzutreiben? Nach allem, was geschehen ist?

Ich sage: »Was heißt: nach allem, was geschehen ist? Was kann denn das Büro dafür, daß ich die Wohnung aufgegeben habe? Wenn ich ein Opfer bin, dann höchstens das Opfer meiner Dummheit.«

»Geh hin und sprich mit ihnen«, sagt Kwart, als hätte er mich nicht gehört.

Ich sage: »Lieber nicht.«

Er besteht darauf, mir Adresse und Sprechzeit des Büros zu diktieren, und ich tue, als schriebe ich mit; ich wiederhole seine Angaben aus dem Gedächtnis. Dann sagt er, mein Vater habe so unermeßlich viele gute Eigenschaften gehabt, daß ich mir nicht ausgerechnet an seiner einzigen sonderbaren, an dieser Empfindlichkeit, ein Beispiel nehmen sollte.

»Entschuldige, wenn ich so mit dir rede«, sagt er, »aber die Sache ist zu wichtig. Du hast dir von ihm einreden lassen, daß es sich um Almosen handelt, und das ist einfach falsch. Soll ich dir aufzählen, womit wir uns die Vergünstigungen verdient haben?«

Ich sage: »Ich weiß es.«

»Dann antworte bitte, ob du hingehst oder nicht«, sagt Kwart mit einem Rest von Geduld.

Auf einmal ist Martha im Zimmer, der Himmel weiß, wie lange schon. Sie steht am offenen Schrank und klappert mit Geschirr, sie braucht die unterste von einem Stapel Schüsseln. Jedesmal öffnet sie den Mund und hebt die Zunge an die Oberlippe, wenn etwas im Gleichgewicht zu halten ist.

»Wenn es dir leichter fällt, dann gehen wir zusammen hin«, sagt Kwart.

Ich sage: »Ich gehe nicht in dieses Büro.«

»Und darf man erfahren, wie du sonst zu einer Wohnung kommen willst?« fragt Kwart mit einer Stimme, aus der endlich die Anteilnahme verschwunden ist.

Ich darf ihn nicht warten lassen, bis Martha wieder draußen ist, was kann sie einzelnen Worten schon entnehmen; ich frage: »Hätte es Sinn, eine Annonce aufzugeben?«

»Gib auf, gib auf«, sagt Kwart. »Du wirst dich vor Angeboten nicht retten können.«

Die Wohnung gehört Martha und nicht mir, sie kann so lange mit ihren Schüsseln klappern, wie sie will. Erst als mir durch den Kopf geht, laut ins Telefon zu sagen, es sei jemand ins Zimmer gekommen, ich riefe später noch einmal an, schließt sie die Schranktür.

Ich sage: »Wenn man mich fragen würde, was seine beste Eigenschaft gewesen ist, dann würde ich an erster Stelle diese seltsame Empfindlichkeit nennen.«

Beim Hinausgehen sieht Martha mich so verwundert an, als bemerke sie erst jetzt, daß ich hier stehe und telefoniere.

»Das ist sehr seltsam«, sagt Kwart.

Die Schüssel trägt sie in der einen Hand, ein Türmchen aus Tassen in der anderen, und keiner hilft ihr; so muß sie die Tür mit einem Fuß, mit einem nackten, hinter sich zuziehen. Fünf hellrot lackierte Zehennägel verschwinden als Nachhut aus dem Zimmer.

Er hört und hört nicht auf, von neuem macht er mir das Angebot, mit seiner Wanda über mein Problem zu sprechen. Geduldig erkläre ich noch einmal, warum das nicht in Frage kommt, nein: ungeduldig.

»In das Büro fahren willst du nicht«, sagt Kwart, »zu uns ziehen willst du nicht: hoffentlich gefallen dir nicht nur solche Zimmer, die man nicht kriegen kann.«

Ich gehe zu Martha, sie sitzt am Küchentisch beim Bohnenschneiden. Die Art, wie sie nicht aufblickt, verrät mir, daß sie mich schon erwartet. Wo sind die Schüsseln und der Tassenturm?

Ich nehme ein Messer, setze mich zu ihr und frage, wie man Bohnen schneidet. Ihre Antwort besteht darin, daß sie vor meiner Nase die beiden Enden einer grünen Bohne kappt. Vielleicht glaubt Martha: ein Wort von ihr, und alles könnte wie früher sein.

Einige Bohnen lang läßt sie mich in Ruhe üben, dann fragt sie, was für eine Annonce das sei, die ich aufgeben wolle. Sie weiß nichts, ich habe einen Blick dafür, sie hat nur ein paar Wörter aufgeschnappt. Ich bin mit einer Erfindung beschäftigt: zehn grüne Bohnen nebeneinander auszurichten und dann, in einem einzigen Arbeitsgang, die Enden abzuschneiden. Wahrscheinlich deutet erst mein Schweigen darauf hin, daß an der Sache etwas Heikles ist.

»Natürlich kann dich niemand zwingen, mir etwas zu verraten«, sagt Martha.

Ich sage: »Das ist richtig.«

Die unterschiedliche Länge der Bohnen stellt ein Problem dar; entweder ich schneide alle auf dieselbe Länge, was reichlich Abfall zur Folge hätte, oder ich richte vor dem zweiten Schnitt die Bohnen noch einmal aus.

Seit langem beobachte ich, daß Martha auf kleine Gereiztheiten, die ich mir hin und wieder zuschulden kommen lasse, immer geduldiger reagiert: als wäre Streit ein Zeichen von Zuneigung. Wenn mich das Gastrecht nicht behindern würde, dann wäre ich schon an die Grenzen ihrer Milde vorgedrungen, ich traue mir das zu.

Sie sagt: »Ich habe gehört, daß du zum Studium angenommen bist?«

Ich nicke und beschließe, die Bohnen auf Marthas Weise zu schneiden. Ein kaum wahrnehmbarer Schweißgeruch geht von ihr aus, der mir in unserer guten Zeit die Haare zu Berge stehen ließ. Sie bemerkt meinen Sinneswandel, sie hat die Augen überall, und lächelt.

»Ich gratuliere«, sagt sie. »In welcher Stadt? Hier in Berlin?«

Ich nicke wieder. Ihr tantenhaftes Gefrage ärgert mich; ich überlege, ob ich die wenigen Einzelheiten, nach denen sie sich noch erkundigen wird, nicht vorab herunterleiern sollte. Wann immer ich Martha zeigen will, daß man normal und unbelastet mit mir sprechen kann, mißlingt es.

»Die großen Bohnen«, sagt sie, »kannst du noch einmal in der Mitte teilen.«

Ich sage: »Um auf deine erste Frage zurückzukommen: ich suche ein Zimmer. Deswegen die Annonce.«

Wie ruhig sie bleibt. Sie sieht mich wohl an, ja, nicht gelangweilt, nein, doch ist in ihren Augen nichts von Anteilnahme, Erstaunen oder gar Bestürzung. Solche Augen
macht eine Kellnerin, während sie die Bestellung entgegen-
nimmt. Aber ich bin froh, den ersten Schritt getan zu haben, den wichtigsten von allen. Die Sache läuft an.

Sie sagt: »Ich glaube nicht, daß dich eine Annonce weiter-
bringt.«

»Weißt du einen anderen Weg, um hier rauszukommen?«
frage ich.

Sie grübelt, ich erkenne es daran, daß ihr Messer vor einer
Bohne stehenbleibt. Dann legt sie es aus der Hand, steht
auf und nimmt sich aus dem Kühlschrank Milch. Zumindest kann ich sicher sein, daß sie mir nicht den Rat gibt, ins
Büro für Opfer zu gehen.

»Ich werde bei meinen Leuten herumhorchen«, sagt sie.

»Die einzigen, die du nicht fragen solltest«, sage ich, »sind
deine Eltern.«

Sie setzt sich wieder, ich habe keine Ahnung, wer *ihre Leute*
sind. Am Ende werde ich Untermieter jenes Mannes, mit
dem ich sie in der Dimitroffstraße gesehen habe.

»Gib mir doch bitte keinen Unterricht in Feingefühl«, sagt
sie auf einmal. Sie hat einen Milchbart.

Wie auf Bestellung wird die Wohnungstür aufgeschlossen.
Es ist nicht unwahrscheinlich, daß Martha sich mit aller
Kraft bemühen wird, für mich ein Zimmer zu besorgen; im
Unterschied zu Kwart, den nur sein schlechtes Gewissen
antreibt, hat sie gute Gründe. Ich sehe Rahel Lepschitz in
der Küchentür, wie sie zufrieden auf mich, auf Martha und
auf die Bohnen blickt. Sie winkt Hugo heran, damit auch
er sich überzeugt, daß noch Hoffnung ist.

Eine Stunde vor Ende der Drehzeit, als abzusehen war, daß Martha nicht mehr an die Reihe kommen würde, verließ ich das Filmatelier. Wie ein Streifenpolizist spazierte ich die Straße auf und ab, mißgelaunt, weil meine Freundin sich an einem nichtswürdigen Unternehmen beteiligte. Das wichtigste aber war das Wetter, immerzu sah ich nach oben, die kleinste Wolke machte mich ängstlich. Man hatte schließlich schon davon gehört, daß es den Juden damals schlecht ergangen ist, auch davon, daß die Nazis unangenehme Menschen gewesen sind, und etwas anderes kam in dem Film nicht vor. Er handelte also von etwas, das man entweder längst kannte oder nun auch nicht mehr kennenzulernen brauchte.

Martha kam vor der Zeit, mit einem Gesicht, das vom Abschminken gerötet war, vielleicht auch vor Erwartung. Sie rannte mir entgegen wie ein Kind, das aufgefangen und im Kreis geschwenkt werden will. Sie entschuldigte sich, weil sie in meiner Gegenwart nicht zum Schauspielen gekommen war; ich könne mir nicht vorstellen, sagte sie, wie wenig ich versäumt hätte. Da ich ihr weder die Stimmung verderben noch lügen wollte, beschloß ich, auf das Thema Film jetzt nicht einzugehen, nicht bei diesem Himmel.

Der einzige Wald, in dem ich mich auskannte, war der ums Häuschen herum, und es kam nicht in Frage, dorthin zu fahren. Ich hätte nur die leeren Namen einiger Wälder hersagen können, wenn Martha mich aufgefordert hätte, unsere Richtung zu bestimmen. Doch sie kannte das Ziel bereits. Sie nahm mich bei der Hand und ging los; ich bildete mir ein, sie hätte es furchtbar eilig, allein mit mir zu sein, und ich machte mir ein Spiel daraus, nicht nach dem Weg zu fragen.

Unsere erste Etappe endete vor dem Bahnhof Köpenick, am Taxistand. Auf meine besorgte Frage hin, ob Taxifahren für unsereinen nicht übertrieben sei, nahm sie einige Fünfzigmarkscheine aus ihrer Handtasche, fächelte sich damit Luft zu und steckte sie wieder weg. Ich selbst hatte nicht einmal Geld genug, um eine Bockwurst zu kaufen, der Monat wollte einfach nicht zu Ende gehen. Sie sagte, in besonderen Lebenssituationen dürfe man schon einmal verschwenderisch sein. Von einem Taxi war weit und breit nichts zu sehen, außer uns wartete niemand.

Zwei junge Frauen, die ebenfalls vom Film zu kommen schienen, winkten im Vorbeigehen Martha zu und verschwanden im Bahnhof, wie es sich gehörte. Auch ich wäre lieber mit der Bahn gefahren, es kam mir aufgeblasen vor, so dazustehen; ich hielt Martha zugute, daß sie keine Erfahrung im Umgang mit Geld hatte. Sie erklärte, woher es stammte: nach Ende eines jeden Drehtags zahlte man die Schauspieler aus, so als wollte man ihren Schaden möglichst gering halten, falls die Filmgesellschaft über Nacht bankrott ging. Noch einmal zeigte sie mir die rotweißen Geldscheine, als wollte sie mir zu verstehen geben, daß die Filmerei auch ihr Gutes hätte.

Als endlich ein Taxi kam, trat Martha ans offene Fenster und redete leise mit dem Fahrer. Feilschte sie um den Preis? Wahrscheinlich war die Fahrt, die sie im Auge hatte, so kompliziert, daß man sich vorher der Zustimmung des Fahrers versichern mußte. Ich dachte: Wald.

Der Fahrer nickte. Sie gab mir ein Zeichen, und gleichzeitig stiegen wir von beiden Seiten ein. Kaum saß ich, kam ein Befehl aus meinem Innern, die Augen zu schließen und sie nicht mehr zu öffnen, bis wir angelangt wären. Ich dachte, es könnte mir ergehen wie dem armen Jungen im Märchen, dem nach beschwerlichem Weg die Augenbinde abgenommen wird und der plötzlich im Land des Glücks steht.

Ich fragte Martha, ob die Schauspieler nach Feierabend das Geld auch dann bekämen, wenn sie den ganzen Tag nur herumgestanden hätten.

»Natürlich.«

Ich fand das überhaupt nicht natürlich, aber sie meinte, für einen Künstler sei Nichtstun eine viel aufreibendere Arbeit als die Ausübung seiner Kunst. Ich suchte mit meinem Gesicht den Fahrtwind, spürte, daß wir vom Kopfsteinpflaster auf Asphalt kamen, und hütete mich vor dem Augenöffnen.

Martha nahm meinen Arm, legte ihn sich um die Schulter und klemmte meine Hand in ihrer heißen Achsel fest, ich fühle es heute noch. Es war so angenehm, daß ich nun Mühe hätte aufwenden müssen, die Augen zu öffnen. Sie flüsterte mir ins Ohr, sie könne sich vorstellen, wie grausig ich diese Filmsache fände; sie mache nur um des Geldes willen mit, das könne ich einer Studentin, die immer knapp bei Kasse sei, ruhig zugestehen.

Ich flüsterte zurück, sie brauche sich nicht zu entschuldigen, am allerwenigsten bei mir, der ich auf ihre Kosten nun wie ein König durch die Welt reise. Wenn man auf so leichte Weise zu Vermögen kommen könne, hauchte ich, dann müßte man verrückt sein, die Gelegenheit nicht zu nutzen.

Während einer Fahrt, deren Ziel es doch war, uns in Ruhe zu umarmen, konnte ich Martha nicht die Wahrheit sagen: daß ich es bitter fand, eine jüdische Abstammung oder ein jüdisches Gesicht zu Geld zu machen. Ohnehin verschwieg ich ihr so viel, daß ich nicht gerade in einem solchen Augenblick die Wahrheitsliebe übertreiben mußte. Sie wird es früh genug erfahren, dachte ich, jetzt nichts verderben.

An der Art, wie Licht und Schatten einander abwechselten, merkte ich, daß wir die Wohnhäuser hinter uns gelassen hatten. Ich fragte Martha, ob wir durch Wald führen, und sie bestätigte es, ohne sich zu wundern. Sie drückte sich an mich und kaute an meinem Ohr herum; einerseits ersehnte ich das Ende der Fahrt, andererseits wollte ich immer so weiter fahren. Einmal hörte ich den Fahrer *Na, na!* rufen, aber da saßen wir vollkommen friedlich nebeneinander.

Nach einer Kurve, die mich um die Sonne brachte, fragte Martha, worum es bei dem Streit zwischen Vater und mir gehe. Um ein Haar hätte ich die Augen aufgemacht. Ich spielte den Verwunderten und behauptete, das Verhältnis zwischen Vater und mir sei so schlecht und so gut wie immer, doch sie gab sich damit nicht zufrieden. Sie erzählte von einem Zwischenfall: Sie hatte am Vormittag bei uns angerufen und mit Vater gesprochen; nach seiner Auskunft, ich sei nicht zu Hause, hatte sie gefragt, wann ich zurückkäme, worauf er geantwortet hatte, weder wisse er das, noch interessiere es ihn.

Martha sagte, sie beklage sich nicht über Vaters Schroffheit, auch wenn sie nicht wisse, womit sie die herausgefordert habe, nur sollte ich ihr nicht weismachen wollen, es sei alles in Ordnung. Das würde sie selbst dann nicht glauben, wenn sie mich noch nie beim Lügen ertappt hätte.

Jetzt hätte ich gern in ihre Augen gesehen. Worauf spielte sie an? Es kam nicht in Frage, daß ich Martha nur deshalb in mein Geheimnis einweihte, weil sie etwas witterte und mich auszuhorchen begann; denn dieses Einweihen wäre eher ein Beweis für mangelndes Vertrauen gewesen als ein Zeichen von Liebe, nach so langem Verschweigen.

Deshalb trug ich ihr die Wirtschaftsgeldmisere vor, in Einzelheiten, die ich waghalsig erfand. Um Vaters Entrüstung glaubhaft zu machen, erzählte ich, ich hätte aus seiner Brieftasche Geld gestohlen, damit wenigstens Brot und Butter auf den Tisch kamen. Erwogen hatte ich einen solchen Diebstahl tatsächlich, und auf seine Ausführung verzichtet hatte ich nur wegen der befürchteten Reaktion, die ich nun beschrieb, als hätte sie stattgefunden.

Martha machte mir keine Vorwürfe, sie sagte nur, ich hätte sie getrost anpumpen können, und ich sagte, das fehlte gerade noch, damit war das Thema erledigt. Ich fragte, wie weit es noch sei. An Marthas Stelle antwortete der Fahrer, wir müßten nur noch um eine einzige Ecke biegen, obwohl ich sehr leise gefragt hatte.

Als der Wagen bremste, flüsterte mir Martha ins Ohr, ich solle mir nicht einfallen lassen, schon jetzt die Augen zu öffnen. Ich gehorchte und erfuhr auf diese Weise nie, welchen Preis die Taxiuhr anzeigte. Während Martha zahlte, stieg ich aus, blieb stehen und wartete auf neue Anweisungen.

Sie kam zu mir, nachdem das Auto zwischen uns weggefahren war, nahm mich am Arm und führte mich wie einen Blinden davon. Meine Hand, die so lange in ihrer Achselhöhle gelegen hatte, fror. Es roch nach Nadelbäumen; die Augen geschlossen zu halten war jetzt eine Tortur, ich hörte Martha kichern, als erwartete mich eine Überraschung. Ich spürte festgetretene Erde, dann einen harten Untergrund, dann blieben wir stehen. Sie rückte mich noch ein kleines Stück vorwärts und sagte: »Jetzt.«

Ich öffnete die Augen und sah auf einen See. Wir befanden uns auf einem Bootssteg, Martha hinter mir; sie hatte mich so dicht an die vordere Kante herangeschoben, daß meine Schuhspitzen in der Luft standen. Sofort ruderte ich mit den Armen los, um nicht nach vorn zu kippen, Marthas kleiner Finger hätte genügt, um mich ins Wasser zu stoßen. Wir umarmten uns und lachten wie über den Witz des Jahrhunderts. Auch deshalb war ich froh, weil meine winzige Befürchtung, sie könnte mit mir doch zum Häuschen gefahren sein, nun zerstreut war.

Aus dem Schilf, mit dem das Ufer ringsum bewachsen war, ragten in weiten Abständen Holzstege, die alle verlassen dalagen; nur weit draußen sah ich drei, vier Segelboote, die so langsam vorankamen, daß ihre Fahrtrichtung nicht auszumachen war. Martha sagte: »Das Beste weißt du noch nicht.«

Sie hielt mir eine Faust hin, die ich Finger für Finger öffnete, da lag ein Schlüssel, den ich nicht kannte. Nach Marthas Gesichtsausdruck zu urteilen, hätte ich nun in Begeisterungsrufe ausbrechen müssen, doch worüber? Der Schlüssel sah aus, als gehörte er zu einem Vorhängeschloß.

Großspurig forderte sie mich auf, von allen Booten, die am Steg festgemacht waren, das prächtigste auszusuchen; ich ließ mir mit der Wahl Zeit, zeigte am Ende aber doch auf das falsche.

Von ihrem Onkel, einem Zahnarzt, hatte sie die Erlaubnis erbettelt, sein Boot zu benutzen. Sie hatte ihn mit der Versicherung beruhigen müssen, ihr Freund sei ein geübter Motorbootfahrer, was nicht ganz der Wahrheit entsprach, denn ich hatte noch nie in einem Motorboot gesessen. Martha meinte, das solle uns nicht ängstigen, sie sei zusammen mit dem Onkel schon oft gefahren und traue sich die nötigen Handgriffe zu. Es gehe ja nur darum, weit genug vom Ufer wegzukommen, da waren wir uns einig.

Die erste Aufgabe bestand darin, das Boot von seinem Verdeck zu befreien, in dessen Mitte eine große, tagealte Regenlache lag. Wir knüllten die schwere Plane zusammen und warfen sie ins Boot, was uns ein Drittel des Platzes kostete. Dann öffnete Martha mit ihrem Schlüssel ein Kettenschloß, worauf sich der kleine Motor, der hochgeklappt war, ins Wasser senken ließ. Es beruhigte mich, daß auf dem Boden zwei Paddel lagen.

Martha riet mir, den Atem anzuhalten und mich hinzuhokken. Mehrmals zog sie heftig an einer Schnur, deren anderes Ende in einem Loch des Motorgehäuses verschwand, und zu meiner Verwunderung ertönte bald darauf ein Knattern. Martha sah unendlich erleichtert aus. Es war eine Schande, wie untätig ich herumsaß, während sie sich für uns aufrieb; ich fragte, ob ich nicht den Kahn vom Steg losbinden sollte, und sie nickte wie über einen mäßig guten Einfall.

Als auch das erledigt war, brachte sie es auf undurchsichtige Weise fertig, das Boot in Bewegung zu setzen. Wir fuhren gemächlich und schnurgerade auf die Mitte des Sees zu, ohne Tumult, ohne Verwicklungen und bald auch ohne Furcht. Martha hielt den Knüppel, mit dem man Richtung und Tempo zugleich bestimmte, wohl ein wenig verkrampft, bediente ihn aber so fehlerlos, daß ich mich wunderte, wie sie hinter meinem Rücken zu solchen Fähigkeiten gekommen war.

Nach der Hälfte des Weges, sofern die Seemitte unser Ziel

war, wagte ich aufzustehen. Ich zog mir und dann Martha
die Schuhe aus, dann schob ich die Plane zum Liegen zurecht. Martha machte entrüstete Augen und hob die Füße
an, um mich beim Glattziehen der Plane nicht zu behindern. Der See wäre groß und leer genug gewesen, um schon
vor der Mitte den Anker auszuwerfen, aber ich redete Martha nicht hinein.

Für den Rest der Fahrt legte ich mich hin, als wollte ich ein
Stück vorausgehen und dann auf Martha warten. Ich nahm
die Hände unter den Kopf und lag wunderbar bequem; ich
konnte in den Himmel sehen, in Marthas Gesicht oder,
wenn ich den Kopf ein wenig anhob, unter ihren Rock.
Obwohl sie auf den Kurs zu achten hatte, entging ihr
nichts.

Ich dachte, in wenigen Augenblicken würden die schrecklichen Tage vorbei sein, ich könnte bald aufhören zu denken,
an Elles Brief, an Vaters Kälte, an den Gestank im Häuschen, an meine Machtlosigkeit. Ich spürte schon das nahe
Wohlbehagen, es hatte schon begonnen. Ich schloß die Augen und stellte mir vor, wie wir später ins Wasser springen
würden und wie ich, noch später, Martha von unten zurück ins Boot schieben müßte, weil die Wand zu hoch war,
bereits bei Dunkelheit.

Frohgemut wie einer, dem sich alles zum Guten gewendet hat, kam ich nach Hause, es muß vor Mitternacht gewesen sein. Ich war kühl und frisch gebadet, wir waren ins Wasser gesprungen wie vorausgewünscht. Ich war so müde, daß ich mich auf dem Weg vom Hausflur zu unserer Wohnungstür für eine kurze Pause auf die Treppenstufen setzte.

Als ich hinter mir die Tür geschlossen hatte, lehnte ich mich einen Augenblick dagegen und stellte mir das Glück vor, mit Martha zusammen in eine eigene Wohnung zu kommen. Da hörte ich eine Stimme aus Vaters Zimmer: das Radio spielte, oder es war Besuch da. Ich entschied mich gegen das Zähneputzen, ich hatte noch Marthas Geschmack auf der Zunge.

Mein Zimmer lag über einer Straßenlaterne, es wurde nie richtig dunkel darin. Zuerst legte ich mich aufs Bett, dann zog ich die Schuhe aus, sonst nichts. Als Martha nach dem Schwimmen ins Boot zurück wollte, hatte ich tatsächlich von unten nachschieben müssen: Stück um Stück von ihr war über der Bordkante verschwunden, bis ich den letzten Fuß in der Hand hielt. Den ließ ich nicht los, ich zog daran, und sie plumpste kreischend ins Wasser und mußte noch einmal nach oben gehievt werden.

Zwischen meines Vaters und meinem Zimmer gab es eine nie benutzte Tür, die von seiner Seite mit einem Bücherregal und von meiner Seite mit einem Kleiderschrank verstellt war. Obwohl ich alles andere als lauschen wollte, hörte ich Stimmen. Sie drangen verschwommen zu mir herüber und brachten nur die eine Information, daß Leute dort saßen. Vaters Stimme war noch die deutlichste, aber auch sie konnte ich nicht verstehen. Es war schon vorgekommen, daß er jemanden aus der Billardstube mitgebracht hatte, zum Kartenspielen, nur konnte ich mir nicht vorstellen, daß er in diesen Tagen Karten spielte.

Als ich elf Jahre alt war, hatte ich einmal nebenan, mitten in der Nacht, eine Frau laut lachen hören. Damals stand der Schrank noch nicht auf meiner Türseite, so daß Geräusche ungehinderter herüberdringen konnten. Vater mahnte die Frau, ruhig zu sein, doch er war selbst laut dabei. Die Anwesenheit einer Frau in unserer Wohnung, nachts, war so unerhört, daß an Einschlafen nicht zu denken war. Sie flüsterten miteinander, aber immer wieder ragte ein Lachen oder ein Kichern aus ihrem Getuschel, als ob Vater die Frau kitzelte. Das Schlüsselloch der Tür war schwarz, und es wurde nicht heller, als ich es mit einem Bleistift freizustechen versuchte. So mußte ich das Abenteuer wagen und auf den Flur hinausgehen, zum Schlüsselloch seiner eigentlichen Zimmertür. Ich weiß noch, daß ich eine Hose anzog, für alle Fälle. Im Flur brannte Licht. Nach ein paar Schritten geschah das vollkommen Unerwartete: Vaters Tür ging auf, und eine nackte Frau verließ das Zimmer, wohl auf dem Weg ins Bad. Ihr Gesicht kam mir trotz der grauen Haare sehr schön vor. Da sie beim Türöffnen zu Vater zurückgeschaut hatte, bemerkte sie mich erst, als sie schon ein Stück herausgekommen war. Sie erschrak und schlug sich mit der Hand auf den Mund, war aber still. Ihre Brüste waren unbeschreiblich groß, ich hatte noch nie die Brüste einer Frau gesehen, außer auf Bildern. Wir standen uns lange gegenüber, doch ich wagte nicht, meinen Blick vom oberen Teil ihres Körpers zum unteren zu senken. Schließlich fragte sie, lächelnd und ohne sich zu schämen, ob ich nicht schlafen könne. Ich nickte und lief in mein Zimmer zurück. Wenige Augenblicke später kam Vater zu mir ans Bett. Er streichelte mir über den Kopf und benahm sich, als müßte er mich über ein Unglück hinwegtrösten. Er trug nur eine Hose und roch nach Schnaps. Mir kam der Gedanke, daß es sich bei der Frau vielleicht um meine Mutter handelte und daß die Geschichte um ihren Tod ein Schwindel gewesen war. Ich fragte Vater danach, da umarmte er mich und flüsterte, ich sollte nicht solch schrecklichen Unsinn reden.

Als ich Gordon Kwarts Stimme zu erkennen glaubte, stand für mich fest, daß im Nebenzimmer eine Besprechung der Entführer stattfand. Wie geht das vor sich: man erkennt eine Stimme, ohne ein Wort zu verstehen? Nie wieder ist seither eine Frau in unserer Wohnung gewesen, nicht nachts. Daß es ihnen nicht langweilig wurde, zum hundertstenmal darüber zu reden, wie ihr Gefangener behandelt werden sollte, und zum hundertstenmal die Lösung nicht zu finden. Es war noch eine dritte Stimme da, die von Rotstein, der hieß für mich an diesem Abend Turteltaub, ein Treffen der Lagerleitung.

Keiner gab sich Mühe, leise zu sprechen, auch Vater nicht; entweder hatten sie mein Kommen überhört, oder sie fanden, daß keine Rücksicht auf mich genommen zu werden brauchte. In einer Kneipe treffen konnten sie sich nicht, bei Kwart wohnte Wanda, bei Turteltaub saß sicher Frau Turteltaub, so blieb nur unsere Wohnung.

Ich stand auf, um mir Ruhe auszubitten. Unsere Wohnung der ideale Treffpunkt, unser Häuschen das passende Gefängnis, es kam mir auf einmal vor, als trügen sie ihre Sache auf meinem Rücken aus. Doch auf dem Weg zur Tür änderte ich meine Absicht: ich wollte nun doch lauschen. Ich dachte: Wenn es keine Probleme gibt, wozu dann in der Nacht zusammensitzen und beraten?

Ich schob den Kleiderschrank weg von der Tür; in meiner Erinnerung brauchte ich dafür Stunden. Weil die Dielen links neben dem Schrank knarrten und ich weder auf diese Stelle treten, noch den Schrank dorthin schieben durfte, zog ich ihn zur Zimmermitte hin. Schon während des Rükkens wurden die Stimmen lauter, aber ich hörte nicht hin, bevor ich fertig war. Wenn nebenan geschwiegen wurde, hielt auch ich ein.

Dann hatte ich den Schrank weit genug vorgezogen. Ich legte mich auf den Boden, zwischen Tür und Schwelle war ein Spalt, gerade breit genug für einen Lichtschein.

Die ersten Worte, die ich hörte, machten mir klar, warum sie es nicht nötig hatten, leise zu sein: sie redeten Jiddisch. Es war unfaßbar, daß Vater sich in dieser Sprache verständigen konnte, ich wollte glauben, dort säße ein Fremder mit Vaters Stimme. Er hatte es bisher nicht nur vermieden, in meiner Gegenwart Jiddisch zu sprechen, er hatte auch nie angedeutet, daß er dazu imstande war. Er redete ohne Unbeholfenheit, ohne Stocken, von einem Augenblick zum nächsten war ihm die Sprache zugeflogen. Ich fand das schaurig, ich fühlte mich betrogen. Er redete lauter als die anderen, so daß ich mich fragte, ob er wohl mit meinem Lauschen rechnete und mir auf diese Weise sein Geheimnis verraten wollte. Nie zuvor war ich so gegen ihn.

Ich kannte fünf oder zehn jiddische Wörter, ich weiß nicht woher; Kwart benutzte manchmal das Wort *Tinnef*, Vater das Wort *Massel*, irgendwo hatte ich *Chuzpe* aufgeschnappt. Es wäre mir nie in den Sinn gekommen, ein solches Wort zu benutzen, und wenn es ein anderer tat, über-

legte ich unwillkürlich, welches Wort normalerweise dorthin gehörte. Jiddische Vokabeln in eine Unterhaltung ein-
zustreuen, das wäre mir wie eine aufdringliche Art von
Folklore vorgekommen. Natürlich galt das nur für Personen, die auch anders hätten sprechen können, wenn sie gewollt hätten.

Turteltaub hustete oft, durch den Türspalt kam mir Zigaret-
tengeruch in die Nase. Der Klang der Sprache war mir unangenehm, nicht einfach nur fremd wie bei gewöhnlichen
Fremdsprachen; diese bewegte sich dicht an der Grenze
zum Verständlichen, und ich hatte fortwährend das Gefühl, mich nur ein wenig mehr anstrengen zu müssen, um
den Sinn zu erfassen. Vielleicht redeten sie deshalb Jiddisch
miteinander, weil sie glaubten, diese Sprache paßte zu ihrer
Angelegenheit besonders gut.

Ich brauchte eine Eingewöhnungszeit, um meinen Widerstand gegen die anmutlosen, verwachsenen Töne zu überwinden; dann wunderte ich mich, wie viele der Wörter
verständlich waren. Zunächst achtete ich nicht auf den Zusammenhang, ich ließ die Wörter vorbeiziehen und regi-
strierte nur die sinnfälligen. Erst als deren Abstand immer
kürzer wurde, begann ich mit dem Verstehen.

Das Resultat verblüffte mich: sie sprachen nicht von der
Entführung, sie sprachen von ihrer Vergangenheit, von
Krieg und Lager. Ein jeder erzählte Geschichten, reihum,
unterbrochen durch Fragen der beiden anderen und durch
gelegentliche Seufzer.

In dem Augenblick, da ich auf die Bedeutung der Sätze zu
achten anfing, war gerade Vater an der Reihe. Er trug eine
Geschichte vor, die ich schon kannte, so hatte ich eine zusätzliche Hilfe: wie meine Schwester über die Kriegszeit
gekommen war. Kwart und Turteltaub erkundigten sich im-

mer wieder nach Einzelheiten, die mir nebensächlich zu sein schienen, doch Vater war sehr geduldig mit ihnen. Meine Eltern hatten Elle, als sie drei Jahre alt war, zu einer Bauernfamilie nach Mecklenburg ins Versteck gegeben, wofür sie so viel zahlen mußten, daß an ein eigenes Versteck nicht mehr zu denken war. Nach dem Krieg, nach immerhin sieben Jahren, wollte Vater Elle zurückholen, da verlangte der Bauer zusätzliches Geld. Er behauptete, die früher gezahlte Summe sei auf höchstens drei Jahre berechnet gewesen, und nie wäre der Handel zustande gekommen, wenn er von einer solchen Ewigkeit gewußt hätte. Vater versprach ihm, mehr Geld zu bringen, er war wenige Tage zuvor aus dem Lager entlassen worden und besaß keinen Pfennig. Er habe Elle gewissermaßen auf Pump zurückerhalten, erzählte er. Als er nach der Heimkehr aber sah, daß sie völlig verstört war, daß sie zu weinen anfing, wenn man ihr Fragen nach den letzten Jahren stellte, packte ihn Zorn auf diesen Bauern. Turteltaub sagte, was sollte man von dem deutschen Pack anderes erwarten, und er warf Vater vor, den Bauern nicht mit dem ersten Stein erschlagen zu haben.

Nun, da ich wußte, wovon im Nebenzimmer die Rede war, hielt mich nichts mehr an der Tür; für dieses Thema war ich zu müde. Ich legte mich ins Bett und dachte darüber nach, warum Vater, der Lagergeschichten nicht ausstehen konnte, so bereitwillig an diesem Erzählen teilnahm.

Auch im Bett waren die Stimmen zu hören, die unglückseligen Stimmen, nach Vater Kwart, dann Rotstein, dann wieder Vater, ein Potpourri der Leiden. Ich schlief ein, doch nicht versehentlich: ich entschied mich für die bessere Möglichkeit.

Ich weiß nicht, was ich tun kann, damit die Tage aufhören, einander so zu gleichen. Immer die gleiche Handlung, die gleiche Langeweile, und außer meinem Unbehagen, das täglich zunimmt, bleibt alles, wie es ist. Im Café und auf der Straße lächle ich alle hübschen Mädchen so lange an, bis sie sich abwenden. Woher aber soll ich den Mut nehmen, sie anzusprechen? Nach jedem Mißerfolg senke ich meine Ansprüche: vergeblich.

Ich rede kaum noch, auch das wird langsam zur Selbstverständlichkeit; Hugo und Rahel Lepschitz behandeln mich wie einen, der eben wenig redet. Ich habe den Eindruck, daß ihre Unterhaltungen in meiner Gegenwart immer ungenierter werden. Da die Universitätssache geklärt ist, erwarte ich nicht einmal mehr einen Brief.

Seit kurzem plagt mich ein neuer Verdacht: daß es verschwendete Zeit sein könnte, Philosophie zu studieren. Natürlich weiß ich keine Antwort auf die Frage, was ich stattdessen anfangen sollte. Vor lauter Beschäftigungslosigkeit zweifle ich an allem herum. Wie ein Rentner trotte ich durch die Straßen oder sitze auf Parkbänken; womöglich bin ich doch ein Opfer des Faschismus und will es nicht wahrhaben.

Immer am Montag bringt Lepschitz, wenn er von der Arbeit heimkommt, die Aktentasche voll Zeitungen mit, als hätte er die Weltgeschichte im Verdacht, sich vorzugsweise an den Wochenenden zu ereignen. Wir sitzen uns dann am Wohnzimmertisch gegenüber, er überfliegt die Zeitungen in einer bestimmten Reihenfolge, so daß ich immer weiß, welche ich nehmen darf, ohne ihm in die Quere zu kommen. Mitunter liest er einen Artikel vor, ohne sich darum zu kümmern, ob man ihm zuhört.

Am Vormittag, als wir zusammen einkaufen waren, hat Rahel sich erkundigt, ob ich schon Urlaubspläne hätte. Es gebe die Möglichkeit, sagte sie, im Juli zusammen mit ihr und Hugo in den Harz zu fahren, in eine Pension bei Halberstadt. Martha werde zur gleichen Zeit verreisen, mit ihrer Schauspielschule, und es wäre zu traurig, wenn ich allein in der Wohnung bliebe. Sie konnte nicht ahnen, welche Freude sie mir mit dieser Aussicht auf drei freie Wochen bereitete. Ich sagte, ich hätte mich aufs Studium vorzubereiten, im Juli wie im August, das sah sie ein; und ich dachte, es müßte mit dem Teufel zugehen, wenn sich in diesen drei Wochen nicht alles ein wenig zum Besseren bewegen ließe.

Lepschitz legt seine Zeitung vor mich hin, das *Neue Deutschland,* er sagt: »Sieh dir das an.«

Er deutet stumm und nachdrücklich auf den Tisch, als würde ich das Richtige auch ohne seine Hilfe finden. Ich lese Überschriften: *MEIN GELÖBNIS: FLEISSIGES STUDIUM DER SPRACHE LENINS* und *SOWJETISCHE KUNST SETZT MASSSTÄBE UNSERES SCHAFFENS* und *FLAMME DER FREUNDSCHAFT BRENNT UNAUSLÖSCHLICH.*

Als ich aufblicke, sagt Lepschitz: »Jetzt sind sie verrückt geworden.«

Ich kann das nicht einschätzen, auch wenn ich zugeben muß, daß die Zeitung mir noch seltsamer vorkommt als gewöhnlich; auf den ersten fünf Seiten nichts als Berichte von einem Kongreß der *Gesellschaft für Deutsch-Sowjetische Freundschaft.* Beim zweiten Blättern fällt mir ein, daß ich ja

Mitglied dieser Gesellschaft bin, seit Jahren schon; doch für so wichtig, wie es sich nun herausstellt, habe ich die Sache nie gehalten. Lepschitz nimmt die Zeitung zurück, nachdem wir einen Blick voller Einigkeit gewechselt haben. Auf der sechsten Seite beginnt er von neuem zu lesen. Mein Vater mochte die Gesellschaft nicht, obwohl er ein großer Russenverehrer war.

Rahel bringt ihrem Mann den Feierabendtee. Während der ersten Stunde nach seiner Heimkehr behandelt sie ihn wie einen König, bis etwa zum Abendbrot. Manchmal denke ich, eine so fürsorgliche Frau würde mir auf die Nerven gehen, und manchmal wünsche ich mir für später so eine Frau. Sie setzt sich an den Tisch und sieht ihm zu. Gleich werde ich hinausgehen, dann wird er Rahel über die Geschehnisse vom Wochenende informieren; besonders lange Artikel faßt er zusammen. Ich gehe, als Lepschitz auch ihr die erste Seite vorlegt.

Auf der Straße sehe ich, wie ein Hund überfahren wird. Bremsen kreischen, der kleine Hund liegt neben seinem Blut, eine Frau in Pantoffeln schreit. Fußgänger bilden schnell einen Kreis: wie bei einem richtigen Unfall. Der Geburtstag von Hugo Lepschitz rückt immer näher, in wenigen Tagen wird er sechzig. Ich spaziere an Schaufenstern vorbei, die Tasche voller Geld, und hoffe, das passende Geschenk zu finden.

Zu meinem eigenen Geburtstag im letzten Oktober wurde eine Torte aufgetragen, in der neunzehn tropfende Kerzen steckten. Von Lepschitz bekam ich Rasierzeug, das war mir peinlich, doch nützlich war es auch, denn über den Flaum, der um mein Kinn wuchs, machte Martha schon Witze. Rahel schenkte mir ein Handtuch und einen Waschlappen, auf die sie das Wort *Hans* gestickt hatte. Sie nehmen Geburtstage ungewöhnlich ernst, zudem bin ich der wohlhabendste in ihrer Familie.

Lepschitz ist nicht anspruchsvoll, doch die Schaufenster bringen mich auf keinen Einfall. Zur Not werde ich ihm eine Kristallvase kaufen, ich weiß, wo eine steht. Weit gehen darf ich nicht, weil ich versprochen habe, zum Abendbrot zurückzusein. Es war so leicht, Geschenke für Vater aufzutreiben: er wollte immer Bücher haben, Hauptsache sie waren alt, das heißt benutzt. Eines Tages machte ich mir eine Liste mit den Namen sämtlicher Schriftsteller, deren Bücher in seinem Zimmer standen; es kam nur selten vor, daß ich mit leeren Händen ein Antiquariat verlassen mußte. Ich glaube, daß alte Bücher und alte Gegenstände ihm deshalb lieber waren als unbenutzte, weil er alles neu kaufen mußte, als er aus dem Lager kam. Lepschitz mag keine Bücher.

Auf dem Nachhauseweg die Stelle, an der das Hündchen überfahren wurde; die Gaffer haben sich verlaufen, nur noch der Blutfleck auf der Fahrbahn, so klein, daß man ihn suchen muß. Ich überlege, ob Lepschitz sich über einen Hund freuen würde, womöglich über eine Katze. Ich bleibe sowieso nicht mehr lange in der Wohnung, ich werde mit Rahel über Hund und Katze sprechen.

Beim Treppensteigen begegnet mir einer, der mich nicht kennt. Da tue ich so, als würde auch ich mich nicht an ihn erinnern, an den Kerl, mit dem ich Martha auf der Straße getroffen habe. Gegen meinen Willen kommt Empörung auf: jetzt bringt sie ihn schon mit nach Hause! Nie würde ich es wagen, mit einer Freundin hier aufzutauchen, selbst wenn ich eine hätte. Diesmal trägt er eine weiße Leinenjacke, das lächerlichste Kleidungsstück, von dem man je gehört hat. Noch kann ich nicht ausschließen, daß er ungebeten gekommen ist und Martha nicht angetroffen hat. Und daß Rahel zu ihm gesagt hat: Sie werden entschuldigen, bester Herr, wir sitzen gerade beim Abendbrot.

Weil der Schlüssel von innen steckt, muß ich klingeln. Rahel öffnet, eine Schale mit Eiswürfeln in der Hand; sie eilt in die Küche, kaum hat sie mich erblickt, was stimmt hier nicht? Ich gehe ins Wohnzimmer, der Tisch erst halb gedeckt, kein Lepschitz. Also folge ich ihr.

Mein Kommen genügt als Frage, ein Unglück sei geschehen, erfahre ich, Marthas Hand sei gebrochen. Doch Lepschitz, der hinter uns in der Tür steht, sagt: »Die Hand ist nur verstaucht und nicht gebrochen.«

Ich rechne: der Kerl muß Zeuge oder Verursacher ihres Unfalls gewesen sein, er hat die arme Martha nach Hause gebracht. Warum ist er nicht geblieben? Bin ich zu früh zurückgekommen? Oder liegt Martha gar im Krankenhaus, hat Weißjacke nur die Nachricht überbracht?

Während Rahel behauptet, Verstauchungen seien schlimmer als Brüche, gehe ich zu Marthas Zimmer. Neugier, nur Neugier. Ich klopfe so leise, daß Martha, falls sie hinter der Tür ist und in Ruhe gelassen werden möchte, es nicht zu hören braucht. Mich ärgert, wie Weißjacke durch mich hindurchgesehen hat.

Martha ruft: »Ja?«

Ich trete ein wie in ein Sterbezimmer, sie ruht auf ihrem Bett, auf Kissen, die aus der ganzen Wohnung zusammengetragen worden sind. Sie haben ihr den Bademantel angezogen. Um das rechte Handgelenk, das wie tot neben ihr liegt, ist ein Verband gewickelt. Ihr Gesicht sieht schwach und leidend aus; es ist mir unerklärlich, warum ich finde, daß sie übertreibt.

»Entschuldige meine Neugier«, sage ich.

Sie sagt: »Es ist beim Tennisspielen passiert. Du weißt ja, wie ungeschickt ich bin.«

Ich weiß nur, wie geschickt sie ist, doch Tennis? Ich höre zum erstenmal davon und staune nicht weniger als damals, als mein Vater plötzlich Jiddisch sprach. Zu meiner Zeit spielte sie nicht Tennis, und einen Schläger habe ich in dieser Wohnung nie gesehen.

»Seit wann spielst du Tennis?«

»Das weißt du nicht?« sagt sie verwundert. »Ich habe in den letzten Wochen ständig davon erzählt.«

Ihr ist entgangen, wie schnell ich aus dem Zimmer gehe, wenn sie hereinkommt. Egal, was sollte ich gegen Tennis haben, ich frage, ob ihre Schmerzen groß seien und ob ich etwas für sie tun könne. Die Antwort lautet ja, das Handgelenk tue widerwärtig weh, und nein, wie sollte ich denn helfen. Ron habe sie zur Unfallklinik gebracht, erzählt sie dann, sie sei beim Spielen mit Ron gestürzt. Um Himmels willen, was für ein Wort, wie kann sie einen solchen Namen in den Mund nehmen? Soll ich jetzt sagen, daß ich ihm auf der Treppe begegnet bin, oder soll ich einfach gehen? Hier liegt ein Notfall vor, der niemandem das Recht gibt zu behaupten, sie schleppe tagtäglich ihre Freunde ins Haus, das muß ich zugeben.

Martha sagt, sie werde frühestens in vier Wochen die Hand benutzen können, das hätten sie im Krankenhaus behauptet. Was liegt ihr an meinem Mitleid? Ich stehe viel zu lange vor ihr, es fällt mir keine Frage ein, die nicht nach Heuchelei klingen würde. Auf gut Glück sage ich, Verstauchungen müßten meines Wissens warmgehalten werden, wegen der besseren Durchblutung; sie scheint daran zu zweifeln, auch wenn sie nicht widerspricht.

Ohne anzuklopfen, betritt Rahel das Zimmer, so weit ist es

gekommen. Sie bringt Zitronensaft mit Eisstücken, und Martha richtet sich, stöhnend wie eine Sterbenskranke, auf. Zum erstenmal entdecke ich große Ähnlichkeit zwischen ihr und Lepschitz. Martha stockt einen Augenblick beim Trinken, als sie mein Lächeln bemerkt. Wirklich, ich habe hier nichts verloren.

Man könne ja noch von Glück reden, sagt Rahel, daß Herr Wackernagel sich so umsichtig und freundlich um Martha gekümmert habe. Wieder ein Blick zwischen uns: Wackernagel. Ich frage, ob das der Mensch in der adretten weißen Jacke gewesen sei; es wird von allen bestätigt.

Martha ist mit dem Trinken fertig und zerkaut ein Stück Eis. Herr Wackernagel müsse jeden Moment zurückkommen, sagt Rahel, er sei zur Apotheke gesprungen, um essigsaure Tonerde zu kaufen. Dann habe ich mich eben geirrt, denn essigsaure Tonerde braucht man wohl zum Kühlen, nicht zum Wärmen.

Ich murmle etwas, das ich selbst nicht verstehe, und gehe aus dem Zimmer. Er hat jetzt seinen Fuß in der Tür, und warum sollte er ihn wieder fortnehmen, solange Martha ihm gefällt? Ich lege mich auf mein Bett, unter Kopfhörer, um nicht zu hören, wenn er zurückkommt. Vielleicht wird man ihm bald einen Schlüssel geben, wie mir. Mein Gott, ich bin nicht der erste, dem ein Vater gestorben ist! Ich schwimme in Selbstmitleid und weiß nicht wohin, das muß anders werden.

Nicht einen einzigen Pfennig vor morgen, sagte Vater und meinte damit: nicht vor dem Ersten. Doch als er hörte, daß ich für Elle Kaffee und eine Thermosflasche kaufen sollte, gab er mir zwanzig Mark. Von etwas anderem wurde nicht gesprochen, wir sahen uns kaum an. Er kam mir übernächtigt vor.

Elles Freude über den Kaffee war enttäuschend gering, obwohl es am Anstaltskiosk immer noch keinen zu kaufen gab. Sie sagte nicht danke, stellte die Thermosflasche in ihren Schrank, ohne einen Schluck zu trinken, und holte sie bis zum Ende meines Besuches, der Stunden dauerte, nicht wieder heraus.

Diesmal war ich entschlossen, ihr Vorwürfe zu machen. Sie sollte zu hören kriegen, was sie mir mit ihrer Schwatzhaftigkeit eingebrockt hatte. Ohne Zorn wollte ich ihr klarmachen, daß es ausgeschlossen ist, sich mit jedem über alles zu unterhalten, daß einem nichts anderes übrigbleibt, als mit dem einen über das eine und mit dem anderen über das andere zu sprechen. Und ich wollte ihr erzählen, wie trostlos das Verhältnis zwischen mir und Vater geworden war und wie sie dazu beigetragen hatte.

Elles Brieffloskel, ich könne beruhigt sein, sie habe tadellos gelogen und gegenüber Vater meinen Namen nicht erwähnt, war mir inzwischen verdächtig geworden. Ich hielt es für möglich, daß sie mit ihrer Krankheit kokettierte; oft genug hatte sie beobachten können, daß man sie um einer rührenden Leichtgläubigkeit willen besonders liebte, und

möglicherweise machte sie sich diesen Umstand nun zu-
nutze. Dessen konnte ich natürlich nicht sicher sein, aber
es sprach, so fand ich, viel dafür. An erster Stelle ihr scharfer Verstand, der mitunter zwar aussetzte, doch nie für
lange Zeit, für eine Zeitspanne etwa, die von meinem Besuch über Vaters Besuch bis zum Schreiben ihres letzten
Briefes an mich reichte. Wollte sie mir im Ernst einreden,
sie konnte Vater von der Entführung erzählen und gleichzeitig, indem sie meinen Namen nicht nannte, ihre Quelle
geheimhalten? Wollte sie mir weismachen, daß sie selbst an
diesen Unsinn glaubte? Eine Geschichte, die Jahre zurück-
lag, ging mir nicht aus dem Kopf:
In Elles Abteilung hatte eine Frau zu arbeiten angefangen, die ich nie gesehen, von der ich aber viel gehört habe,
eine Schwester Hermine. Zwischen Elle und dieser Schwester kam es zu Spannungen. Elle beklagte sich beim Arzt
und bei der Oberschwester, daß Schwester Hermine sie
drangsalierte und, wenn es keine Zeugen gab, so grob behandelte, daß sie Angst hatte, geschlagen zu werden. Wie
ich hörte, war Schwester Hermine eine große und schwere Frau. Elles Klagen hatten keinen Erfolg, so sprach
sie mit Vater über das Problem. Der stritt sich mit den
Ärzten herum, verlangte die Ablösung der Schwester und
erreichte nichts. Elles Klagen seien Hirngespinste, sagte
man ihm, und wohin sollte es führen, wenn Wohl und
Wehe der Schwestern von den Launen der Patienten abhin-
gen. Es stehe ihm, Vater, jedoch frei, sagten sie, seine Tochter in einer Anstalt mit vertrauenswürdigerem Personal un-
terzubringen. Solch eine Anstalt gab es weit und breit
nicht.
Eines Tages überreichte Elle ihm zwei Tabletten. Sie fühle
sich seit einiger Zeit merkwürdig müde, sagte sie, und ihr

sei aufgefallen, daß Schwester Hermine ihr mit den täglichen Medikamenten auch Tabletten gäbe, die sie vorher nie
bekommen habe, eben diese. Sie bat Vater, prüfen zu lassen, ob die Tabletten etwas mit ihrer wachsenden Müdigkeit zu tun hätten.

Vater hatte große Mühe, ein Laboratorium zu finden, das
diesen Auftrag annahm. Ich war zu jener Zeit vierzehn
Jahre alt, er weihte mich in die Sache ein und nannte es
meine *Erwachsenenprobe*. Mit dem Ergebnis der Untersu-
chung ging Vater, von Mißtrauen gepackt, zum Anstaltsleiter, nicht zum Stationsarzt. Namen und Anteile der Wirk-
stoffe, die das Laboratorium in den Tabletten gefunden
hatte, sagten Vater nichts, doch der Anstaltsleiter verstand
sie zu lesen: Elles Verdacht bestand zu Recht, die Tabletten
waren Gift für sie; es handelte sich um ein besonders star-
kes Beruhigungsmittel, das sie nicht brauchte und das ihr
kein Arzt je verordnet hatte. Über die Station brach ein
Unwetter herein, Schwester Hermine wurde entlassen.
Vater erwog eine Strafanzeige, aber ein Anwalt riet davon
ab, ich weiß nicht warum. Bald erholte sich Elle von ihrer
Müdigkeit, und die Geschichte hätte damit zu Ende sein
können.

Monate später war ich mit Elle im Park, wir spielten ein
Spiel, das sie erfunden hatte: dem anderen etwas zu sagen
oder vorzumachen, worüber der sich wunderte. Man
konnte bis zu fünf Punkte auf einen Schlag gewinnen, je
nach dem Grad der Erstaunlichkeit. Dafür, daß ich mit
meinem Daumen den Unterarm berühren konnte, bekam
ich zum Beispiel zwei Punkte. An jenem Nachmittag fing
Elle plötzlich zu strahlen an und führte mich zu einer riesigen Platane. Als sie sich davon überzeugt hatte, daß uns
niemand gefolgt war, griff sie in ein Astloch, holte eine Me-

dikamentenschachtel hervor und verlangte fünf Punkte. Es waren jene Tabletten, mit deren Hilfe sie die unschuldige Schwester Hermine vertrieben hatte. Ich erinnere mich an mein Herzklopfen, als ich sah, wozu meine Schwester fähig war. Sie hat mir nichts erklärt.

Weil ich es für wahrscheinlich hielt, daß Schwester Hermine nicht nur die Anstellung verloren hatte, sondern auch keine neue finden würde, erzählte ich Vater, was ich wußte. Er nahm die Nachricht erstaunlich gelassen auf, so als hätte er an eine solche Möglichkeit längst gedacht. Und er befahl mir, mit niemandem darüber zu sprechen.

Auf ihrem Bett lag eine Puppe, die ich nicht kannte, mit weißer Rüschenbluse und grünen Schuhen. Elle hatte keine Lust, nach draußen zu gehen; ein paarmal streichelte ich sie, bevor ich mit meinen Vorwürfen begann. Ich sagte, Vater sei böse auf mich: ob sie sich denken könne warum. Sie schüttelte den Kopf und machte große Augen. Ich trieb mich mit dem Gedanken an, sie brauchte nichts so nötig, wie ernst genommen zu werden.

»Dir waren die Folgen doch klar«, sagte ich, »als du über die Entführung mit ihm gesprochen hast.«

Sie schüttelte wieder den Kopf, und ich sagte: »Das glaube ich dir nicht.«

Etwas Merkwürdiges geschah: Elle trat einige Schritte zurück, preßte die Hände vor der Brust so gegeneinander, wie Ariensängerinnen es manchmal tun, und sagte mit vor Ärger verzerrtem Gesicht: »Ich fürchte, mir wird schwindlig. Dann werden wir die Schwester rufen müssen.«

Es war kein Zweifel möglich, sie wollte mir den Mund verbieten, sie drohte mit einem Anfall.

»Ich weiß nicht, was du mit dem Verrat bezweckt hast«, sagte ich. »Wolltest du Vater vor mir schützen?«

Sie sagte: »Du willst es nicht anders.«

Dann drückte sie auf einen Knopf neben dem Nachttisch, über der Tür leuchtete ein grünes Lämpchen auf. Elle legte sich aufs Bett, hielt sich die Stirn und sah phantastisch leidend aus. Versehentlich hatte sie sich auf ihre Puppe gelegt, die drückte nun. Elle zog sie blitzschnell hervor und warf sie auf den Boden, bevor die Tür aufging. Eine Schwester kam herein.

Elle hob den Kopf an, wie unter Mühen. Doch richteten sich ihre Augen auf mich, nicht auf die Schwester. Ich verstand, was der Blick zu bedeuten hatte: sie wollte mich davor warnen, sie zu verraten, wenn sie die Leidende spielte.

»Was ist denn nun?« fragte die Schwester.

»Gut, daß Sie gekommen sind«, sagte ich, »ihr ist auf einmal schwindlig geworden.«

»Er übertreibt«, sagte Elle schnell. »Ich habe nur Durst.«

»Das ist alles?«

Die Schwester trat ans Waschbecken, nahm Elles Plastikbecher, spülte ihn aus und füllte ihn mit Wasser. Dabei sagte sie zu mir, ich solle mir die Handgriffe einprägen, damit ich beim nächsten Durstanfall die Arbeit des Wassereinfüllens selbst übernehmen könne. Sie brachte Elle den vollen Becher, nickte uns mit falscher Freundlichkeit zu und ging hinaus.

»Warum hast du mich bei Vater angeschwärzt?« fragte ich, bevor Elle sich falsche Hoffnungen machte. Sie zuckte mit den Schultern und stand auf; lächelnd trug sie den Becher zum Waschbecken zurück und schüttete das Wasser aus, ohne getrunken zu haben.

»Ich bin wütend auf dich«, sagte ich, »das kannst du ruhig
wissen. Ich gehe hier nicht weg, bevor du mir erklärst,
warum du es getan hast.«

Sie setzte sich mit einer Zigarette hin, wie eine Dame auf
Feuer wartend, und ich suchte nach Streichhölzern. Ihr
Zustand schien mir ungewöhnlich gut zu sein, sie war
munter und konzentriert wie selten: wenn ich nur Ruhe
gegeben hätte. Sonst ging es immer nach ihrem Willen, das
war wie ein Gesetz.

Sie sagte, sie hätte der Schwester nur zu sagen brauchen,
daß sie sich schlecht fühlte, und ich hätte gehen müssen.
Im Bücherregal fand ich eine Büchse voll leerer Streich-
holzschachteln. Ich sagte: »Was hätte das geändert?
Glaubst du, ich verstehe dein Verhalten besser, wenn man
mich wegschickt?«

Ungeduldig sah sie zu, wie ich suchte, die Zigarette vor
dem Mund. Bevor ich ihren Schrank öffnete, fragte ich um
Erlaubnis, sie nickte; auch dort waren keine Streichhölzer,
im ganzen Zimmer nicht.

»Womit habe ich die Vorwürfe denn überhaupt verdient?«
fragte Elle.

Ihr Spiel kam mir jetzt nicht mehr durchtrieben vor, sondern hilflos. Meine Güte, dachte ich, wann hat sie schon
Gelegenheit, boshaft und hinterhältig zu sein, und wem
sonst kann sie schon eins auswischen? Ich änderte meinen
Ton und sagte, wir sollten keine Affäre daraus machen; ich
hätte nur damit gerechnet, daß sie Vater von unserem Gespräch nichts erzählen würde, darum die Verstimmung.

Nicht nur Elle war erleichtert, als mein Gesicht wieder
brüderlich wurde, auch mir war wohler. Immer noch
hoffte ich auf einen Rat von ihr, auf einen Fingerzeig, auf
den Hauch einer Empfehlung.

Sie bat mich, von draußen Feuer zu holen. Bei der Schwester versuchte ich es gar nicht erst, ich rannte zum Kiosk
und war so schnell zurück, daß ich mich hinsetzen mußte.
Manchmal rauchte sie auf eine Weise, die mir unangenehm
war: einen Teil des Rauchs inhalierte sie, der Rest bildete
ein Wölkchen vor ihrem Mund, das sie nicht in Ruhe auf-
steigen ließ; sie verfolgte dieses Wölkchen und sog auch das
noch ein, so als fegte jemand nach der Mahlzeit die Krümel
vom Tisch in die hohle Hand und schüttete sie sich gierig in
den Schlund.

Ob es zuviel verlangt sei, fragte sie, wenn sie mich bitte, ihr
ein Fagott oder eine Violine zur Probe mitzubringen, denn
es sei furchtbar schwer, sich allein nach dem Radioklang zu
entscheiden.

Ich sagte: »Dieser Mann wird noch immer gefangengehalten. Dieser Aufseher.«

Elles Bewegungen stockten, dann rauchte sie weiter, als
wäre nichts geschehen. Sie sagte, in einem Lexikon der
fahrbaren Bücherei seien Instrumente abgebildet, darunter
eine Violine, aber was sehe man schon groß auf solchen Bildern. Sie habe zum Beispiel keine Vorstellung, wie groß
und wie schwer die Violinen seien. Ihre Worte klangen für
mich wie eine Kampfansage, wie der entschlossene Versuch, mich zurückzudrängen.

»Es geht ja nicht nur darum, welche Strafe dieser Mann verdient«, sagte ich. »Ich finde, daß Vater erbärmlich aussieht.
Er schläft wenig, ißt kaum noch und ist den ganzen Tag aufgeregt. Um seinetwillen muß man versuchen, die Sache zu
beenden.«

Noch während ich redete, wußte ich, daß sie gleich wieder
auf die Instrumente zu sprechen kommen würde; ich
schloß es aus der Art, wie sie den Kopf gesenkt hielt, wie

sie nicht zuhörte, sondern mein Reden nur aushielt. Mir fiel eine böse List ein: ihr zu sagen, daß ich Fagott oder Violine nur dann mitbringen würde, wenn sie mich vorher beriet. Ich verzichtete darauf, weil ich nicht wußte, wie schwer Instrumente zu beschaffen waren; nachher ging sie auf das Geschäft ein, und ich konnte die versprochene Ware nicht liefern.

Als ich zu Ende gesprochen hatte, fragte sie tatsächlich, ob ich sie für gescheit und für geschickt genug hielte, um sich auf dieses Instrumentenabenteuer einzulassen. Mir wäre das Herz gebrochen, wenn ich nicht mit *Ja* geantwortet hätte.

Sie mache sich nichts vor, sagte sie, es sei mit ihrer Auffassungsgabe nicht weit her. Ich mußte widersprechen; ob mir das paßte oder nicht: sie ließ mich tanzen. Sie sagte, es wäre klüger gewesen, wenn sie sich vor fünfundzwanzig Jahren eine solche Verrücktheit in den Kopf gesetzt hätte, kein Mensch lerne in ihrem Alter ein Instrument so nebenher wie in der Kindheit.

»Woher weißt du das?« fragte ich.

»Vom Hörensagen. Stimmt es nicht?«

Wahrscheinlich glaubte sie, die Gefahr wäre nun gebannt, sonst hätte sie mich nicht zur Ruhe kommen lassen; jedenfalls schwieg sie ein wenig, als müßte sie nicht mehr gegen mich anreden. Ich rückte mit meinem Stuhl so dicht vor sie hin, daß unsere Knie wie zwei Zahnräder ineinandergriffen. Sie blies mir zum Spaß Rauch ins Gesicht.

»Du begreifst nicht, wie ernst es ist«, sagte ich. »Ich weiß mir keinen Rat. Mit niemandem kann ich darüber sprechen.«

Da zog sie meinen Kopf auf ihren Schoß herunter und sagte: »Ja, ja, ich kenne das.«

Ich machte die Augen zu und wurde gestreichelt, das tat uns beiden gut. Es wäre besser gewesen, wenn wir uns beraten hätten, aber ihre federleichten Finger waren auch nicht schlecht.

Ich hörte sie fragen: »Hast denn du keine Angst, daß ich ihm wieder alles erzählen tu?«

Auf der Heimfahrt war mir elend zumute. Elles kleiner Trost war schnell verflogen, und Martha war nicht erreichbar, zum erstenmal drehte sie in der Nacht. Vater war nicht zu Hause. In der Speisekammer lag ein Stück Brot, das vor Trockenheit Risse hatte. Er war im Wald, wo sonst, als Gerichtsherr.

Die Wohnung befand sich in einem Zustand, als wohnten zwei alte Männer darin. Ein leerer Topf stand auf dem Herd, der nach guter Suppe duftete. Ich fand es empörend, wie Vater mich mit dem Essen kurzhielt. Zugegeben, ich hatte Wirtschaftsgeld veruntreut, und meinetwegen mochte er hundert Gründe haben, mir böse zu sein: aber durfte er mich deshalb hungern lassen? Ich warf das Stück Brot aus dem Küchenfenster, bis hinter die Mülltonnen. Dann fing ich an, die Wohnung aufzuräumen. In meinem Zimmer lag bergeweise Zeug herum, das zur Schulzeit gehörte und mit dem Abitur wertlos geworden war.

Nach meinen Zimmer kam unser grünes dunkles Bad an die Reihe. Die Härchen aus seinem elektrischen Rasierapparat lagen wie festgewachsen im Waschbecken, die Handtücher waren beschämend schmutzig. Mir war klar, daß Vater sie längst gewechselt hätte, wenn er der großen Ablenkung nicht ständig ausgesetzt gewesen wäre; Schmutz hat ihn immer mehr gestört als mich.

Es war kein Toilettenpapier mehr da, und ich hatte nicht das Geld, um neues zu kaufen. Ich zerriß einige Zeitungen in postkartengroße Stücke, zog einen Faden hindurch und hängte die Blätter unübersehbar ans Fensterkreuz. Ich hoffte, er würde es schon nicht als Zeichen dafür nehmen, daß ich nun gut zu wirtschaften versuchte.

Als ich in seinem Zimmer ein Fenster öffnete, um das Staubtuch auszuschlagen, flogen Zettel vom Schreibtisch auf. Ich suchte sie zusammen und sperrte sie in eine Schublade. Dort lag eine schwarze Brieftasche, Vaters Brieftasche aber war braun.

Es kam mir selbstverständlich vor, eine solche Chance zu nutzen; ich brachte die Brieftasche in mein Zimmer, obwohl Vaters Heimkehr drohte. Für alle Fälle steckte ich den Schlüssel ins Schloß der Wohnungstür. Ich hätte nicht sagen können, was ich zu finden hoffte.

Inzwischen ist die Brieftasche in meinem Besitz, ich habe sie von Vater geerbt. Damals öffnete ich sie aufgeregt, doch auch vorsichtig: ich prägte mir ein, wie jedes Ding darin untergebracht war. Eins nach dem anderen las oder besah ich, und in ein Schulheft schrieb ich lauter Einzelheiten, wie um Material zur Lösung eines Falles zusammenzutragen. *Heppner, Arnold Hermann, geboren am 04. März 1907 in Brandenburg/Havel.* Mein Gott, er war sechs Jahre älter als Vater, aber jeder mußte ihn um ein gutes Stück jünger schätzen. *Verheiratet, besondere Kennzeichen: keine.* Ich schrieb mir die Adresse auf, die Ausweisnummer, sogar das Datum, an dem der Ausweis ungültig wurde.

Eine gelochte Eisenbahnfahrkarte: am 4. April ist er nach Leipzig gefahren, zweiter Klasse, drei Tage später zurück. Ein Notizbuch im Außenfach der Brieftasche, Fotos, wie sie in den Schaukästen der Fotogeschäfte hängen, Zettel mit Zahlen und Terminen, Geld. Eine Quittung für zwei Sack Zement.

Im Notizbuch nichts als Namen, Adressen, Telefonnummern. Es wunderte mich, daß keine einzige Abweichung von der alphabetischen Reihenfolge vorkam, obwohl das Büchlein so alt war, daß die Seitenränder sich rollten.

Merkel, H. J.
Mierau, Johanna
Motor Lichtenberg, BSG
Musikladen Frankfurter Allee
Musikladen Schönhauser Allee
Mussner, Widukind

Es war nichts Verräterisches in der Brieftasche, aber was hätte ich auch finden sollen? Seinen NSDAP-Mitgliedsausweis? Ein Foto, auf dem er mit einer Peitsche auf Juden eindrosch? Seine Buchstaben waren schwer lesbar, weil sie kaum Zwischenräume hatten und merkwürdig hoch ragten, als wäre jede Zeile nach dem Schreiben von links und rechts zusammengeschoben worden. Ich fand die Schrift nicht unangenehm oder gar abstoßend, auch wenn ich mich nur dazu hätte entschließen müssen. Mit Schaudern dachte ich an die Möglichkeit, daß Vater, Kwart und Rotstein die vielen Namen aus dem Notizbuch überprüften.

Im Augenblick, als das Telefon klingelte, fielen mir die Fotos vom Tisch. Ich mußte sie aufsammeln, bevor ich in den Flur rannte, da war niemand mehr am Apparat. Zuoberst hatte das Bild eines Brautpaars gelegen, das einen mit verzweifelten Augen ansah; die Reihenfolge der übrigen Fotos hatte ich mir nicht eingeprägt.

Ich legte die Brieftasche zurück, zog den Schlüssel aus dem Türschloß und saugte Staub in Vaters Zimmer; er konnte sich von einem ausgeblichenen, schon löchrigen Teppich nicht trennen, weil Mutter einmal Rotwein darauf verschüttet hatte. Vielleicht war es ihm auch egal, was für ein Teppich im Zimmer lag, jedenfalls stammten die Rotweinflecken von meiner Mutter. Nach dem Saugen nahm ich die fliegenden Zettel aus der Schublade und verteilte sie wieder auf dem Schreibtisch.

Die Küche war übriggeblieben, und der Abend war da. Wir hatten wegen des Saubermachens nie groß streiten müssen, diesmal aber kam es mir vor, als würde ich nicht saubermachen, sondern kapitulieren. Ich nahm eine der vielen schmutzigen Tassen und warf sie gegen die Wand. Es war nicht etwa eine Angewohnheit, meine Wut an Geschirr auszulassen, trotzdem juckte es mich in den Fingern, den ganzen widerlichen Geschirrberg zu zertrümmern. Ich hatte Hunger.

Wie ein gefangener Marder lief ich in meinem Zimmer herum und legte mir wüste Sätze für Vater zurecht. *Du verwechselst mich mit deinem Nazi, warum sonst gibst du mir nichts zu essen?* Oder: *Glaubst du, jeder Jude sollte wenigstens einmal im Leben anständig hungern?*

Dann führte ich einen Plan aus, der mir auf unergründliche Weise in den Kopf gelangte, nicht Stück für Stück, sondern plötzlich, als Ganzes: ich holte noch einmal Heppners Brieftasche und zog ein Foto heraus, irgendeines aus der Mitte. Dann nahm ich aus dem Schrank einen Karton, in dem Vater seine eigenen Bilder aufbewahrte, ungeordnet, aus allen Zeiten; ich schob Heppners Bild unter unsere Familienfotos, räumte Brieftasche und Karton wieder an ihren Platz und war für einige Sekunden zufrieden. Noch heute weiß ich nicht, ob ich eine Spur legen wollte, die meine Mitwisserschaft bezeugte, oder ob ich einfach den Verstand verloren hatte.

Die Splitter der Tasse lagen überall in der Küche herum, ich fegte sie zusammen und fand immer wieder noch einen. Beim Abschied hatte ich Elle versprechen müssen, mich zu erkundigen, ob man nicht irgendwo für einen halben Tag eine Geige ausleihen könnte. Es war traurig, was dann folgen würde: sie würde mit dem Bogen über die Saiten streichen, die häßlichen Geräusche hören, und niemand in der Nähe, der sie unterweisen konnte. Ein paarmal würde sie es noch versuchen, dann Schluß für immer. Sogar im Ausguß lag ein Splitter.

Als ich Wasser einlaufen ließ, um das Geschirr abzuwaschen, sah Vater in die Küche herein. Ich drehte den Hahn zu und tat so, als hätte ich mir nur die Hände gewaschen. Er sagte, es sei für ihn der erfreulichste Anblick seit langem, mich so arbeiten zu sehen, und er wolle mich dabei nicht stören. Bevor ich ein Wort entgegnen konnte, war er wieder verschwunden. Ich nahm die wenigen Geschirrstücke, die ich schon ins Abwaschbecken gelegt hatte, wieder heraus und türmte sie auf die anderen.

Er war in sein Zimmer gegangen. Mit etwas Geld in der Tasche hätte ich die Wohnung sofort verlassen. Die Erkenntnis, daß er mich nicht ausstehen konnte, war ein wichtiges Nebenprodukt der Entführung: so gesehen hatte die Sache auch etwas Gutes. Oder ist es normal, daß Eltern eines Tages ihrer Kinder überdrüssig werden? Daß nur eine begrenzte Menge an Fürsorge und Freundlichkeit vorhanden ist und daß, wenn dieser Vorrat erschöpft ist, Verdruß und Feindseligkeit überhandnehmen, wie bei anderen Leuten auch, die zu eng zusammenleben müssen?

Vater kam noch einmal zurück und öffnete hinter mir die Kühlschranktür. Dann hörte ich ihn ein Geschirrstück abspülen, ich stand am Fenster und wollte mich nicht umdrehen. Er sagte: wenn ich schon einmal in fünf Jahren saubermachte, dann sollte ich es nicht nur an den sichtbaren Stellen tun, sondern auch in den Winkeln. Entgegen aller

Vernunft hatte ich erwartet, daß er etwas Versöhnliches sagen würde. Ich fuhr herum und rief so heftig, daß es mir selbst übertrieben vorkam: Ich habe Hunger.

Gleichmütig antwortete er, er habe ein Stück Fleisch mitgebracht, das wolle er später braten. Er trocknete ein Glas ab und goß sich Bier ein. Als ich hinausgehen wollte, hielt er mich am Ärmel fest und deutete auf einen Stuhl. Weil sein Gesicht friedfertig aussah, dachte ich, nun käme doch noch das Versöhnliche, blieb aber stehen.

Er selbst setzte sich, fragte mich, ob ich bei Elle gewesen sei, und trank sein Glas leer, auf die Antwort wartend. Ich stellte Vermutungen an, worauf er hinauswollte; ob es zum Beispiel seine Absicht war, das Geld, das er mir für die Thermosflasche gegeben hatte, jetzt abzurechnen. Er fragte: »Also was ist?«

Ich sagte: »Du weißt doch, daß ich bei ihr war.«

»Ich weiß es von dir«, sagte er, als wären Informationen aus einer solchen Quelle von geringem Wert. »Aber was ich dich fragen wollte: hast du mit ihr wieder über diesen Fall gesprochen?«

»Worüber sonst«, sagte ich. Wir sahen uns lange an, ich konnte beobachten, wie die Wut in ihm hochstieg.

Tausendmal habe ich mir inzwischen Vorwürfe gemacht, ich hätte nur mein Gekränktsein im Kopf gehabt und nicht begriffen, daß ich nur eine Randfigur war. Tausendmal habe ich mich gefragt, aus welchem Grund ich Vater für einen Herkules hielt, dem jede Anstrengung zugemutet werden konnte. Doch meine Augen waren schmaler als seine, ich bebte vor Empörung mehr noch als er. Weil ich aber der größere Feigling war, ging ich aus der Küche hinaus und gleich aus der Wohnung. Ich floh die Treppe hinunter in Richtung Alexanderplatz.

Martha hatte es in jenen Tagen mit einer dreifachen Bela-
stung zu tun: mit der Filmarbeit, mit ihrem Studium und
mit mir. Wenn sie mehr Muße gehabt hätte, wäre ihr aufgefallen, daß ich mich anders als sonst benahm, daß ich verdächtig wenig redete und ständig abgelenkt war. Vielleicht
bemerkte sie es aber auch und erklärte es sich damit, daß
ich auf ihre Beschäftigungen eifersüchtig war.
Sie saß am Tisch, zwei Schulterblätter mit einem Tal dazwischen, und schrieb an einer Arbeit, die zu Beginn des
neuen Semesters, in gut einem Monat, vorzulegen war. Sie
hatte Angst, es könnte uns keine Zeit für ein bißchen Ostsee bleiben. Ich saß in ihrem Schaukelstuhl und kam nicht
über die beiden ersten Seiten eines Buches hinweg, das sie
mir so in die Hand gedrückt hatte, wie man Babys Schnul-
ler in den Mund steckt.
Als ich am Morgen in unsere verschmutzte Küche gekommen war, hatte das Wirtschaftsgeld für August auf dem
Tisch gelegen, fächerartig ausgebreitet. Vater mußte es am
Abend oder während der Nacht deponiert haben, er schlief
noch. Um ihm zu zeigen, wie sehr es sich auszahlte, mich
gut zu behandeln, erledigte ich auf der Stelle den Abwasch
und wischte den Küchenboden auf. Dann ging ich nach unten, zur nächsten Konditorei, und stopfte fünf oder sechs
Stück Kuchen in mich hinein. Davon war mir den ganzen
Tag über schlecht, auch am Nachmittag, hinter der schrei-
benden Martha.
Am Abend mußte sie wieder ins Filmatelier, zum letzten-

mal. So saß ich nicht nur gelangweilt hinter ihr, sondern auch in der Gewißheit, daß mich nichts Angenehmes erwartete; trotzdem fühlte ich mich lieber in ihrer Nähe verlassen als weit von ihr entfernt. Sie schrieb Seite um Seite, so eilig, daß man den Eindruck hatte, sie wüßte den Text auswendig und fürchtete, ihn zu vergessen.

Ihre Mutter kam herein, unter einem kümmerlichen Vorwand; nach dem Anklopfen öffnete sie sofort die Tür, und Martha blickte ärgerlich zu mir und dann zu ihr. Es war bereits der zweite Kontrollgang, beim ersten hatte Rahel wissen wollen, ob ich zum Abendbrot bliebe. Ohne mich zu konsultieren, hatte Martha geantwortet: »Wir wissen es noch nicht.«

Diesmal erkundigte sich die Mutter, ob Martha nicht irgendwo die Küchenschere gesehen hätte, und Martha sagte ungeduldig: »Es ist alles in Ordnung, Mama. Du kannst beruhigt sein.«

Kaum war Rahel wieder draußen, schloß Martha die Tür ab. Mir war der Auftritt peinlich, ich versprach mir von der Verriegelung nichts. Auf dem Rückweg von der Tür zu ihrem Schreibtisch kam Martha beim Schaukelstuhl vorbei und gab mir einen kleinen Kuß, damit ich nicht vollkommen leer ausging.

Ich zwang mich zum Lesen, es handelte sich um eine Kriminalgeschichte, deren Faden ich nicht fand; und als ich nach einigen Anläufen doch in der Lage gewesen wäre, ihn aufzunehmen, hatte ich keine Lust mehr dazu.

Ich fragte, wie lange sie noch zu tun habe. Martha sagte: bis es Zeit sei zu gehen. Ich durfte nicht gekränkt sein, was für eine Ahnung hatte ich schon von den Pflichten der Studenten. Ich legte das Buch auf ihren Tisch und schaukelte heftig, bis an die Kufenenden heran; Martha aber ließ sich nicht ablenken. Sie war so vertieft in ihr Schreiben, daß ich sie darum beneidete.

Musik hören konnte ich nicht, Martha besaß keine Kopfhörer. Mitten in diesem Elend fing ich an zu erzählen, was an jenem Sonntag im Wald geschehen war. Vielleicht dachte ich, es handle sich bei dieser Geschichte um die einzige Störung, die Martha gelten lassen mußte. Ob sie sich an den Verdacht erinnern könne, fragte ich, der ihr bei unserem letzten Treffen im Wald gekommen sei.

Nach einer Zeit, die sie wohl brauchte, um einen Satz zu Ende zu schreiben, erkundigte sie sich, was ich gesagt hätte. Ich wiederholte: »Erinnerst du dich, wie wir uns im Waldhaus treffen wollten und nicht konnten?«

Jetzt erst sah sie mich an, kurz und verwundert, und sagte: »Warum sollte ich das vergessen haben?«

Sie machte sich wieder an die Arbeit, und ich dachte: lange schreibst du nicht mehr. Ich sagte, sie habe mir damals auf den Kopf zugesagt, daß etwas nicht stimmte, und sie habe vollkommen recht gehabt, ich sei außer mir gewesen. Ich hätte kurz zuvor ein Erlebnis gehabt, über das ich endlich mit ihr sprechen müsse.

In diesem Augenblick klopfte es wieder. Ich sah, wie die Türklinke ein paarmal nach unten gedrückt wurde. Martha drehte sich um und gab mir ein Zeichen, ich sollte sie nur machen lassen, dann rief sie: »Moment noch!«

Ich erkannte, daß sie mir nicht zugehört hatte, oder richtiger: daß ihr nicht bewußt war, den Anfang von etwas Wichtigem gehört zu haben. Sie ging zum Bett, zog die Decke herunter, warf sie aufs Bett zurück und versetzte dem Kissen zwei Schläge mit der flachen Hand. Dann grinste sie mir zu, als hätte sie in unser beider Namen gehandelt, und sperrte die Tür auf.

Die Augen von Frau Lepschitz stürzten sich sofort aufs Bett. Ich wünschte, Martha hätte ihrer Mutter die Lektion in meiner Abwesenheit erteilt, auch wenn ich einsah, daß ich dazugehörte. »Was gibt es, Mama?« fragte Martha, als ihr die Pause zu lang wurde.

Es fiel Frau Lepschitz schwer, sich auf den Grund ihres Kommens zu besinnen, und es hätte mich nicht gewundert, wenn sie wortlos wieder gegangen wäre. Doch sie wurde mit ihrer Verwirrung fertig, vielleicht durchschaute sie sogar Marthas Spiel. Sie riß sich vom Bett los und fragte, ob wir während der letzten Minuten Radio gehört hätten.

Martha und ich einigten uns mit Blicken darauf, nicht loszulachen, dann schüttelten wir gleichzeitig den Kopf. Frau Lepschitz sagte, eben hätten sie im Radio durchgegeben, daß Walter Ulbricht gestorben sei. Einen Moment noch stand sie da und schien zu überlegen, ob sie uns mit einer solchen Neuigkeit allein lassen konnte, dann ging sie.

Martha holte das Kissen vom Bett, legte es sich unter und begann wieder mit der Arbeit, ohne etwas zu sagen. Mir kam das herzlos vor. Nicht, daß ich ein Verehrer Ulbrichts gewesen wäre, aber eine kleine Besinnung war die Nachricht ja wohl wert. Ich fühlte mich eigenartig betroffen, als wäre jemand aus meiner Umgebung verschwunden. Von allen Autoritäten des Landes war er mir die vertrauteste, auch wenn in letzter Zeit kaum noch über ihn gesprochen worden war; sein Bild hatte einmal in allen Räumen meiner Schule gehangen, selbst in der Turnhalle und im Treppenhaus.

Es war kein Schreibgeräusch zu hören, nur Marthas Ellbogen rückte langsam von der Stelle. Mir fiel ein Satz ein, den ich zu seinem fünfundsiebzigsten Geburtstag in einem

Schulaufsatz geschrieben hatte: *Und darum werden wir ihn immer lieben und verehren.* Ich fragte Martha, ob die Weltfestspiele nun abgebrochen werden müßten. Sie sagte: »Sind es deine Weltfestspiele?«

Dann war auf ihrem Bogen kein Platz mehr, sie machte die Schublade auf, um Papier herauszunehmen. Weil sie sich oft in ihren Unterlagen und Notizen nicht zurechtfand, hatte ich sie einmal gefragt, warum sie immer auf lose Blätter und nicht in Hefte schriebe; sie hatte geantwortet, Studenten schrieben nicht in Hefte, Hefte seien für Schüler da. Sie sagte, ich hätte angefangen, vom Häuschen zu erzählen, sie müsse ihrer Hand etwas Ruhe gönnen und könne mir jetzt zuhören.

Ich sah, daß sie nicht wirklich neugierig war und auch keinen Verdacht geschöpft hatte, sie kramte in der Schublade. So sagte ich, der verfluchte Besuch mache sich immer breiter und denke vorerst nicht daran, unser Häuschen zu verlassen. Das sei schon alles.

Sie fand, was sie gesucht hatte, und warf mir eine Tüte zu, es waren Filmfotos darin. Auf jedem war Martha zu sehen, mit einem alten Herrn auf der Straße, vielleicht mit Herrn Turteltaub, in einem Zugabteil beim Illustriertenlesen, vor einem Polizisten stehend, der ihren Ausweis kontrollierte, Martha starr vor Angst. Ihre Augenbrauen kamen mir buschiger vor und ihre Lippen höher oder runder. Ich fragte sie danach, und Martha sagte, vor jeder Filmaufnahme müsse sie zu einer Frau Maskenbildnerin, die male ihr nach Herzenslust im Gesicht herum, das sei beim Film nun mal nicht anders.

Ich sagte: »Warum hast du die Bilder nicht sofort vernichtet? Jemand könnte sie sehen.«

Martha spitzte die Lippen, wie zum Zwitschern oder zu ei-

nem Kuß, und sah mich überrascht und lange an. Für einen
Witz war meine Bemerkung viel zu grob geraten, doch war
ich nicht nur auf einen Witz aus; das lange Warten hatte
mich krötig gemacht, ich fühlte mich veschmäht. So erwi-
derte ich ihren Blick wie jemand, der nichts zurückzuneh-
men hat.

Sie nahm mir Tüte und Bilder weg; ein einzelnes konnte
ich retten und hielt es außerhalb ihrer Reichweite, sie
schnappte ein paarmal danach, erreichte es aber nicht. Da
setzte sie sich gerade hin und streckte nur die Hand aus, so
grimmig, daß ich das Bild hineinlegte.

»Wir können uns herzlich gern streiten«, sagte sie und
stopfte die Bilder in die Tüte.

Ich ärgerte sie zusätzlich, indem ich ihre Offerte ernst
nahm und nickte; ein Streit, der schon nicht ins Uferlose
wachsen würde, war mir in dieser Stimmung lieber, als bis
zum Aufbruch hinter ihr herumzusitzen. Aber sie hielt das
Angebot nicht aufrecht, sie drehte sich mit dem Stuhl zur
Arbeit um, als wäre die Zeit für mich zu schade.

»Ich muß dir mal was sagen, mein Lieber.«

Also doch, ich hatte nicht vergeblich gehofft. Sie knüllte
ein Blatt zusammen, warf es in den Papierkorb und löste
ihr Versprechen doch noch ein.

»Ich weiß seit langem, daß man über ein bestimmtes Thema mit dir nicht reden kann«, sagte sie. »Kaum fängt ein
Wort mit Jot an, bricht dir der Schweiß aus. Die wirklichen
Opfer wollen andauernd Gedenktage feiern und Mahnwa-
chen aufstellen, und du willst, daß geschwiegen wird.
Du bildest dir vielleicht ein, das wäre das Gegenteil, aber
ich sage dir: es handelt sich um dieselbe Befangenheit. Woher kommt die? Ich kenne deinen Vater nicht gut genug,
aber ich kenne die anderen Einflüsse, denen du ausgesetzt

bist: sind die so schlapp? Und hast du mir nicht immer erzählt, er hätte wunderbar unversehrt das Lager überstanden?« Das etwa sagte Martha.

Kaum hatte sie zu Ende gesprochen, hielt sie den Kugelschreiber wieder zwischen den Fingern und war beschäftigt. Allem Anschein nach war ich nicht kritisiert, sondern
beschimpft worden: im Fall von Kritik hätte mir doch das
Recht auf Antwort zugestanden. Ihr Ellbogen ruckte
schon wieder vorwärts.

Ich stand auf, um zu gehen. Was hatte ich anderes getan, als
meine Nase darüber zu rümpfen, daß Martha an einer stinkenden Sache beteiligt war? Durfte ich nicht widersprechen, wenn wieder und immer wieder genußvoll an diesem
Stück Vergangenheit herumgefingert wurde, und zwar von
solchen, die mich an Plünderer erinnerten? Mußte man
diesen Dreck bejubeln, nur weil die Eltern im Lager gewesen sind?

Auf dem Weg zur Tür hörte ich Martha fragen, ob ich etwa
schon gehen wollte. Als ich meine Hand auf die Klinke
legte, zog sie die Augenbrauen himmelhoch; ich sagte, daß
sie mich nur dann angreifen dürfe, wenn sie auch genügend
Zeit habe, sich meine Rechtfertigung anzuhören. Sie legte
den Kugelschreiber aufs Papier, drehte sich herum und
machte gespannte Augen.

Sie mußte eine Hand nach mir ausstrecken, um mich zurückzuhalten. Ich brauchte nur zwei, drei Meter zu gehen,
um für sie erreichbar zu sein. Sie zog mich auf ihren Schoß,
wo ich mich nicht gleich zurechtfand, weil ich noch nie
dort gesessen hatte. Sie wisperte mir ins Ohr: »Los, recht-
fertige dich!«

Endlich verging die Zeit wieder, es gab nichts Angenehme-
res, als von ihr gehalten zu werden. Der erste vernünftige

Gedanke, den ich fassen konnte, war, daß kein Mensch meine Sanftmut mehr verdiente als Martha. Sie würde sich nie mit mir küssen, dachte ich, um davon abzulenken, daß sie unrecht hatte; es war nur mit Liebe zu erklären, dachte ich, mit nichts als Liebe.

Als es wieder klopfte, ließ Martha nicht zu, daß ich aufstand. Diesmal war die Tür unverschlossen, diesmal wartete Rahel Lepschitz eine Antwort ab. Martha hielt mich so kräftig fest, daß wir beide hingefallen wären, wenn ich versucht hätte, gewaltsam aufzustehen. Sie rief: »Warum kommst du nicht herein?«

Der Auftritt fand hinter meinem Rücken statt, und ich wäre lieber gestorben, als den Kopf zu wenden. Eines meiner Beine steckte zwischen Marthas Knien wie in einem Schraubstock. Ich hörte ein Schweigen, das nicht enden wollte, dann flüsterte Martha mir etwas zu, ich glaube, es war das Wort *Haltung*.

Ob ich es wahrhaben will oder nicht: ich bin ein fügsamer Kerl. Meine Unzufriedenheit drückt sich meist nur in schlechter Laune aus, selten in Handlungen. Dabei haben mir Leute, die aufbegehren, immer besser gefallen als die ergebenen, und ich hatte nie Zweifel, daß ich einer von ihnen werden würde. Das ganze Unglück besteht darin, daß nichts in meiner Umgebung ist, wogegen ich mich auflehnen könnte.

Die Vorstellung, gegen die Familie Lepschitz in den Kampf zu ziehen, ist lächerlich; ich würde vor Mitleid sterben, ganz abgesehen davon, daß nichts zu gewinnen wäre. Und gegen wen sollte ich um eine Wohnung antreten? Ein Feind muß etwas Feindliches an sich haben, auch sichtbar muß er sein, sonst schlägt man nur blind um sich. An der Universität könnte die Sache besser werden, dort wird sich hoffentlich jemand finden, dem zu widerstehen sich lohnt.

Auch wenn nirgends ein neues Zimmer in Sicht ist, habe ich mir Kartons besorgt. Es ist angenehm, sich schon jetzt mit Umzugsangelegenheiten zu beschäftigen: es läßt mich schon ein wenig die Luft des Umzugs atmen. Und Angst vor dem Entdecktwerden brauche ich nicht zu haben; entweder hat Martha ihre Eltern schon eingeweiht, oder ich werde es bei Gelegenheit selbst tun.

Kartons sind mir lieber als Koffer oder Kisten, weil man darin sein Zeug viel übersichtlicher zergliedern kann; allerdings bin ich erst einmal im Leben umgezogen. Am besten wäre für jedes Ding ein eigener Karton.

Den größten Teil meiner Sachen habe ich damals nicht selbst verpackt; Martha, Hugo Lepschitz und ein hellblonder Fremder, dem ich nie wieder begegnet bin, haben die Behälter der Umzugsfirma vollgestopft. Immerzu hat Lepschitz wissen wollen, ob irgendein Gegenstand mit auf den Weg sollte, und jedesmal habe ich den Kopf geschüttelt, bis Martha ihn bat, mich doch in Ruhe zu lassen. So hing viel vom Zufall ab, wenn ich bisher auch nichts vermißt habe. Sie fanden in unserem Keller einen leeren Kohlenkasten auf Rädern, den trugen sie nach oben und legten sämtliche Papiere hinein. Nach dem Umzug kam er auch wieder in den Keller, weil in meinem neuen Zimmer kein Platz war. Bis heute früh stand der Kasten im Lepschitz-Keller, ich habe ihn morgens über den Hof gerollt und nach oben geschleppt.

Ich sortiere den Kasteninhalt in vier Kartons: Vaters Papiere, Fotos, meine Papiere, Sonstiges. Meine Papiere, das sind Zeugnisse, Bescheinigungen und ein paar Briefe, vor allem Elles Briefe. Und mit den Schulsachen, den zerlesenen Büchern also und den vollgeschriebenen Heften, beginnt eine fünfte Kategorie: Abfall.

Für einige Augenblicke beschäftigt mich die Frage, ob mein neues Leben nicht damit beginnen müßte, den ganzen Kasten samt Inhalt zu Abfall zu erklären. Nein, entscheide ich, auf diese Weise ginge das alte Leben weiter. Trotzdem fange ich jetzt nicht damit an, Vaters Post zu lesen und in seinen Bildern zu versinken; noch lange nicht.

Auf einmal halte ich das Schulheft in der Hand, in das ich des Aufsehers Notizbuch übertragen habe, wenige Tage vor Vaters Tod. Es ist unerklärlich, wie ich auf die Idee gekommen bin, gerade dieses Heft aufzuschlagen, es sieht von außen nicht anders aus als die anderen. *Heppner, Arnold Hermann, Augenfarbe graublau.*

Die Brieftasche fällt mir ein, richtig, sie liegt im Kleiderschrank, versteckt unter Auslegepapier. Ich habe sie in dieser Wohnung nur einmal in der Hand gehalten: als ich sie versteckte. Wie ein Schlafwandler habe ich sie damals aus Vaters Schublade genommen, das einzige Erbstück, das meinen Helfern nicht unter die Augen kommen sollte. Ich habe sie vergessen, mein Gott, ich hätte sie beim Umzug, der mir bevorsteht, glatt liegenlassen.

Er wohnt im Bezirk Lichtenberg, in einer Weitlingstraße, na und? Das Heft macht die seltsamsten Verwandlungen durch: erst gehört es zum Abfall, dann lege ich es zu Vaters Papieren, dann zu meinen und schließlich in den Karton für Sonstiges. Aber auch dort hat es nichts zu suchen. Ich nehme es zum letztenmal und höre nicht eher auf, es zu zerreißen, bis kein Stück davon größer als eine Briefmarke ist. Trotzdem weiß ich Straße und Hausnummer.

Den Einfall, ihn zu besuchen, versuche ich abzuschütteln, aber er ist unwiderstehlich. Obwohl es für den Besuch keinen vernünftigen Grund gibt, sehe ich auf die Uhr und denke: der Nachmittag wäre die beste Zeit.

Ich gehe ins Wohnzimmer, weil in der Kommode ein Stadtplan liegt. Am Fenster Martha, beim Lesen; als Kranke sitzt sie im Bademantel da, auf ihrem Schoß ein Buch und die verstauchte Hand. Wie eine Schnecke bei Gefahr zieht sich ihr Knie zurück ins Bademantelhaus.

Als ich den Stadtplan ausbreite, fängt Rahel, die auch im Zimmer ist, zu fragen an: ob ich eine Straße suche, um welche Straße es sich handelt, was ich in dieser Straße zu erledigen habe. Immer antworte ich ihr, immer antworte ich etwas.

Vom Bahnhof Lichtenberg ein Katzensprung. Das Haus ist
verwahrlost, die Hälfte der Fassade hat ihren Putz verloren; kleine Löcher sind darin, wie man sie häufig in der
Stadt sieht, Einschläge von Granatsplittern. Im Hausflur
riecht es nach Katzen und nach Gebratenem.
Am stillen Portier ist eine Unzahl von Namen angeschrie-
ben, nur seiner nicht. Allerdings sieht die Tafel aus, als
hätte man sie seit dem Bau des Hauses nicht ergänzt. Ich
gehe die Treppe hoch und prüfe alle Namensschilder, an
beinahe jeder Tür zwei oder drei, doch nichts.
Auf dem Hof steht, gegen die Wand gelehnt, ein Damen-
fahrrad, das keinen Sattel hat. Ich versuche auch im Hinterhaus mein Glück. Der Türname, der dem gesuchten am
nächsten kommt, lautet *Hübner*.
Ich stehe wieder auf dem Hof, mein sinnloses Unternehmen scheint beendet zu sein. Ein Arbeiter kommt müde
über den Hof, ich frage nach Heppner; noch bevor ich zu
Ende gesprochen habe, schüttelt er den Kopf. Aber steht
nicht fest, daß der Aufseher vor einem Jahr hier gewohnt
hat? Also muß ihn jemand gekannt haben.
Im Vorderhaus läute ich an drei Türen vergeblich, die vierte
wird von einem Mann geöffnet, der eine Tasse in der Hand
hält. Ich entschuldige mich für die Störung und stelle noch
einmal meine Frage. Er sieht freundlich aus, er denkt
freundlich nach, kommt aber zu keinem Ergebnis. Er
winkt mich zu sich in den Flur. Ich folge ihm in einen
Raum, der zur Hälfte Küche ist; in fremden Wohnungen
fühle ich mich erbärmlich.
An einem Tisch sitzt eine Frau, die wie die Schwester des
Mannes aussieht, ich habe die beiden beim Halmaspiel un-

terbrochen; das gleiche dunkelbraune Haar, zwei dünne, längliche Gesichter. Er gibt mir mit seiner Tasse ein Zeichen, daß ich die Frage wiederholen soll.

Also: »Ich suche einen Herrn Heppner, der in diesem Haus wohnt oder vor nicht langer Zeit gewohnt hat.«

Auch sie muß überlegen. Dann sagt sie etwas zu dem Mann, aber gütiger Himmel: in der Zeichensprache! Ich bin in eine Taubstummenwohnung geraten, er muß die Tasse abstellen, bevor er ihr antwortet. Dann sehen mich beide an.

Die Frau setzt ihre Hände für mich in Bewegung, aber sie stockt zum Glück. Sie holt Papier und Bleistift, beschreibt einen Zettel und reicht ihn mir. *Haben Sie nach Heppner gefragt?*

Wenn ich gewußt hätte, daß mir die Worte von den Lippen abgelesen werden müssen, hätte ich selbstverständlich deutlicher gesprochen, ich nicke. Die Frau weiß etwas, sie zögert: nicht als überlege sie, auf welche Weise man sich mir am besten mitteilt, sondern wie jemand, der sich nicht den Mund verbrennen will. Sie ist etwa dreißig Jahre alt und hat die aufmerksamsten Augen, die ich je gesehen habe.

Zwischen den beiden beginnt eine Unterhaltung, er scheint die Sache leichter zu nehmen. Ich rechne mir aus, daß der vermeintliche Klingelknopf an der Tür in Wirklichkeit ein Lichtschalter ist, irgendwo im Raum muß die dazugehörige Lampe sein, die ich so schnell nicht finde. Dafür sehe ich ein Radio: vielleicht gehört die Wohnung ihnen nicht allein.

Während sie sich weiter Zeichen machen, erliege ich einer Versuchung und gebe ein lautes Brummgeräusch von mir, hinter vorgehaltener Hand. Sie reagieren nicht: als hätte ich es anders erwartet. Ich glaube, daß sie streiten, was hätten sie sonst, nach einer präzisen Frage wie der meinen, so endlos zu palavern? Sie bewegen Hände und Finger außerordentlich schnell und fallen sich gegenseitig ins Wort, sie wechseln ungeduldige Blicke, wie Leute eben, die verschiedener Meinung sind.

Endlich wenden sie sich wieder mir zu. Die Frau stellt eine Frage, die ich sicherheitshalber wiederhole: ob ich Heppner kenne? Der Mann bestätigt, daß ich richtig verstanden habe, die Frau wartet auf Antwort. Ich beschließe, Heppner nicht zu kennen, und schüttle den Kopf, doch bringt mich das nicht weiter; beide sehen mich nun argwöhnisch an, warum ich mich nach jemandem erkundige, den ich nicht kenne.

Ich gebe die Erklärung, jedes Wort langsam und übergroß aussprechend, von Gesten untermalt, wie sie mir gerade einfallen: mein Vater habe Heppner gekannt, nun sei er gestorben – ich schließe mit Daumen und Mittelfinger meine Augen –, ich hätte bei seinen Sachen einen Brief von Heppner gefunden, ich würde gern mit Heppner über meinen Vater sprechen. Mein Vater, sage ich verschlagen, habe nicht viele Bekannte gehabt.

Man versteht mich, die Skepsis der Frau schlägt um in Anteilnahme. Sie zeigt auf den zuvor benutzten Zettel, der Zettel bedeutet von nun an: *Heppner.* Dann hält sie eine steife Hand wie eine Hürde in die Luft und springt, in einer Wellenbewegung, mit der anderen darüber hinweg. Noch ein Sprung und noch einer, dann habe ich begriffen, was für ein Hindernis Heppner überwunden hat. Die Sache ist so klar, daß ich mich wundern muß, nicht längst schon an eine solche Möglichkeit gedacht zuhaben.

Der Mann schreibt das Wort *Rentner* auf unseren Verständigungszettel, die dürfen neuerdings ja reisen, Heppner ist also von einer Rentnerreise nicht zurückgekehrt. Vielleicht verirrt sich niemals ein Fremder in diese Wohnung: sie sind unwahrscheinlich hilfsbereit.

Ich muß mich setzen, ich werde von dem Mann auf einen Stuhl niedergedrückt, er selbst bleibt stehen. Die Frau hält sich eine Hand hinters tote Ohr und dreht ein paarmal den Kopf in alle Richtungen: sie weiß nur das, was man im Haus so redet. Zusammen mit seiner Frau, auch einer Rentnerin, ist Heppner hinter der ausgestreckten Hand geblieben, im letzten Jahr schon. Ob mein Vater nichts davon gewußt hat?

Er wohnte im Vorderhaus, Parterre links, es macht Vergnügen, die fremde Sprache zu entziffern. Die Wohnung habe lange Zeit leergestanden, versiegelt und so weiter, bis neue Mieter eingezogen seien, ganz nette Leute, er Kraftfahrer, sie Frisöse.

Die Frau ist nicht nur hilfsbereit, sie plappert auch für ihr Leben gern. Ich habe keine Ahnung, wonach ich in Zusammenhang mit Heppner noch fragen sollte, er interessiert mich nicht. Das Schulheft ist schuld an dieser Unterhaltung, nicht ich. Wenn an einer der Türen sein Name gestanden hätte, wäre ich ohnehin wieder verschwunden. Wozu hätte ich klingeln sollen? *Guten Tag, Sie wünschen? Guten Tag, Herr Heppner, ich bin der Sohn des Mannes, in dessen Haus Sie gefangengehalten wurden. Ich habe Sie damals befreit, erinnern Sie sich nicht? Aber ja, natürlich, kommen Sie doch herein.*

Ich stehe auf und zeige auf meine Uhr. Ich hätte viele Fragen, die nicht den Aufseher betreffen, sondern das Taubstummenleben, aber ich wage nicht, die unverhoffte Gelegenheit zu nutzen. Als ich in ihren Augen lese, daß niemand mich zwingt zu gehen, stelle ich wenigstens eine: wie sie es merken, wenn jemand klingelt.

Der Mann ist entzückt von meiner Neugier, er strahlt mich an und nickt, als wollte er mir zurufen: Das glaub ich, daß du das wissen möchtest! Er gibt mir ein Zeichen, auf die Deckenlampe zu achten, dann geht er aus dem Zimmer. Ich höre die Wohnungstür, gleich darauf blinkt die Lampe an-aus, an-aus. Er kommt zurück und lächelt, da mache ich selbst das Licht an und frage: Was jetzt?

Er nickt und eilt noch einmal zur Tür, ich ahne es schon: das Licht geht aus-an, aus-an. Wir drücken uns zum Abschied die Hände, es tut mir wahrhaftig leid zu gehen. Sie sind erleichtert, weil ich Heppners Flucht nicht allzu tragisch nehme.

Dann bin ich wieder in meinem Zimmer und sortiere. Am schnellsten füllt sich der Karton für Sonstiges, am langsamsten der für meine Papiere. Wenn ich Heppners Brieftasche vernichtete, wäre er dann spurloser verschwunden? Es ist mir nie gelungen, ihn von Herzen zu hassen, ich wollte immer nur gründlich von ihm getrennt sein. Das ist ja nun erreicht, er vor der Mauer, ich dahinter. Beim Umzug werde ich die Brieftasche vernichten, nicht jetzt.

Ein paar Blätter liegen zusammengerollt im Kohlenkasten; ich streife den Gummiring ab, um zu prüfen, in welchen der Kartons sie gehören. Briefe an Vater, vor meiner Geburt geschrieben. *Leider muß ich Ihnen mitteilen, daß Ihrem Antrag vom 3. März 52 nicht stattgegeben werden kann.* Sie wurden ihm vom Magistrat geschickt, von einer *Abteilung Genehmigungswesen.*

Aus Neugier, was Vater beantragt hat, lese ich die Briefe.

Natürlich fehlen seine eigenen, die Rolle enthält nur Antworten: er hatte die Absicht, ein Fotogeschäft zu eröffnen, Vater als Ladenbesitzer! Er muß den Plan mit Hartnäckigkeit verfolgt haben, denn zwischen der ersten Antwort und der letzten, der achten, liegen anderthalb Jahre. Die Behörde erklärt ihm von Brief zu Brief ungeduldiger, warum sein Antrag nicht genehmigt werden kann; es wimmelt von Paragraphen und Verordnungen, in denen sich die Gründe finden. Im *Gesetz über den Fünfjahrplan vom 31. 10. 1951 (GBl. Nr. 128, S. 991) sind Festlegungen getroffen bzw. verbindlich vorgeschrieben, nach denen sich auch die Abt. Genehmigungswesen zu richten hat. Dieser Bescheid ist endgültig.*

Mich wundert, daß jemand wie er es nicht schaffte, sich mit einer so kleinen Absicht durchzusetzen. Hinter dem Ladentisch wäre er umgekommen, er war ja nicht mehr der Fotograf aus der Vorkriegszeit, den man nur leben lassen mußte, damit er zufrieden war. Für eine solche Laufbahn war er viel zu unbescheiden geworden.

Als Bilder an die Reihe kommen, fange ich an, ein bestimmtes zu suchen: das eine Bild von Heppner, das ich damals unter unsere Familienfotos gemischt habe. Ich finde es nicht, allerdings sind viele Bilder über den ganzen Kohlenkasten verteilt, wie Sandkörner in einem Koffer, den man von einer Reise ans Meer zurückbringt. Ich wüßte gern, ob Vater damals das eine falsche aufgespürt hat.

Nach dem Abendessen, bei dem ich Hugo Lepschitz zum erstenmal Matze zerbrechen sah, während er auf den Fernseher starrte, verließen Martha und ich die Wohnung. Sie fuhr zu ihrer letzten Filmnacht, ich nach Hause, wir hatten bis zum Bahnhof Ostkreuz denselben Weg. Dort küßte sie mich hinters Ohr, wir wollten uns am nächsten Abend wieder treffen. Es war zu früh, um sich jetzt schon darauf zu freuen.

Vaters häufige Abwesenheit kam mir inzwischen wie eine Entlastung vor, nicht wie ein Nachteil. In wenigen Tagen wollten Martha und ich aufs Geratewohl an die Küste fahren, ich konnte es kaum erwarten. Wir fürchteten, kein Quartier zu finden, aber ich dachte, so schlecht könne kein Urlaub sein, wie es gut wäre, von hier wegzukommen. Die Geldverhandlung mit Vater stand noch bevor.

Zum erstenmal seit langem war die Speisekammer gefüllt, deshalb aß ich ein zweites Abendbrot. Wanda rief an und fragte aufgeregt nach Gordon Kwart; ob ich eine Ahnung hätte, fragte sie, wo sie ihn finden könne. Sie erzählte von einer Orchestergeschichte auf Leben und Tod und rang mir den Rat ab, es bei einem gewissen Rotstein zu versuchen, dessen Nummer ich allerdings nicht wüßte.

Als wir aufgelegt hatten, sah ich selbst im Telefonbuch nach. Ich hatte ihr weder die Adresse noch seinen Vornamen nennen können und vermutete, eine Unzahl von Rotsteins würde die Suche erschweren; denn der Name kam mir ziemlich alltäglich vor. Kein einziger Rotstein war zu finden. Ich fuhr ein paarmal mit dem Finger die Namensreihe entlang, weil ich an ein Versehen glaubte: ein *Rotsch* war eingetragen, ein *Rott,* dazwischen nichts.

Früh wie ein Kind legte ich mich hin, ich hatte die Absicht, schnell einzuschlafen und möglichst erst zum Treffen mit Martha wieder aufzuwachen. Das Bett war frisch bezogen, ein Wunder, daß er sich dafür Zeit nahm. Ich hoffte, der Wunsch nach Versöhnung hätte ihn ergriffen: am Morgen der Geldfächer und nun das knarrende Laken. Wahrscheinlicher jedoch war, daß ihm die Sauberkeit zu Hause, als Gegensatz zum täglichen Gestank im Waldhaus, mehr bedeutete als mir.

Mitten in der Nacht erwachte ich von seinem Lärm. Er hörte nicht auf, herumzugehen, Türen zu schlagen, Gabeln fallen zu lassen, zu husten. Die Geräusche klangen mir, als würden sie absichtlich erzeugt, ich fragte mich, warum er nicht einfach an meine Tür klopfte, wenn er Gesellschaft brauchte. Ich stand auf, zog die Hose an und ging hinaus, um mich zu beschweren. Auf den ersten Blick erkannte ich, daß er betrunken war.

Er stand wankend am Herd und schlug sich Eier in die Pfanne. Auf dem Boden lagen Schalenstücke, das Bratfett war viel zu heiß, so daß die Eier, kaum fielen sie in die Pfanne, die weiße Farbe annahmen und Blasen warfen. Er ließ sie sorglos weiterbraten. Ich hob die Schalen auf, bevor er sie zertreten konnte, da bemerkte er mich. Er erschrak nicht, er sah mich mit leeren Augen an, es roch schon angebrannt.

Aus dem Mülleimer ragte eine Schnapsflasche hervor, ich setzte mich. Eine unförmige Scheibe Weißbrot lag auf dem Tisch, mehr abgebrochen als abgeschnitten und daumendick mit Butter bestrichen. Ich war beunruhigt und auch angewidert, er trank selten, und wenn es doch einmal vorkam, dann nur in Gesellschaft und nur auf maßvolle Weise. Jedenfalls war er kein Trinker, ich hatte ihn in diesem Zustand noch nie erlebt. Ich hätte die Küche verlassen, wenn ich nicht fürchtete, er könnte auf Hilfe angewiesen sein.

Beim ersten Versuch, den Herd auszumachen, verfehlte er den Schalter, ich saß auf dem Sprung. Er stellte die kochendheiße Pfanne auf den Tisch und setzte sich mir gegenüber, die Augenlider hingen ihm tief herab. Als ich die Pfanne hochhob, war der Brandfleck schon da; ich stellte sie wieder hin, und er begann zu essen.

Ich holte mir Milch; als ich vor dem Kühlschrank stand, erhob sich Vater mühevoll und schlingerte aus der Küche, daß einem das Herz brechen konnte. Es war klar, daß er zurückkommen würde, vielleicht eine plötzliche Übelkeit. Ich wollte erfahren, ob er sich aus einem bestimmten Grund so besoffen hatte oder ob es sich eher um einen Zufallsrausch handelte. Mit einem Messer machte ich die angebackenen Spiegeleier vom Pfannenboden los, dann schnitt ich ein Eigelb aus der Mitte heraus und steckte es in den Mund. Auch mit dem Rest würde er niemals fertigwerden.

Er kam mit einem Bademantel in der Hand zurück und warf ihn mir auf den Schoß, ein rotgrün gestreiftes zentnerschweres Ding, das er bei meiner Geburt schon besessen hatte. Er wartete, bis ich ihn angezogen hatte. Dann fiel er auf seinen Stuhl, schüttete Unmengen von Salz über die Eier und biß von dem Brot ab, das er kaum in den Mund bekam. Dabei beschmierte er sich das Kinn mit Butter. Noch einmal wollte er aufstehen, zeigte dann aber zur Tür und sagte: »Sei so gut, in meinem Zimmer: gleich auf dem Tisch.«

Dort standen zwei Taschenflaschen Kognak oder Weinbrand, es kostete mich Überwindung, ihm eine davon zu bringen. Ich zerschnitt die Plastikhülle, mit der der Korken versiegelt war, er hätte sich dabei ja umgebracht. Die Ärmel seines Bademantels waren mir viel zu kurz.

Er schob die Bratpfanne zum entgegengesetzten Tischrand und sah mich an, als hätte er etwas äußerst Wichtiges vergessen. Sein Mund war ausgetrocknet, das Gesicht kam mir geschwollen vor. Er warf einen Blick zum Schrank, in dem die Gläser standen, und trank dann aus der Flasche. Danach kniff er die Augen zusammen und schüttelte sich so heftig, daß seine Zähne aufeinanderschlugen. Bevor er die Flasche auf den Tisch zurückstellte, sah er sie feindselig an.

Ich nahm ein Glas und goß mir auch einen Schnaps ein, er hatte nichts einzuwenden. Im Gegenteil, er nickte mir zu, als hätte ich das schon längst tun sollen. Er sagte: »Was sagst du zu Ulbricht?«

»Ich finde es traurig«, sagte ich.

Er war derselben Meinung. Ich trank das Glas, das recht groß war, in einem Zug leer und bemühte mich, meine Miene im Zaum zu halten. Ich verwarf den Gedanken, Vaters Zustand und Ulbrichts Tod könnten in einem Zusammenhang stehen.

Er sagte: »Weißt du, was mir am besten an ihm gefallen hat?«

Doch statt weiterzusprechen, biß er wieder ein Stück Brot ab, er wurde durch das Sprechen wacher. Ich reichte ihm eine Serviette, damit er sich das Kinn abwischte, als Gegenleistung goß er mir Schnaps nach. Dann setzte er die Flasche zum Trinken an, wartete aber, bis auch ich mein Glas in der Hand hielt; vor drei Tagen noch, beim Essen mit Gordon Kwart, hatte ich nicht einmal Sekt trinken dürfen.

Er stand auf, nun leichter als vorher, machte zwei zögernde Schritte, wie um seine Gehtüchtigkeit zu prüfen, und winkte mir, ihm zu folgen. Wir gingen in sein Zimmer, zur zweiten Taschenflasche, und setzten uns. Er sagte, der Bademantel stehe mir ausgezeichnet, die Trauer um Ulbricht war verflogen. Er schob mir die Flasche zum Öffnen hin, ich wollte keinen Tropfen mehr trinken, die beiden Gläser machten mir schon zu schaffen. Vielleicht fürchtete er, den Frieden, der zwischen uns ausgebrochen war, wieder zu verlieren, vielleicht hatte er mich deshalb eingeladen: aus unserer Küche in sein Zimmer.

»Ich bin ein bißchen angetrunken«, sagte er, »aber ich weiß, was ich rede.«

Die Trockenheit im Mund behinderte ihn, er fuhr andauernd mit der Zunge zwischen Oberlippe und Zähnen entlang. Doch vergaß er das Trinken nicht, bei jedem Ansetzen nahm er einen riesigen Schluck, als wäre Wasser in der Flasche. Inzwischen habe ich mich informiert, daß Alkoholiker sich meist in winzigen Schlückchen zum Boden einer Flasche oder eines Glases vorarbeiten, zumal wenn sie schon betrunken sind; Vater trank an jenem Abend wie ein Verdurstender. Und wenn ich behaupte, er sei mit dem Sprechen munterer geworden, so wurde diese Wirkung durchs ständige Trinken wieder zunichte gemacht.

Seiner Behauptung, er wisse, was er rede, folgten nicht Worte, an denen ich hätte zweifeln können: er schwieg. Er stützte den Kopf in beide Hände, starrte mit unscharfem Blick auf den Tisch und stöhnte vor sich hin; dann sah er mich wieder an und war so verwundert, als wäre ich aus

dem Nichts aufgetaucht. Er mußte, um seine Augen offen-
zuhalten, die Brauen hochziehen. Hinter ihm sah ich das
Ehebett, zur einen Hälfte frisch bezogen, zur anderen leer
wie der Ärmel eines Armamputierten.

Er fragte, wie die Sache mit Martha so laufe, und ich nickte
zufrieden und sagte: nicht schlecht. Zu meiner Verwunderung nannte er Martha eine angenehme Person und hübsch
dazu, er sagte, langsam mache er sich mit dem Gedanken
vertraut, daß es sich um eine seriöse Geschichte handle.
Dann legte er mir eine Hand auf den Arm, grinste schlau
und sagte: »Ich kann mir vorstellen, was es für euch bedeutet, daß unser Haus belegt ist. Ich bin zwar dumm, aber
nicht blind.«

Heute bilde ich mir ein, daß die Hand auf meinem Arm zit-
terte. Damals grinste ich zurück und dachte, ich brauchte
nicht verlegen zu sein, es sei sehr gut, daß mein Geheimnis
auf eine solche Weise zur Sprache kam. Anders war es, als
er sagte: »Aber einen Schlüssel hast du nicht zufällig?«

Ich machte ein Gesicht wie jemand, dem eine lästige Frage
zum hundertstenmal gestellt wird. Wenn je ein Zeitpunkt
günstig war, den Schlüssel zuzugeben, dann dieser: bei seinem Zustand und bei unserer friedlichen Stimmung wäre
ich mit dem Geständnis weich gefallen. Doch meine Angst
überwog: wie hätte er mir je wieder vertrauen sollen, wenn
ich gestand, ihn so lange hintergangen zu haben.

Er ritt nicht auf dem Verdacht herum; mit der Hand, die er
von meinem Arm nahm, wischte er das Thema beiseite. Er
trank wieder einen Gigantenschluck, schüttelte sich und
sagte: »Heute war ein guter Tag.«

Vom Haus mußte die Rede sein, was hatte sich dort Erfreu-
liches zugetragen? War es kein Gefängnis mehr? War eine
Amnestie verkündet worden? Er machte andauernd Pau-

sen, um den Mund anzufeuchten, um mich auf die Folter zu spannen, um auszuruhen. Er war schon ein umständlicher Erzähler.

Theatralisch sagte er: »Er hat gestanden.«

Nach neuem Trinken, Schütteln, Ächzen erfuhr ich, daß der Gefangene nicht länger abstritt, Erschießungen gesehen zu haben. Noch gäbe er nicht zu, einer der Schützen gewesen zu sein, doch sei das vollkommen lächerlich: als behauptete die Mutter von sieben Kindern, noch nie einen Mann berührt zu haben. Mit seiner Version, es habe schlechte und gute Aufseher gegeben, sei Heppner bei ihnen genau an die Richtigen geraten, sagte Vater.

Ich muß enttäuschend unbeeindruckt dagesessen haben, kein Beifall, kein freudiges Erstaunen, kein Glückwunsch, nichts. War es nicht inkonsequent von Vater, zuerst zu sagen, Aufseher sei Aufseher, dann aber hinter Einzelheiten herzusein? So kam mir der Umstand, daß er zum erstenmal von sich aus über die Entführung sprach, wichtiger als der Inhalt seiner Worte vor.

Ich fragte: »Was soll an dem Geständnis denn gut sein?«

Er wollte auflachen, aber es wurde nur ein Husten daraus, ein Anfall, der lange genug dauerte, um ihn meine Frage vergessen zu lassen. Als er fertig war, keuchte er vor Erschöpfung, ich hatte ihn noch nie so alt gesehen. Ich schob die Flasche, die noch zu einem Drittel voll war, zu ihm hin, damit er weitertrank und weiterredete, das kann ich mir nicht verzeihen.

Vater tappte in meine Falle, er trank und erzählte eine neue Episode: Der Aufseher habe sich an die Brust gegriffen und behauptet, an schwachem Herzen zu leiden und beim Auftreten von Schmerzen bestimmte Medikamente schlucken zu müssen. Er habe zu ihnen gesagt: *Stellen Sie sich vor, wie*

Sie dastehen, wenn ich Ihnen wegsterbe. Sie hätten ihm geantwortet, da brauche er sich keine Sorgen zu machen, sie würden schon fertig werden damit.

Für Augenblicke herrschte Stille, dann brach Vater in ein so unbändiges Lachen aus, wie es nur Betrunkene überkommt. Wenn er gerade bei Atem war, schrie er immer wieder: »Wie wir dann dastehen!«, und dabei liefen ihm Tränen übers Gesicht. Ich fand, daß er eher gequält als fröhlich aussah, und wenn er bei diesem Lachen fotografiert worden wäre, hätte man ihn auf dem Bild bestimmt für einen Weinenden gehalten.

Als er mit dem Lachen fertig war, legte er den Kopf auf die Arme und schlief.

Es war schwere Arbeit, Vater zum Bett zu tragen. Ich gab mir alle Mühe, ihn behutsam abzusetzen, aber er fiel mir aufs Bett, und ich auf ihn. Er wachte nicht auf davon, obwohl wir mit den Köpfen zusammenstießen, sein Zustand war ein Mittelding aus Schlaf und Ohnmacht, ich zog ihm die Schuhe aus.

Was Vater so hochtrabend das Geständnis des Aufsehers genannt hatte, war in meinen Augen eine aufgebauschte Nebensächlichkeit: ein Geständnis ist ohne Bedeutung, wenn nichts davon abhängt. Ich sah nur, wie Vater verkam, wie unser Verhältnis dahinsiechte, wie sein Gesicht mit jedem Tag neue Spuren aufwies. Zum erstenmal dachte ich an die Möglichkeit, daß die Geschichte überhaupt kein gutes Ende nehmen konnte; daß niemand in der Lage war zu helfen, daß alles sich so ereignen mußte, wie es sich ereignete.

Seit der Kindheit war ich in den Geruch verliebt, der in Vaters Bademantel hing; ich legte ihn ans Kopfende meines Betts. Als ich das Licht ausmachte, begann das Zimmer zu schwanken, und mir wurde schlecht. Draußen gingen Betrunkene mit ihrem Lärm vorbei. Ich zog mich an und schlich nach unten, ohne im Treppenflur Licht zu machen. Auf der Straße atmete ich tief und lange durch, mit offenem Mund, bis die Übelkeit nachließ.

Ich weiß nicht, wie mir Elle in den Sinn kam, vielleicht weil ich solches Mitleid mit Vater hatte: auf einmal beschäftigte mich die Frage, ob unser Vater geistesgestört war und am

Ende in eine Anstalt gehörte. Und weil die Vermutung na-
helag, es könnte sich um eine Art Familiendefekt handeln,
suchte ich in meinem eigenen Verhalten nach Merkwürdig-
keiten. Ich brauchte mich nicht anzustrengen.

Am Königstor lockte mich das Stimmengewirr, das aus einer offenen Kneipentür drang. Die meisten Gäste waren
exotisch aussehende Ausländer, die sich quer durch den
großen Raum Bemerkungen oder Witze zuriefen. Die wenigen Deutschen saßen stumm und vergnügt dazwischen,
wie Zaungäste. Ich trat an die Theke und verlangte ein Glas
Bier. Normalerweise wäre die Kneipe längst geschlossen
gewesen, doch in jenen Tagen gab es eine Verfügung in der
Stadt, wonach so wenig wie möglich verboten sein sollte.
Es war schon drei vorbei.

Der Wirt ließ den Henkel meines Bierglases erst los, als ich
eine Mark auf den Schanktisch legte. Ich sah den schreien-
den, fröhlichen Ausländern zu und dachte, das also sind
die Weltfestspiele. Einer führte das große Wort, jedesmal
wenn er etwas rief, lachten die anderen besonders laut; sie
waren schon bereit zu lachen, wenn er nur den Mund aufmachte. Ich war neidisch auf ihre Sorglosigkeit und trö-
stete mich mit dem Gedanken, daß sie es auch nicht immer
so gut hätten wie in diesen Tagen. Sie sahen wie Südameri-
kaner aus.

Jemand tippte mich im Vorbeigehen an und zeigte zu
einem Tisch, an dem noch ein Stuhl frei war. Ich trank
das Bier, dann ging ich wieder auf die Straße hinaus, so ziel-
los, wie ich hereingekommen war. Er hatte im Ernst behauptet, dies sei ein guter Tag gewesen; er hatte keinen
Blick mehr für gut und schlecht, für nützlich und verhäng-
nisvoll. Noch drei so gute Tage, dachte ich, und es ist aus
mit ihm.

Weil die Straßen zum Alexanderplatz hin immer belebter wurden, zog es mich in diese Richtung, ich hatte die Wohnung ja nicht verlassen, um allein zu sein. Vor allem Paare waren noch unterwegs, Paare ohne Haus; bei jedem kam es mir vor, als wäre der junge Mann ein Ausländer und das Mädchen eine Deutsche, nie umgekehrt. Und Heerscharen von Straßenfegern traf ich, einige mit Taschenlampen die Bürgersteige ableuchtend, um nur ja kein Staubkorn zu übersehen. In den Häusern war alles dunkel.

Ich hatte den Alexanderplatz noch nie bei Nacht gesehen und fand ihn dennoch vollkommen anders als in anderen Nächten. Auf einer Bühne am Rand tanzten junge Leute zu selbstgemachter Musik, und mitten auf dem Platz eine Menschentraube, in deren Mitte diskutiert wurde. Ich trat näher heran und hörte aufgeregte Stimmen, doch es war unmöglich, ins Innere des Kreises vorzudringen. Ich versuchte es, kam aber nicht einmal weit genug, um zu verstehen, worum es ging.

Als ich mich wieder freigekämpft hatte, sah ich eine S-Bahn über die Brücke fahren, das brachte mich auf den Einfall, Martha von ihrer letzten Filmnacht abzuholen. Augenblicklich fuhr ich nach Köpenick. Auch auf dem Bahnhof waren Weltfestspiele, selbst im Zug. Ich freute mich auf Marthas Staunen und auf den Rückweg mit ihr.

Vor ein paar Jahren war Vater einmal angetrunken zu mir ins Zimmer gekommen, an einem Winterabend, denn seine Galoschen waren voller Schnee, und hatte wirres Zeug geredet; ich war bald darauf eingeschlafen und hätte mich an den Vorfall kaum mehr erinnert, wenn Vater sich am nächsten Tag nicht entschuldigt und mir erklärt hätte, wie leicht man zum Trinken verführt wird, wenn einem die Gesellschaft, in der man sich befindet, nicht angenehm ist. Er sagte: »Sei mir nicht böse, Hänschen.« Ich wunderte mich, weil er eine so kleine Sache so wichtig nahm.

Am Kino in Köpenick ein neues Unglück: kein Mensch drehte hier einen Film. Hatte Martha nicht gesagt, sie fahre in dieser Nacht nach Köpenick? Sekundenlang dachte ich an Betrug, dann kam ich wieder zur Besinnung; ich mußte sie falsch verstanden haben, ein gottverdammter Irrtum, der erst dann aufzuklären war, wenn niemand mehr einen Nutzen davon hatte. Warum sollten sie auch nachts in einem Raum drehen, in dem man Nacht haben konnte, sooft man wollte? Ich schlug so heftig gegen die Tür, daß ich vor Scham umgekommen wäre, wenn jemand geöffnet hätte. Auf der anderen Straßenseite lief im Fußgängerschritt ein großer Hund vorbei.
Ich setzte mich auf die Stufen des Kinos, schloß die Augen und wollte einschlafen, es war das Müheloseste. Die Gedanken liefen still aus, ich weiß noch, wie mir zuletzt im Kopf herumging: es könnte etwas wärmer sein. Ich war auf dem Weg zu einem angenehmen Traum, als vor meiner Nase ein Auto hielt. Ein Polizist stieg aus und wartete, daß ich zu ihm kam. Als ich aufstand, verlangte er, meinen Ausweis zu sehen. Irgendwie hatte er erkannt, daß ich nicht zu dem Festival gehörte.
Unterwegs zum Straßenrand eine große Erleichterung: ich hatte meinen Ausweis bei mir. Nach gründlicher Prüfung stellte sich heraus, daß alles mit mir in Ordnung war. Weil der Polizist einen hilfsbereiten Eindruck machte, wagte ich die Frage, ob in der Nähe ein Film gedreht würde. Ich konnte es kaum glauben, als er mir die Straße nannte und

auch den Weg dorthin beschrieb. Ein Wunder war geschehen, das passende Gegenunglück.

Es hatte längst zu dämmern begonnen, das sogenannte Morgengrauen war bald vorbei. Ein Satz aus einem von Elles Briefen: *Das Morgengrauen, das mich gepackt hat...* Martha würde schon nicht fürchten, daß ich ihr nachspionierte. Mit Martha zurück in die Stadt, dachte ich, bis vor ihre Haustür, Umarmungen, Küsse auf Vorrat, dann zurück in die Trostlosigkeit. In langsamer Fahrt überholte mich der Funkwagen, als wollten die Polizisten kontrollieren, ob ich den beschriebenen Weg auch einhielt.

Einmal hatte ich im Kino gesehen, wie ein in der Wüste Vermißter gefunden wurde, weil Geier über ihm kreisten, auf ähnliche Weise erkannte ich, daß ich dem Ziel nahe war: Zuschauer standen auf Balkons oder lehnten aus Fenstern, Kissen unter den Ellbogen, und blickten auf die Straße.

Als ich ankam, waren die Filmleute damit beschäftigt, ihr Zeug zusammenzupacken. Es ging laut zu, und ich wunderte mich, daß keiner der Anwohner sich Ruhe ausbat. Auf einer großen Schaufensterscheibe stand zu lesen: *Deutsche! Kauft nicht bei Juden!* Ein Mann mit Eimer und Wischtuch trat heran, um die Parole zu beseitigen. Es waren nicht so viele Personen auf der Straße, daß ich Martha hätte übersehen können, also war sie nicht mehr da.

Doch dann, als ich schon nicht mehr suchte und nur noch den Filmarbeitern im Weg stand, kam sie angelaufen; sie war aus einem Auto gestiegen, dessen Motor lief und in dem jemand wartete. Vor Überraschung stand ihr der Mund offen, sie brachte nur einzelne Worte hervor, *also* und *das ist ja.* Ich wußte nicht, ob sie sich freute oder ob ich ihr ungelegen kam, bis sie mich umarmte. Noch während der Umarmung schämte ich mich meiner Zweifel.

Dann nahm sie mich an der Hand und rannte los, in Richtung des Wagens. Bevor wir angelangt waren, blieb sie noch einmal stehen und fragte, ob ich andere Pläne hätte, als jetzt mit ihr zusammen in die Stadt zu fahren. Ich sagte, ich hätte keine. Ein älterer Mann saß im Wagen, ein Schauspieler, der sich eine Zigarette anzündete, als er Martha mit mir kommen sah. Auf ihre Frage, ob er etwas dagegen hätte, auch mich mitzunehmen, antwortete er: »Ach was.« Wir setzten uns beide nach hinten, er fuhr so forsch an, daß die Reifen quietschten.

Gleich in der ersten Kurve zog oder drückte es mich auf Marthas Seite, jedenfalls gab ich nach und legte den Kopf auf ihren Schoß. Es öffnete sich eine Mulde, in die mein Kopf genau hineinpaßte, wie in ein Samtetui. Martha krempelte mein Ohr so lange nach innen, bis sie einsah, daß es nicht hielt. Genau das war es, warum ich mich die halbe Nacht herumgetrieben hatte.

Sie beugte sich zu mir herab und flüsterte, ich hätte getrunken. Ich sagte, das wüßte ich schon. Sie schnupperte, als könne sie auf diese Weise herausfinden, um welche Menge es sich handelte. Vielleicht war der Mann am Lenkrad Herr Turteltaub persönlich, dachte ich beim Einschlafen, vielleicht auch ein SS-Mann, ich hatte ihn mir nicht so genau angesehen. Er fuhr erbärmlich, andauernd bremste er und bog so schneidig um die Ecken, daß man auch im Liegen einen Halt brauchte.

Der Wagen stand wunderbar still, als Martha mich wie eine Wahnsinnige zu rütteln begann. Noch bevor ich die Augen aufschlug, hörte ich, daß sie sich für meinen Zustand entschuldigte und daß der Schauspieler fragte, ob ich für solche Eskapaden nicht ein wenig jung sei. Dann standen wir auf der Straße, das Auto war davongefahren. Zur Sicherheit

hatte Martha mich untergehakt; sie übertrieb nicht, ich
wankte und fühlte mich betrunkener als vor dem Schlafen.
Ich fragte, wohin sie mich führte, und Martha klopfte be-
gütigend auf meine Hand.

Wir gingen durch ihren Hausflur, kein Zweifel: ein roter
Kokosläufer lag im Lepschitz-Hausflur, nicht in unserem.
Ich erinnerte mich, daß wir am Abend gemeinsam das
Haus verlassen hatten, nun kamen wir am Morgen wie ein
Ehepaar zurück. Beim Treppensteigen sagte Martha, wir
müßten still wie zwei Mäuse sein, dabei redete niemand
außer ihr.

Der Augenblick war so ungewöhnlich, und ich hatte keinen Sinn dafür. Zum erstenmal durfte ich nachts in Marthas Zimmer – vom Standpunkt des Besuchens war die
Nacht ja noch lange nicht vorbei –, und ich trottete verna-
gelt neben ihr her und dachte: Wenn ich doch nur schon
oben wäre und liegen könnte!

Sie schloß die Wohnungstür so behutsam auf, daß mir die
Augen wieder zufielen. Dann führte sie mich den Korridor
entlang wie einen Blinden. Mit einer Hand hatte sie meinen Arm ergriffen, die andere war bereit, mir den Mund
zuzuhalten, sobald er sich zu öffnen drohte. Wir stießen
nirgends an, wir machten keine Geräusche, wir bedienten
uns der allerleisesten Fortbewegungsart, des Schwebens.
Als wir endlich in ihrem Zimmer standen, sah sie mich
so erleichtert an, als hätte sie uns durch ein Minenfeld ge-
lotst.

Ich legte mich aufs Bett und brachte es mit einer letzten
Anstrengung fertig, die Schuhe abzustreifen. Ich weiß
noch, wie Martha auf mich herunterblickte, verwundert
oder ärgerlich, und wie ich mir vornahm, ihr später alles zu
erklären, nach dem Schlafen. Das Kissen war angenehmer

als mein eigenes, es blieb auch unter dem Kopf noch dick und weich. Ich schloß die Augen und wollte zum Abschied etwas Hübsches sagen. Ich sagte: »Mein Gott, ist das bequem hier!«

Sie legte sich über mich und schob meine Augenlider nach oben, daß ich sie ansehen mußte; ich hätte mich gewehrt, wenn ich nicht so abgekämpft gewesen wäre. Es war jedenfalls sehr lästig, und als sie wenig später losließ, behielt ich die Augen lieber offen, ehe sie mich von neuem quälte. Sie fragte, was für ein Unglück mir zugestoßen sei, wir hatten seit der Abfahrt keine zehn Worte gesprochen, und ich umarmte sie. Aber davon wollte sie nichts wissen, sie wartete auf eine Antwort. Wenn sie Fragen gestellt hätte, die mit Kopfschütteln oder mit Nicken zu beantworten gewesen wären, hätte sie mehr erfahren, doch reden konnte man mit mir nicht.

Wenig später hörte ich sie fragen: »Du hast Ärger mit deinem Vater?«

So ging es, ich nickte. Sie ließ sich mit der nächsten Frage reichlich Zeit, fast wäre ich ihr unter den Händen weggeschlafen. Inzwischen bin ich überzeugt, daß ich nicht nur müde war, sondern auch die Rolle des Müden spielte. Sie fragte, ob dieser Ärger erst jetzt begonnen habe, und ich schüttelte den Kopf und dachte: Sehr gute Frage. Dann fragte sie, ob sie selbst am Zustandekommen dieses Ärgers beteiligt sei. Ich schüttelte den Kopf und mußte lächeln.

Entweder hatte Martha Mitleid, oder sie verlor die Spur: die Fragen hörten auf. Sie schob den Arm unter meinen Kopf und küßte mich. Es war nicht ihre Absicht, meine Müdigkeit zu vertreiben, sie gab mir ein paar Tröstungsküsse, und ich war damit zufrieden. Es kam mir ohnehin märchenhaft vor, welch ein gutes Ende die Nacht noch genommen hatte. Ich freute mich darauf, in einigen Stunden aufzuwachen und die schlafende Martha zu betrachten.

Sie flüsterte, sie komme gleich zurück, dann rollte sie von mir herunter und stand auf. Ich hörte sie nicht durchs Zimmer gehen, nicht die Tür öffnen und schließen, dann aber Stimmen auf dem Korridor. Ach Gott, die Eltern, ich mußte darauf bauen, daß Martha alles regeln würde. Es war kühl auf einmal, und ich hatte kaum noch genug Kraft, um unter die Decke zu kriechen.

Ich wachte vom Straßenlärm auf. Die Sonne schien strahlend hell, ich erkannte es daran, wie scharf der Schatten des Fensterkreuzes sich auf dem Vorhang abzeichnete. Der Blick zur Armbanduhr war mir verwehrt, weil Martha auf meinem Arm lag. Ich nutzte die Gelegenheit und sah mir Martha so ausgiebig an, daß ich jede ihrer Gesichtsfalten hätte hersagen können.

Sie lag auf dem Rücken und hatte den Mund halb geöffnet, es war genau die Position, in der gewöhnliche Menschen schnarchen. Sie trug ein Nachthemd, das erste Nachthemd, das je in meiner Gegenwart getragen worden war, lavendelfarben, mit einem großen, von grüner Borte gesäumten Ausschnitt. Es kostete mich Überwindung, sie nicht zu berühren. Meine Hand mit der Uhr hing über den Bettrand, so daß Martha nichts anderes übriggeblieben war, als sich auf meinen Arm zu legen. Vorsichtig beugte ich mich über sie und atmete ihren Atem ein. Ihr langes Haar lag auf dem Kissen wie ein braunes Tuch.

Was war zu tun? Ich konnte nicht wieder schlafen, dann mit Martha zusammen aufstehen und aus dem Zimmer gehen, Frau Lepschitz, Herr Lepschitz, das hätte ich nicht ausgehalten. Ich zog den Arm unter ihrem Kopf hervor, ich glaube, noch nie ist ein Arm so langsam unter einem Kopf hervorgezogen worden. Es war halb zwölf.

Ich spürte mein Herz schlagen, als ich aus dem Bett stieg, über Martha mit ihrem Nachthemd hinweg. Keinen Augenblick war sie in Gefahr aufzuwachen. Nur meine Schuhe hatte ich anzuziehen, sie standen Spitze an Spitze mit Marthas Schuhen. Wohl konnte ich mich darauf verlassen, daß Hugo Lepschitz zur Arbeit war, an seiner Frau dagegen mußte ich vorbei. Ich dachte: Sofern der liebe Gott sie nicht aus der Wohnung geschickt hat. Die Vorstellung, daß sie mich aus Marthas Zimmer schleichen sah, war schauerlich. Im ersten Moment hielt ich es für gescheit, meine Schuhe erst nach bestandenem Abenteuer anzuziehen; dann sah ich mich in Marthas Wandspiegel, mit den Schuhen in der Hand, und zog sie an.

Ich öffnete die Tür, unsere Herzschläge entfernten sich voneinander. Der Korridor war leer, ich weiß bis heute nicht, wo Marthas Mutter gesteckt hat. Und die Wohnungstür war unverschlossen. Ich lief ein Stück, dann fuhr ich ein Stück, in unserer Straße kaufte ich einen Blumenstrauß vom Wirtschaftsgeld. Zwei Briefe lagen im Kasten, ein Behördenbrief an Vater und ein Brief an mich, von Elle.

Lieber Hans
es ist traurig wie unberaten du weggehen mußtest
aber kann es Nicht auch sein
daß dumich überschätzt…
Wenn jemand so lange in der Zurückgezogenheit lebt
wie ich es nun schon tue
dann darfst du Nicht mehr
so viel von dem erwarten Meinlieber
denn woher sollte der klugsein…
Es ist jetzt Nacht aber
noch habe ichdich auch hier zu sitzen
mit deinem viel zu großen Verstehvermögen
für mein bißchen Unwissenheit
also fragst du vergeblich
also bist du gereizt
und verraten soll ichdich auch noch haben…
Das ganze Problem ist ein Irrtum
an dem du festhältst
mit mir unverständlicher hart Näckigkeit
und zwar
wie kommst du darauf daß ich so verständig bin
und hilfsbereit und scharf sinnig und gewitzt
das alles bin ich Nicht
da kannst du jeden fragen…
Niemand verlangt von dir
daß du ihm hilfst unserem Vater
im Gegenteil er hat es bei seiner Erledigung

auch ohne deine Hilfe schwer genug
er ist kein Jungermann mehr
dazu dieser Krieg…
Weißt du denn Nicht
daß Nicht Jeder immer nur das tun kann
was Jeder für richtig hält
darum endgültig und zum letzten Mal
laß ihn bitte laß ihn…
Dieser fremde Unmann oder unser Vater
es gibt dabei Nichts Drittes
da kann es dir Nicht schwer fallen zu entscheiden…
Der Augenblick liegt erst noch vor dir
in dem du tust was du tun mußt
erst dann aber stellt sich heraus
ob du ein Blauer bist oder ein Gelber
und bevor es so weit ist
kannst du nochso viel überlegen
in der entscheidenden Sekunde sieht alles anders aus
ich weiß es ja von mir…
Vorhin beim Abendessen ist etwas Komisches passiert
im Essenraum ist was soll ichdir sagen
Gertrude eine schrecklich Verrückte
ihrer Länge nach auf den Boden gefallen
mit allem Essen und Trinken
wovon der Tee auf meine Hand geflossen ist
was keinen beim Lachen behindert hat nur mich
ich kriegte einen Verband mit Salbe
zuerst tat es weh dann Nicht mehr jetzt aber
tut die Hand mit der ichdir schreibe wieder Weh…
Das Gute an der Nacht ist
du hörst die Gegenstände deutlicher als am Tage
wo alles durch einander schnattert

so lag ich schon im Bett
als dieser Brief unüberhörbar mir zuflüsterte
schreib mich schreib mich
nun bin ich etwas müde und hoffe
daß es Nicht auch noch einem zweiten Brief einfällt
geschrieben werden zu wollen
denn Punkt halbsieben wirst du geweckt hier
ob du nun in der Nacht
beschäftigt warst oder Nicht...
Plötzlich kommt mir ein böser Gedanke und zwar
daß gerade jetzt der Augenblick sein könnte
indem du tust was du tun mußt
und daß du deshalb vorhast
dem Vater in den Arm zu fallen
hoffentlich ist das nur ein Hirngespinst
es wäre zu traurig
wenn eure Verhängnisse
einander so feindlich gegenüber stehen würden
da könntet ihr ja Nicht zueinander gehören
und das glaube ich einfach kaum...
Recht bedankt für den Kaffee hab ich mich
auch noch Nicht er schmeckt gut und streng
ich werde jeden Tag
nur ein Schlückchen trinken
dann reicht er bis halb zur Ewigkeit...
Und wegen der Instrumente
muß ichdich um Verzeihung bitten
das war kein guter Einfall
denn bestimmt macht ein Fagott große Mühe
du suchst dir die Beine krumm
du findest es am Ende für Vielgeld
dann liegt es oder die Violine hier herum

wird Nicht gelernt und Nicht gespielt
und alles war umsonst…
So laß uns Lieber warten
bis ich mir einer Sache sicherer bin
ich habe ganz vergessen wie es ist
um einen Gefallen gebeten zu werden
und bitte deshalb oft unbedacht drauflos
sei mir Nicht böse
weißt du eigentlich daß ich es war
die den Namen Hans für dich gefunden hat
Deineschwester

Lepschitz hat von der Arbeit einen Karpfen mitgebracht; ein Kollege, ein Angler aus Leidenschaft, erzählt er, habe ihm das Tier mehr geschenkt als verkauft. Er lebt noch, der Karpfen, man erkennt es am Schwanz, der sterbensschlapp von einer Seite auf die andere fällt. Sie haben ihn für den Transport in feuchtes Papier gewickelt, als wäre er ein Blumenstrauß. Wir lassen Wasser in die Wanne ein, damit er zu Kräften kommt.

Rahel ist unzufrieden: ihr graut bei dem Gedanken an das Blutbad, das uns bevorsteht, und sie kündigt an, sich weder am Kochen noch am Verspeisen des Karpfens zu beteiligen. Das begreift ihr Mann nicht. Er fragt, aus welchem Grunde ein Industriefisch aus dem Geschäft ihr lieber als ein frisch gefangener sei. Denn hundertmal schon hat Rahel Fisch gekocht, gebraten und gegessen, auch Karpfen. Sie sagt: »Wenn du das nicht verstehst, dann nützt es auch nichts, wenn ich es dir erkläre.«

»Für diese Logik kann man dich nur lieben«, sagt Lepschitz.

Sacht lasse ich den Fisch ins Wasser, es muß ein herrlicher Moment für ihn sein. Er sinkt auf den Grund, schöpft ein paar Augenblicke Kraft und schwimmt dann langsam los, von einer Badewannengegend in die andere. Rahel bittet mich, ein Stück Brot zu holen. Natürlich wird Lepschitz von mir verlangen, den Fisch zu schlachten, vielleicht schon morgen; ich werde es tun und Rahels Verachtung ernten.

Mit jedem Tag kommt mir der Aufenthalt in dieser Wohnung unerträglicher vor. Ich sehe darin ein gutes Zeichen: ein Zeichen dafür, daß sich mein Denkapparat wieder in Bewegung setzt. Solange er stillstand, konnte ich nicht unzufrieden sein, nur unglücklich; mit jedem Tag verändert sich die Lage zu meinen Gunsten. Vor einem halben Jahr wäre es mir nie in den Sinn gekommen, Hugo Lepschitz eine Bitte abzuschlagen, jetzt spukt mir ein solcher Gedanke im Kopf herum.

Als wir gemeinsam das Bad verlassen und ins Wohnzimmer gehen, läßt Rahel alle Türen weit geöffnet, als fürchte sie, die Hilferufe des Karpfens zu überhören. Erst jetzt beginnt der Feierabend, die Zeitung, der Tee; ich stehle mich davon, als Rahels Zeigefinger dem Einschaltknopf des Fernsehers zustrebt. Ins Bad zurück, ich sehe dem Karpfen ein wenig zu. Wenn er ein Vogel wäre, würde ich ihm das Fenster öffnen.

Es ist beschlossene Sache, ich werde Lepschitz den Gefallen nicht tun, und zwar aus Unzufriedenheit. Ich werde, wenn er sich überwindet und selbst den Hammer nimmt, nicht einmal den Karpfen halten. Wenn Rahel einen Karpfen kauft, dann läßt sie ihn an Ort und Stelle filetieren und gibt der Fischfrau zwei Mark extra, ich habe es selbst erlebt.

Auf dem Korridor Martha, die mich stumm in ihr Zimmer winkt, sie kommt von draußen. Ich folge ihr, wahrscheinlich braucht sie nun doch das Geld, für Lepschitz ein Geschenk zu kaufen. Es liegt seit Tagen bereit, ich zeige auf ihren Verband und frage, wie es der Hand so geht; sie scheint zu überlegen, dann winkt sie mit der anderen ab.

Sie sagt: »Ich habe was für dich.«

Das ist die wichtigste Information für mich seit einem Jahr.

Mein Gott, sie bringt die Rettung, Martha haucht meinen Angelegenheiten neues Leben ein. *Ich habe was für dich!* Ich weiß nicht, wie man sich in einem solchen Augenblick verhält; soll ich gelassen auf die Einzelheiten warten, Adresse, Stockwerk, Miete? Oder wäre es angebracht, ihr jetzt schon um den Hals zu fallen?

Ich setze mich hin und warte ab, so träge bin ich. Der wichtige Teil der Nachricht ist schon gegeben: wenn Martha sagt, sie habe für mich ein Zimmer, dann genügt mir das. Ich glaube, daß es in der ganzen Stadt keine Unterkunft gibt, die ich ablehnen würde, außer vielleicht, sie böte mir ein Zimmer bei jenem blonden Mann an, bei Weißjacke. Aber das würde Martha mir nicht antun, sie lächelt, bevor sie erzählt, was geschehen ist:

Die Eltern eines gewissen Bernhard von der Schauspielschule verreisen im nächsten Monat, und zwar für Jahre. Man hat sie über Nacht zu Diplomaten erklärt und schickt sie nun an eine Botschaft in Asien oder Afrika, wir werden neuerdings ja laufend anerkannt. Die Wohnung ist ein großer Glücksfall, in Weißensee. Bernhard hat eine Skizze angefertigt, denn Martha kennt die Wohnung nicht. Ich hätte darin ein Zimmer mit Balkon, mir dreht sich der Kopf. Außer Bernhard existiere noch eine Großmutter, sagt Martha, was bei fünf Zimmern ja wohl nicht stören dürfte. Und akzeptiert würde ein angenehmer junger Mann, sagt sie, nur leider habe nicht Bernhard zu entscheiden, es komme auf die Eltern an, die sie nur telefonisch kenne. Sie hat einen Besuch arrangiert, fürs nächste Wochenende.

Ich frage: »Bin ich ein angenehmer junger Mann?«

»Ich denke schon«, sagt Martha, »alles in allem.«

Sie sucht in der Handtasche, auf dem Schreibtisch, was

kümmert mich die Skizze; die verbundene Hand hält sie hinter dem Rücken, um sie nicht versehentlich zu benutzen. Ich möchte etwas sagen, das unendlich dankbar klingt, doch mir fallen die Worte dafür nicht ein. Es rührt mich, wie zuverlässig Martha ist, selbst wenn die Hilfe etwas Gönnerhaftes haben sollte. Sie hat meine Not verstanden und hat sich auf den Weg gemacht, das werde ich ihr nicht vergessen.

Ich sage: »Du scheinst es aber eilig zu haben, mich loszuwerden.«

Du lieber Himmel, was rede ich zusammen, drückt man so Dankbarkeit aus? Wenn einem die richtigen Worte fehlen, ist das noch lange kein Grund, die falschen zu benutzen. Ich werde sagen, daß die dümmere meiner beiden Hälften sich einen Scherz erlaubt hat, den ich als Ganzes nicht billige. Martha betrachtet mich mit großen Augen, wie jemand, der sich zwischen Staunen und Entrüstung noch nicht entschieden hat.

Ich sage: »Das war ein ziemlich dummer Witz.«

Sie nickt, ist aber nicht besänftigt; sie entscheidet sich für ein gemäßigtes Gekränktsein, so sieht es aus, mit Hilfe einer Miene, die von der Schauspielschule kommt. Sie zerknüllt die Skizze, die sich mittlerweile angefunden hat, wirft sie in den Papierkorb und sagt: »Erledigt.«

Ich sage: »Ach komm, es tut mir leid.«

Hauptsache ein Zimmer, was kümmern mich ihre Gründe. Außerdem müßte ich ein Idiot sein, um nicht zu sehen, daß auch für sie mein Umzug Vorteile hätte. Und nie hat sie mich spüren lassen, daß es ohne mich besser in der Wohnung wäre, mit keiner Andeutung, mit keinem Blick.

Ich beuge mich über den Papierkorb, der leer ist bis auf das Skizzenknäuel. Das nehme ich heraus und streiche es auf dem Schreibtisch glatt; bevor ich das Blatt aber ansehe, kümmere ich mich um Marthas Stimmung. Ich boxe sie gegen den Arm, hauchzart natürlich, ich habe sie seit einer Ewigkeit nicht angerührt, und sage: »Ach Martha, denk an dein gutes Herz.«

Sie läßt mich noch zehn Sekunden im ungewissen, dann ist es überstanden. Sie setzt sich an den Tisch und erklärt die Zeichnung: mein Zimmer hat ein Fenster, eine Tür, schräge Wände und wahrhaftig einen Balkon. Ich werde die schönsten Blumen darauf pflanzen, und Bernhard und die Großmutter dürfen meine Gäste sein, sooft sie wollen.

Die Erinnerung an meinen einzigen Umzug ist mir verhaßt; sie überfällt mich jeden zweiten Tag, und eine Gelegenheit wie diese läßt sie sich selbstverständlich nicht entgehen. Nach besten Kräften haben sie mich damals unterstützt: *Willst du dieses Bild unbedingt behalten? Entschuldige – aber sechs Stühle? Welcher Teppich gefällt dir am besten, du brauchst nur einen.* Vater war erst seit einer Woche tot. Martha hat mich beim Antwortgeben beobachtet, um rechtzeitig eingreifen zu können; sie sah mich an wie ein Ringrichter, der in den Augen des angeschlagenen Boxers prüft, ob der noch verteidigungsfähig ist. Was kann schon Schreckliches an einem so kleinen Umzug sein, wie er mir bevorsteht?

Ich bitte Martha um die Adresse der Wohnung; ich sage, ich werde bestimmt nichts verderben, ich würde gern das Haus von außen sehen und in der unbekannten Gegend ein wenig herumspazieren. Sie lächelt über so viel Ungeduld. Dann nimmt sie ihr Notizbuch, es klappt ihr beim einhändigen Blättern immer wieder zu, bis ich den vorderen Deckel festhalte. Unter die letzte Eintragung hält sie ihren Finger, damit ich lese. Der Name klingt verlockend, Amalienstraße, ich stelle mir eine kleine, dicke Straße vor, mit Sträuchern vor jedem Haus.

Es gibt nun keinen Grund mehr, mich weiter in Marthas Zimmer aufzuhalten, wahrscheinlich will sie mich auch gar nicht länger haben. Ich führe ihr mein schönstes Abschiedslächeln vor, Amalienstraße, wie angenehm. Noch einmal beruhige ich sie, daß ich die Leute auf keinen Fall belästigen werde, ich weiß nicht einmal ihren Namen.

Martha sagt: »Kubisch, sie heißen Kubisch.«

»Für wann hast du uns angekündigt?« frage ich.

Das müsse sie noch mit Bernhard klären, sagt Martha.

Es ist unmöglich, sie gerade jetzt zu fragen, ob sie nicht Geld braucht, ich gehe in mein Zimmer. Der Karpfen hat Zeit gekostet, sonst hätte Rahel schon zum Abendbrot gerufen. Ich setze mich ans Fenster und genieße meine neuen Aussichten, vor einer Stunde noch war alles beim alten. Gehört es sich, Gordon Kwart jetzt anzurufen und ihm zu sagen, er brauche im Orchester nicht länger herumzuhorchen? Das Wetter ist einer kleinen Unternehmung würdig, am Himmel ein paar ungefährliche Wolken, man könnte Weißensee bequem noch vor der Dunkelheit erreichen. Ich werde ihn nächste Woche anrufen, noch habe ich das Zimmer nicht.

Es klopft, schon wieder Martha. Sie bietet an, mich zur Amalienstraße zu begleiten. Ich frage: »Jetzt gleich?«

»Wann sonst?«

Ich glaube nicht, daß ich erfreut bin, in wäre lieber mit meinen Erwartungen allein geblieben, was hat sie vor? Wir schleichen uns aus der Wohnung, im Treppenflur stellt Martha fest, es rieche irgendwie nach Fisch, und ich erzähle die Geschichte. Als wir den Damm überqueren, sehe ich aus den Augenwinkeln Hugo und Rahel Lepschitz im offenen Fenster. Ich hätte nie den Mut gehabt, ihr meine Begleitung anzubieten, worüber sollen wir um Himmels willen sprechen.

Martha behauptet, den Weg zu kennen, wir gehen zur Straßenbahn; mit Linie 74, sagt sie, bis über den Antonplatz hinweg. Ich spüre, wie es mich verlegen macht, neben ihr her zu gehen, wie ich mit jedem Schritt steifer werde. Mir ist zumute, als hätte ich eine knifflige Prüfung zu bestehen. Dabei halte ich es für ausgeschlossen, daß jemals wieder etwas zwischen uns beginnen könnte; ich wäre nicht einverstanden damit, von Marthas Wünschen einmal abgesehen. Vielleicht läßt sich meine Verlegenheit damit erklären, daß es mir immer noch ungewohnt ist, sie nicht zu lieben.

Beim Warten an der Haltestelle sagt Martha: »Übrigens hätte ich mich um das Zimmer nicht bemüht, wenn ich nicht selbst der Meinung wäre, daß du besser ausziehst.« Sie spricht nichts anderes aus als das, was ich schon lange denke, und doch muß ich mich zwingen, nicht gekränkt zu sein. Um ihren Hals hängt eine Kette, für die ich meinen ersten nennenswerten Diebstahl begangen habe: das Wirtschaftsgeld von irgendeinem halben Monat steckt darin. Ich sage, ich mache mir nur Sorgen, wie ihre Eltern auf den Umzug reagieren würden.

»Sie werden zetern«, sagt Martha. »Nimm das nicht allzu ernst, es ist viel Theater dabei.«

Ich sage: »Davon verstehst du mehr als ich.«

Während der Fahrt stehen wir, weil keine zwei Sitzplätze nebeneinander frei sind. Wir sehen aus verschiedenen Fenstern hinaus und reden nicht. Obwohl ich nichts hören und nichts sagen möchte, empfinde ich das Schweigen als bedrückend. Vielleicht bereut sie inzwischen das Angebot, mich zu begleiten; denn für die Mitteilung, daß auch sie meinen Auszug wünscht, hätte sich schon noch eine andere Gelegenheit gefunden.

Als ich endlich sage, sie solle sich mit ihrer Hand doch ruhig setzen, antwortet sie, wir seien gleich da. Die Gegend, die ich nicht kenne, gefällt mir, man scheint durch eine kleine Stadt zu fahren, in der es keine viergeschossigen Häuser gibt. Mein Vater kannte eine Frau aus Weißensee, die schwor, sie würde nie in einen anderen Stadtteil ziehen.

Wir steigen aus, und Martha erkundigt sich bei einem alten Paar nach der Amalienstraße; dann sagt sie, wir hätten eine Station weiterfahren sollen. Es stört mich nicht, ein Stück zu laufen, auch wenn der Ausflug dadurch länger wird. Martha allein kennt den Weg, sie hakt sich bei mir ein, ich kann es nicht glauben. Auf was für eine Probe will sie mich stellen?

Wir gehen und gehen, ich habe für die Straßen keinen Blick mehr. Den Arm halte ich von mir wie ein Winkeleisen. Ich breche den Versuch ab, ergründen zu wollen, was Martha mit dem Unterhaken im Schilde führt. Es gibt nichts zu ergründen, glaube ich auf einmal, sie denkt sich nichts dabei. Nur ich nehme alles schwer, nur ich wittere hinter jeder Bagatelle eine große Sache, nur mir kommt alles Nichtssagende geheimnisvoll und vieldeutig vor.

Wir besaßen weder Seitenschneider noch Feile.

Den Anblick meines betrunkenen Vaters konnte ich nicht vergessen, immer wieder schleppte ich ihn durchs Zimmer, und immer wieder legte ich ihn aufs Bett. Als er am Nachmittag die Wohnung verlassen hatte, war sein Gesicht grau, das bißchen Freundlichkeit der letzten Nacht war längst vergessen.

Ich stellte mir vor, wie er bald wieder dem Aufseher gegenübersaß und sagte: *Also noch einmal von vorn!* Wie es ihn langweilte, was Heppner redete, wie er seinen Anblick kaum mehr ertragen konnte, wie er sich von Verhandlungstag zu Verhandlungstag stärker nach einem Ende sehnte, ohne es einzugestehen. Der einzige, der dieses Ende erzwingen konnte, war ich: es kam auf meine Kühnheit an.

Ich sah im Werkzeugkasten nach. Konnte es nicht auch sein, daß Vater mir eines Tages dankbar war, wenn ich ihn von dem Gefangenen befreite? Nach all dem Zögern glaubte ich fest daran, daß er und der Aufseher nur gemeinsam erlöst werden konnten. Im Kasten nur Schraubenzieher, zwei Hämmer, eine Kinderzange, doch war ich zu entschlossen, um bei der erstbesten Schwierigkeit zu resignieren.

Das größte Werkzeuggeschäft, das ich kannte, lag am Oranienburger Tor, und dorthin fuhr ich. Der Verkäufer legte mir drei Feilen zur Auswahl hin, zwei davon kaufte ich, die feinste und die gröbste. Einen Seitenschneider gab es nicht.

Als der junge Mann mein enttäuschtes Gesicht sah, fragte er, wozu ich das Werkzeug denn brauchte. Zum Durchtrennen eines fingerdicken Stahls, sagte ich, darüber mußte er lächeln. Erstens heiße das Gerät, das ich brauchte, Bolzenschneider, sagte er, und zweitens gebe es einen Bolzenschneider noch viel weniger zu kaufen.

Bis zum Geschäftsschluß klapperte ich andere Läden ab, vergeblich. Ich hielt es für wenig aussichtsreich, die Handschellen mit den beiden Feilen anzugehen. Es blieb im Notfall die Möglichkeit, den Bettpfosten durchzufeilen; dann würde der Aufseher mit gefesselten Händen verschwinden und sich selbst darum kümmern müssen, wie er seine Handschellen loswurde. Schließlich ging es nicht darum, ihm zu helfen, sondern ihn aus dem Haus zu schaffen.

Mir graute bei der Vorstellung, daß plötzlich, während ich ins Feilen vertieft war, einer der Entführer in der Tür stand. Ich sah aber keinen Sinn darin, mich für einen solchen Augenblick zu präparieren, ich mußte ihn unbedingt verhindern: ein Seiltänzer bereitet sich ja auch nicht auf den Absturz vor. Die einzige Vorsichtsmaßnahme, die ich treffen konnte, bestand in der richtigen Wahl des Zeitpunkts. Ab Mitternacht etwa, so glaubte ich, war das Risiko am geringsten. Sollte ich dennoch entdeckt werden, wollte ich nichts anderes sagen als: *Ich habe nur getan, was nötig war.* Von Entschuldigungen und von Bitten um Verständnis war nichts zu erhoffen.

Ich fuhr nach Hause, um auf die Nacht zu warten. Oft habe ich mich seither gefragt, warum meine Wahl ausgerechnet auf diese eine Nacht fiel und nicht auf eine der dreizehn vorangegangenen. Nur wegen Vaters Betrunkensein? Ich weiß nicht, ob mich eine Vorahnung ergriffen hatte, es heißt ja, daß manche Menschen Gefahren erspüren, in denen nahe Verwandte schweben. Wahrscheinlich war es Zufall, ein verfluchter Zufall; genausogut hätte ich einen Tag oder eine Woche früher zum Waldhaus fahren können, als das Unheil noch aufzuhalten gewesen wäre.

Ich rief Martha an und sagte, daß wir uns wieder einmal nicht treffen könnten. Sie fragte, was es diesmal sei, und weil ich zu aufgeregt war, um eine vernünftige Ausrede zu erfinden, antwortete ich, ich würde ihr morgen den Grund erzählen. Ich legte so schnell wie möglich auf und dachte, um wieviel leichter alles wäre, wenn ich Martha zur Komplizin hätte.

Vier Stunden waren zu überbrücken. Weil ich unausgeschlafen war, wagte ich nicht, mich hinzulegen; ich hätte zwar den Wecker stellen können, doch mußte ich damit rechnen, daß Vater bald zurückkam und das Klingeln hörte. Ich nahm einen Nagel, den dicksten unter den vorhandenen, und feilte an ihm herum. Es war eine Probe ohne Wert, und dennoch beruhigte es mich zu sehen, wie leicht der Nagel sich einkerben und schließlich durchbrechen ließ. Ich hatte nie vorher Metall gefeilt, die beiden Nagelhälften besitze ich immer noch.

Das Feilen brachte mir nur ein paar Minuten ein. Als ich jemanden, der die Treppe hochkam, an unserer Tür vorbeigehen hörte, war ich erleichtert: ich wollte Vater an diesem Abend nicht mehr begegnen. Also verließ ich die Wohnung und fuhr in unseren Wald, um dort zu warten.

Da ich ein Zögerer bin, fielen mir bis zum letzten Augenblick Gründe ein, das Unternehmen abzublasen. Ich saß in der Bahn und dachte: Eine schöne Rettung, wenn der Gerettete den Retter verflucht! Ich wartete auf den Bus und dachte: Der Sohn als Familienpolizist. Ich ging im Wald

umher und dachte: Wenn es getan ist, stehen wir unwider-
ruflich auf verschiedenen Seiten.

Aber ich wehrte alle Skrupel ab, indem ich mir sagte, man
könne nicht immer wieder dieselben Zweifel ausräumen.
Nur einer davon war neu und machte mich noch unsiche-
rer: was geschah, wenn ich Heppner befreite, wenn er nach
Hause lief und wenn sie ihn wieder einfingen?

Der Bus hielt ganz allein für mich. Bis zum Waldrand war
der Weg vorgegeben, dann fing das Herumlungern an;
wenn ich bei meinem Plan bleiben wollte, vor Mitternacht nichts zu unternehmen, waren noch zwei Stunden zu
überwinden. Ich ging zuerst den ausgetretenen Weg entlang, dann, als ich mich an die Dunkelheit gewöhnt hatte, quer durch den Wald. Es verlangte Aufmerksamkeit,
den Bäumen auszuweichen, in meiner Tasche klimperten
die Feilen. Ich wurde ein kleines Gruseln nicht los, ob
es nun vom Wald herrührte oder von dem, was mir bevor-
stand.

In großem Bogen ging ich zum Wasser, mein Wegweiser
war der Polarstern; bei jeder Lichtung überprüfte ich meinen Kurs. Am Wasser, fand ich, fiele das Warten leichter.
Trotzdem schwankte ich zwischen entgegengesetzten
Wünschen: die Zeit bis Mitternacht möge sekundenschnell
verrinnen, und sie möge ewig dauern. Es war kaum anzunehmen, daß Heppner noch mit meiner Hilfe rechnete, er
mochte glauben, die mir gebotene Summe sei nicht verführerisch genug gewesen. Ich wollte nicht in die Nähe eines
der Häuser kommen, deren Lage ich einigermaßen kannte.
Man weiß, wie schnell die Hunde loskläffen, wenn nachts
ein Fremder vorbeigeht.

Auf einem Hügel nah beim Ufer fand ich den richtigen War-
teplatz, der See sah aus wie eine Schüssel voller Gold- und

Silberstücke. Ich setzte mich auf den trockenen Boden, ein
Baum diente mir als Rückenlehne; keine Mücke belästigte
mich, der Wind vertrieb sie, es war angenehm, warm und
kühl zugleich. Beim Sitzen wurde es ruhiger in meinem
Kopf, ich sah auf die Wasserfläche, und ein Gedanke nach
dem anderen erstarb. In jeder Nacht war ich auf einmal unterwegs, das einemal aus Liebe, das anderemal aus Unruhe,
und nun in Geschäften.

Es störte mich nicht, daß etwas Winziges an meiner Hand
entlangkroch; solange es mir nicht weh tat, durfte es wei-
terkriechen. Mir fielen die Augen zu. Ich weiß noch, daß
ich im Halbschlaf gern die Hände in meine warmen Taschen gesteckt hätte und daß ich dachte oder träumte, man
könne in einer solchen Situation unmöglich die Hände in
die Taschen stecken.

Als ich aufwachte, war es nicht zu spät. Eine Weile lebte ich
nur mit Augen und Ohren, aber es gab nichts wahrzunehmen, das neu gewesen wäre. Nur die Mondspiegelung, die
eben noch den See in zwei Hälften geteilt hatte, war ein
Stück zum rechten Ufer hin gewandert. Ich stand auf, ver-
sicherte mich der Feilen und machte mich auf den Weg.
Jeder Schritt kostete Überwindung, und ich ersehnte ein
äußeres Ereignis, das mich daran hinderte, meinen Plan
auszuführen. Wie dankbar wäre ich zum Beispiel gewesen,
wenn ich in der Dunkelheit unser Haus nicht gefunden
hätte.

Zur vorgesehenen Zeit kam ich an. Ich trat durch das Ein-
gangsloch in der Hecke, das allmählich zuwuchs; in diesem Jahr hatte Vater mich noch nicht aufgefordert, die
Hainbuchenhecke zu beschneiden, und nie wäre ich auf
die Idee gekommen, es von selbst zu tun. Bevor ich mich an
die Tür wagte, ging ich um das Haus herum: im Fenster des

Gefangenenzimmers, hinter dem vorgehängten Laken, brannte zu meinem Entsetzen Licht.

Doch zugleich mit dem Schrecken kam neue Hoffnung auf: wenn einer der Entführer im Haus war, dann hatte ich meinen Grund zu verschwinden. Ich horchte, ich preßte das Ohr ans Fenster, nichts war zu hören. Dann warf ich aus einiger Entfernung Erdbröckchen gegen die Scheibe, ohne daß sich etwas rührte. Mehr Vorsicht war nicht möglich; entweder verlangte die Gefängnisordnung, daß nachts das Licht brannte, oder es war Vergeßlichkeit.

Auf dem Weg ums Haus herum zur Tür kam ich mir wie ein Abenteurer vor, der alle Warnzeichen unbeachtet ließ, so wenig vertraute ich meinem Prüfen und Rechnen. Der Wind war stärker geworden und riß den Bäumen die Nadeln aus. Ich hätte längst das Schloß ausgewechselt, wenn ich an Vaters Stelle gewesen wäre. Ich öffnete die Tür, holte tief Luft, als würde ich tauchen wollen, und trat ein.

Ich stand in beinah vollkommener Dunkelheit, ein dünner gelber Strich am unteren Rand der Zimmertür war das einzig Helle. Ich kannte jede Entfernung, zur Treppe, zum Bad, zur Küche, zur Kellertür, ich brauchte kein Licht. Als mein Luftvorrat erschöpft war, packte mich wieder der Geruch; so sehr hatte ich mich vor ihm gefürchtet, daß er mir nun erträglich zu sein schien.

Mit fünf mittleren Schritten war ich in der Küche und machte Licht. Sie hatten aufgeräumt, es stand kein schmutziges Geschirr herum, es lagen keine Essenreste da, ein Fortschritt. Auf dem Tisch ein handgeschriebener Zettel: *Ich habe ihm heute die letzte Tablette gegeben. Jemand muß neue besorgen, oder auch nicht. Ich komme übermorgen wieder, Gordon.*

Während ich zum Zimmer ging, hoffte ich, die Sache würde

sich schnell und wortarm erledigen lassen. Heute kommt es mir vor, als wären die Augenblicke bis zum Öffnen der Tür die letzten Sekunden eines anderen Lebens gewesen.

Der Aufseher schlief nicht: er hatte den Kopf auf die Seite gedreht und blickte auf eine Weise zur Tür, als erwartete er nichts Gutes. Er war kraftlos und richtete sich nicht einmal so weit auf, wie es ihm die Fesseln erlaubt hätten. Bei meinem Anblick, der ihn doch hätte freuen müssen, war er nicht erleichtert. Sein Gesicht war von einem grauen Bart bedeckt, der ungewöhnlich gerade wuchs und wie gekämmt aussah; über seine rechte Backe zog sich ein Striemen, fingerbreit und verschorft.

Ich ließ die Tür weit offen, damit der Geruch, der im Zimmer viel strenger als im Flur war, gemildert wurde. Um mir Erklärungen zu ersparen und seinen Fragen zuvorzukommen, nahm ich sofort eine der Feilen in die Hand. Ich sah auf die Handschellen, ich wollte ihre schwächste Stelle finden und unverzüglich mit der Arbeit beginnen. Es kostete Mühe, meine Empörung über die Wunde zu verbergen, ich hatte keinen Zweifel mehr, daß ich das Richtige tat. Während ich näher kam, drehte Heppner den Kopf heftig zur anderen Seite, um mich auf etwas aufmerksam zu machen.

Zwischen Wand und Bett lag Vater, sonderbar verdreht. Zuerst erkannte ich ihn nur an den Kleidern, denn sein Gesicht war dem Boden zugekehrt. Ich hörte einen unerträglichen Ton, so als kratzte jemand mit Fingernägeln über eine Schiefertafel: er kam aus dem Mittelkopf und brach durch die Ohren nach draußen. Ich kniete mich neben den Körper, wagte es aber lange nicht, ihn anzurühren. Vielleicht glaubte ich, solange ich ihn nicht umdrehte, solange könnte es ein anderer sein. Ja, so war es, ich kniete noch unbeweglich, als ich die Narbe an seinem Hals längst erkannt hatte.

Einige Wochen nach der Beerdigung habe ich einmal mit Martha auf einer Wiese gesessen und geweint; um mich zu trösten, hat sie gesagt, sie wolle meinen Schmerz nicht kleiner machen, als er sei, aber sie vermute, daß ich meinen Vater jetzt mehr vermißte, als seine Gegenwart mir je bedeutet hätte. Ich habe nichts dazu gesagt, ich habe kaum gesprochen damals, doch ich fand, daß sie nur in der Nebensache recht hatte, in der Hauptsache aber unrecht. Sie konnte nicht ernsthaft meinen, Trauer sei nichts als die Summe verschiedener Posten, die man alle nachprüfen kann.

Ein feiger Gedanke durchfuhr mich: nach draußen zu rennen und Hilfe zu holen. Als ich aufsprang, schrie der Gefangene, der fürchtete, ich würde mich nun auf ihn stürzen: er könne nichts dafür, er habe keine Schuld. Nach ein paar Schritten kehrte ich um und kniete mich wieder neben den Körper, die Hilfe hätte ich nur für mich geholt, für keinen anderen. Ich schob eine Hand unter den Kopf, damit er, wenn ich ihn umdrehte, sich nicht am Fußboden weh tat. Dann sah ich Vaters Augen, die an mir vorbeiblickten, als beobachteten sie etwas, das niemand für möglich gehalten hätte.

Es gelang mir nicht, ihn aufzuheben; in der Nacht zuvor, als er betrunken gewesen war, hatte ich es noch geschafft, und auf einmal reichten die Kräfte nicht. Ich zerrte an ihm herum, faßte ihn von hinten unter die Arme und hatte ihn schließlich weit genug oben, um ihn, rückwärts gehend, hinter mir herzuziehen. Vielleicht war ich deshalb so schwach, weil meine Mühe sinnlos war. Der Gefangene sagte noch einmal, er sei an allem schuldlos.

Ich zog meinen Vater bis zum Sessel neben dem Fenster und setzte ihn hin. Ich mußte ihn so zurechtrücken, daß er nicht umkippte, es waren dazu viele Korrekturen nötig. Dann drehte ich mich zu Heppner und wollte ihn anschreien, aber er nickte schnell, wie jemand, der seinen Fehler einsieht.

In Filmen war mir oft genug gezeigt worden, wie man einem Toten die Augen schließt: indem man mit der flachen Hand von oben nach unten über sein Gesicht streicht. Ich brachte eine solche Bewegung nicht über mich, obwohl mir die offenen Augen entsetzlich waren. Eine Zeitlang überlegte ich, was als nächstes zu tun war, denn daß irgend etwas getan werden mußte, stand fest.

Dann fiel mir wieder ein, wozu ich hergekommen war; es empfahl sich, zuerst den Aufseher zu befreien und dann erst jemanden zu rufen, Feuerwehr, Polizei oder Rotes Kreuz, nicht umgekehrt. Ich konnte froh sein, daß es nun auf ein paar Minuten nicht mehr ankam. Mit meinem Werkzeug trat ich also an das Bett heran.

Heppner hatte die Augen zugemacht, es liefen ihm einige Tränen das Gesicht herab, zu den Ohren hin. Sein Atem roch so unangenehm, daß er sich vom allgemeinen Gestank im Zimmer noch abhob. Ich mußte mich über ihn beugen, um an die Handschellen heranzukommen, aber es war nicht auszuhalten. Deshalb zog ich das Bett von der Wand und stellte mich zum Arbeiten hinters Kopfende.

Die beiden Ringe um seine Handgelenke sahen unzerstörbar aus. Die Kette, die sie miteinander verband, war viel dünner, so setzte ich meine Feile an einem der Kettenglieder an. Es kam mir der Gedanke, an Kwart und Rotstein Rache zu üben, indem ich wegging und ihnen den Toten und den Gefangenen überließ. Nach einer Weile

prüfte ich die angefeilte Stelle und fand kaum eine Kratz-
spur.

Heppner fragte: »Darf ich etwas sagen?«

Ich antwortete ihm nicht. Ich nahm die andere Feile und
dachte: Noch ein Wort! Die Bettstrebe war dicker, als ich es
in Erinnerung hatte, wenn auch gewiß aus weicherem Material. Zuerst versuchte ich es mit der zweiten Feile noch
einmal an der Kette.

Als ich mir nach hundert Hinundherbewegungen das Resultat besah, sagte Heppner: »Er hat den Schlüssel bei
sich.«

Da auch dieser Versuch keinen Erfolg gebracht hatte, fing
ich an, den Eisenpfosten zu bearbeiten. Ich zählte nicht
mehr mit und feilte so lange, bis ich die Finger nicht mehr
spürte. Dann ging ich zu Vater und griff ihm in die Tasche,
zuerst in die falsche und dann in die richtige.